엠퍼러
Emperor

엠퍼러 3
김지현 판타지 장편 소설

초판 1쇄 찍은 날 § 2003년 4월 16일
초판 1쇄 펴낸 날 § 2003년 4월 26일

지은이 § 김지현
펴낸이 § 서경석

편집장 § 문혜영
편집 책임 § 이종민
편집 § 장상수 · 박영주 · 권민정 · 유경화
마케팅 § 정필 · 강양원 · 이선구 · 김규진 · 홍현경

펴낸곳 § 도서출판 청어람
등록번호 § 제1081-1-89호
등록일자 § 1999. 5. 31
어람번호 § 제1-0377호

주소 § 경기도 부천시 원미구 심곡1동 350-1 남성B/D 3F (우) 420-011
전화 § 032-656-4452 팩스 § 032-656-4453
http://www.chungeoram.com
E-mail § eoram99@chollian.net

ⓒ 김지현, 2003

값 7,500원

ISBN 89-5505-642-7 (SET)
ISBN 89-5505-645-1 04810

3
권역

김지현 판타지 장편 소설

엠퍼러
Emperor

도서출판
청어람

유적

목차

5강
바다의 악동들

[…그리고 눈을 뜬 후 난 내가 낯선 곳에 와 있다는 것을 깨달았다.

그리고 이곳이 어디인지 알기 위해 돌아다니다 우연히 발견한 것 때문에 뺨을 꼬집어보지 않을 수가 없었다. 분명 어젯밤의 폭풍우로 내가 탄 배가 침몰했는데, 그리고 난 아직 살아 있는 게 분명한데 지금 내가 있는 곳은 천상의 땅 그 자체였기 때문이다.

보통의 성과 다름없이 나무가 우거지고 호수도 있었지만 이곳은 단 한 가지가 달랐다. 성 중앙의 호수 바닥 가득히 사파이어와 자수정이 깔려 있었고, 호숫가의 동굴에도 보물이 가득 쌓여 있다는 것이다.

내게 꼬집힌 뺨은 고통을 호소하며 지금 이것이 현실임을 일깨워 주었다.

이건 현실이었던 것이다.]

이건 모험 이야기에 나오는 '환상의 섬'에 대한 이야기이다.

현실에 정말 존재한다고 하기에는 너무 터무니없는 말로 치장되어 있는 이야기다. 하지만 이 터무니없는, 거짓투성이로 보이는 이야기는 그 '환상의 섬'을 찾으려는 많은 몽상가를 만들어냈다. 성을 찾으려는 꽤 많은 수의 '바다의 모험가'들을 만들어 버린 것이다. 안타깝게도 영웅이 될 만한 사람들이 이런 쓸모없는 데에 모든 걸 투자하고 있는 것이다.

너무나 안타까운 일로 보이겠지만 이들은 늘 그 성을 찾는 것보다 중요한 건 없다고들 말한다. 그렇게 이들은 한 척의 배에 몸을 싣고 이곳저곳으로 그 성을 찾아 떠돌며 바다의 몬스터나 해적들을 퇴치하기도 한다. 또, 그렇게 몬스터를 퇴치하여 벌어들인 돈으로 계속 여행을 하는 것이다. 있는지 없는지도 확실하지 않은 '환상의 성'을 찾아서……

—「바다를 여행하는 자」中 환상의 성에 대한 부분

파란의 축제가 끝나고 곧 겨울이 왔다.

그리고 이런저런 일에 치여 아무 생각 없이 몸만 움직이는 사이 어느새 한 해의 마지막이 다가오고 있었다.

슬슬 신년 축제가 다가오고 있는 것이다.

신년 축제가 시작되면 또 죽어라고 일해야겠지.

어쩐지 싫어지는걸. 게다가 올해는 두 번째라고 안 도와줄지도 몰라.

"아, 눈이네."

멍하니 창밖을 보고 있다가 하늘에서 떨어지는 눈송이를 봤다.

"이럴 때가 아니지."

계속 멍하니 눈이 내리는 걸보고 있다가 정원으로 나섰다.

올해의 첫눈이 아닌가. 작년처럼 칙칙한 집무실에서 맞이할 수는 없지.

정원으로 나가자 역시나 실비아가 나와 있었다.

“폐하.”

“여.”

나와 실비아는 살짝 포옹하고 나서 웃었다.

“올해 첫눈이지?”

“예.”

실비아는 그렇게 대답하면서 내 뒤에 있는 제노시아를 의식해서인지 슬쩍 한 발 물러섰다.

그 모습에 씁쓸한 미소를 지었다.

사실 밀회나 다름없는 만남에 제노시아가 매일 끼는 건 그다지 반갑지 않다. 제노시아 역시 좀 민망할 테고.

하지만 어쩔 수 없다.

언제 어쌔신을 만날지 모르니까 말이다.

예전에는 이런 녀석들이 별로 안 찾아오더니만 시르 공작이 날 지키는 듯한 행동을 그만둔 후부터는 만나는 일이 더 많아졌다.

이런 게 전부 시르 공작의 후광에 기대어서 목숨을 부지해 왔다는 소리 같아 상당히 불쾌하지만 어쩔 수 없는 일이다.

하여간 지금은 이렇게 늘 제노시아와 함께 있는 것 외에는 다른 방법이 없다.

나도, 제노시아도 서로 좀 민망하다.

나와 실비아, 제노시아는 큰 나무 아래에 앉았다.

겨울이라 좀 차가웠지만 계속 서 있는 것보다야 낫고, 또 나무 아래는 그렇게 춥지 않았으니까.

“첫눈치고는 꽤 많이 오는군.”

“예, 쌓일 것 같아요.”

“흐응.”

눈이 많이 쌓이면 곤란한데. 수도 곳곳의 제설 문제가 떠올랐다.

수도에는 눈이 와도 쌓이는 일이 거의 없었으니까 이런 문제는 거의 대비해 두지 않는다고 한다.

덕분에 눈이 쌓이면 수도 경비병들까지 제설 작업에 나서야 할지도 모르는 일, 그렇게 되면 또 병사들의 불만이 나올 거다. 이런 일 하려고 병사가 된 게 아니네 어쩌네 하면서.

적당히 내리면 좋겠군.

"많이 오면 좋겠어요. 소복이 쌓인 첫눈을 밟으며 별빛 아래에서의 산책, 너무 로맨틱하잖아요."

음, 실비아의 말을 들으니 내가 '감성'이라는 게 없는 사람 같다는 생각이 드네.

난 눈 온 뒤의 일을 생각하고 실비아는 눈이 온 데 대한 낭만을 생각하고.

"그래서? 나랑 데이트하고 싶은 거였어?"

"예에?"

실비아의 얼굴이 붉어졌다.

쿡쿡, 귀여운 것.

"어라? 정말 그러고 싶은 거였어?"

"폐하!"

내 장난에 실비아가 토라진 목소리로 소리쳤다.

이쯤에서 그만 놀려야겠군. 얼마 놀리지는 못했지만 말야.

"하하. 알았어, 그만 할게."

난 실비아의 뺨을 살짝 쓰다듬었다.

"그럼 내가 먼저 데이트를 신청하지. 저녁때 만나주겠어?"

부드럽게 말하자 실비아가 살포시 웃었다.

“매일 만나잖아요.”

“그래서 싫어?”

“아니오.”

난 나무에 기댔다.

“수확제가 지난 지 얼마 되지도 않은 것 같은데 금방 신년 축제로군. 시간이 너무 빨리 가.”

“그런가요? 저… 그런데 폐하.”

실비아가 조심스럽게 입을 열었다.

의아한 표정으로 바라보자 그녀는 좀 망설이면서 어색하게 물었다.

“신년 축제 때도 같이 지낼 수 있으세요?”

망설인 이유를 알 것 같다.

먼저 만나자는 말을 꺼내는 건 처음이니까 쑥스러웠겠지.

그래서 만날 수 있다고 말해 주고 싶지만…

“아니, 내내 친족들과 있어야 해.”

“그러세요…….”

“미안. 축제의 7일 중 신년이 되기 전인 3일간은 서류와 씨름해야 하고, 또 새해 첫날은 황족들과 있어야 해.”

한 해의 총정리답게 엄청나게 많은 서류들이 쏟아져 들어올 것이다. 그것들과 한판 승부를 벌일 생각을 하니 벌써부터 머리가 아플 지경이다.

“예…….”

역시 풀이 죽은 목소리다.

눈과 함께 침묵이 내려앉았다. 이런 침묵이 싫어진 나는 슬쩍 일어났다.

“지금은 그냥 첫눈이 내리길래 나와본 거니 들어가야겠어. 저녁때 보지."

"예."

실비아와 헤어져서 다시 집무실로 들어가자 키나이와 카난 공작이 기다리고 있었다.

"음, 무슨 일이지?"

약속도 없이 불쑥 찾아오다니, 무슨 일이지?

"보고드릴 것이 있습니다."

키나이의 말을 들으며 자리에 앉았다.

그리고 그들에게 자리를 권한 뒤 모두가 앉고 나서 입을 열었다.

"무슨 보고이기에?"

"루이스 자작이 눈치를 챘더군요."

허어, 이제야 알게 된 건가?

예상보다 좀 늦었군.

"어디까지 알게 된 것 같나?"

"별거 아닙니다. 그저 문서가 없어졌음과 없어진 지 꽤 되었다는 것 정도뿐입니다."

"그래?"

그럼 곧 날 만나러 오겠군. 준비해야겠어.

"언제 올 거라고 생각하나?"

"자연스럽게 보여야 할 테니 신년 축제 때 올 것이라 생각됩니다."

반듯한 키나이의 대답.

그렇겠지, 다급한 모습을 보이면 안 될 테니까. 그리고 신년 축제라고 해봐야 얼마 남지도 않았고.

난 카난 공작에게 시선을 돌렸다.

"어느 정도까지 진척되어 있지?"

리나이트 상단을 삼키기 시작하라고 지시를 내린 지 거의 두 달이 다 되어간다.

그 기간 동안 얼마만큼의 진전이 있었을까.

"거의 절반 정도입니다. 그 상단에서 루이스의 심복에 해당하는 간부급의 자들은 거의 갈아치워 셋 정도만 남아 있습니다. 그리고 그들에 대해서도 이미 함정을 파두었으니 곧 몰아낼 수 있을 겁니다."

"그래?"

지금이라면 루이스가 상황을 알더라도 돌리기엔 너무 늦었어. 성공하겠군.

난 슬며시 미소 지었다.

"그렇다면 큰일은 아니군."

"예."

"하지만 루이스에게는 뭐라 할 생각이십니까?"

카난 공작이 흥미로워하는 반응을 보이며 물어왔다.

"그거야 뻔하지."

당연한 일 아니겠는가. 굳이 내가 뭐라 할 필요 있을까?

"난 모르는 일인 거지."

난 리나이트 상단에 대해서 이번 일이 끝나기 전까지는 전혀 모르는 거다. 시르 공작과 카난 공작이 알아서 해결해야지.

벌써 시르 공작과는 얘기가 다 끝났다. 자세한 작전도 세워뒀고. 나와 시르 공작은 이제 특별히 나설 일은 없을 터. 루이스 자작이 다시 되찾겠답시고 난동부릴 일만 경계하면 될 것이다.

우리에게 화살이 돌아오지 않게 말이다.

"알겠습니다."

"루이스가 날 만나려고 하기 전에 시르 공작이나 카난 공작이 잠시 그녀를 만나보도록 해."

난 잠시 말을 끊었다가 다시 말을 이었다.

"아니면 루이스가 날 만나러 왔을 때 같이 있어도 좋겠지."

그럼 내가 모르는 척해도 마치 시르 공작 탓인 것처럼 보이겠지.

"시르 공작께서 좋아하시겠군요."

제노시아의 말에 모두 고개를 끄덕였다.

시르 공작은 은근히 이번에 맡게 된 악당 역을 즐기고 있다. 아니, '은근히'가 아니라 아주 노골적으로 즐기고 있었다.

'다음에 한 번 더 시켜야지, 더한 걸로. 앞으로도 이런 일이 더 있을 듯하니까.'

"루이스가 왔을 때 함께 있는 게 더 좋겠군요."

키나이의 말이 맞다.

카난 공작도 고개를 끄덕여 찬성의 뜻을 나타내었다.

내 앞에서 벌어지면 구경하는 재미도 있지 않은가. 그다지 좋은 일을 하려는 건 아니지만 작전이 딱딱 맞아떨어지는 건 기분 좋은 일이다.

"그럼 카난 공작, 축제 시작 전에 이리로 와."

"일시키시려고요?"

그 말에 카난 공작이 울상을 지었다.

"후후후, 당연하지."

연말에는 내 일이 너무 많단 말야. 혼자 그 지옥에 빠지고 싶지 않다고.

"그럴 줄 알았어."

괜히 왔다고 중얼거리면서 축 처지는 카난 공작.

"시르 공작도 와서 일할 거야."

그때 루이스에 대한 일도 토론해 볼까? 아니, 아마 일하느라 정신이 없어서 토론할 시간이 없을 것 같다.

계획을 좀 세워두는 게 좋은데… 하긴, 시르 공작이 알아서 하겠지만. 아아, 나도 모르게 은근히 시르 공작에게 의지하고 있는 것 같다. 계속 이러면 곤란한데.

시르 공작은 스스로 한발 물러섰으니까 내가 확실히 하면 되는 일인데 그게 잘 안 된단 말야. 하긴 하루아침에 지금까지 해왔던 행동이나 생각을 바꿀 순 없는 거니까.

그래도 이건 당연한 일이다. 내가 해야 하는 일이니까. 계속 시르 공작에게 기댄다면 인형밖에 안 되는 것. 그리 지내고 싶지는 않다.

비록 오래전 시르 공작과의 계약 아닌 계약으로 내 모든 것이 그녀에게 묶여 있기는 하지만… 내가 '별다른 행동' 만 하지 않는다면 날 황제로서 따르겠노라고 했었다. 마치 봐준다는 듯한 어투가 상당히 거슬렸지만 나에게도 좋은 일이기에 받아들였었는데…

시르 공작은 지금 그때의 약속을 지키고 있는 셈인가.

나에게 황제로서의 모든 권한을 주겠다는 건가.

난 신년 축제의 시작을 선언하고 바로 내 집무실로 왔다.

"이제 오세요."

그사이 어쩐지 핼쑥해진 것 같아 보이는 카난 공작이 산더미 같은 서류들을 원망스럽게 보며 힘없이 말했다.

내 집무실에는 지금 서류가 가득히 쌓여 있다.

도대체 이런 양의 서류가 다 어디에서 나오는 건지 궁금하다.

하아… 3일 동안 밤잠을 설치면서 해야 다 할 수 있을 것 같아 보이는군. 정말 싫다.

"시작하지."

내 비장한 말을 시작으로 우리들은 서류에 파묻혔다.

한동안 말없이 서류만을 보던 시르 공작이 고개를 들었다.

"참, 루이스 자작에 대한 일을 들었습니다."

"아아."

서류를 넘기며 대충 대답했다.

지금은 잠깐 토론할 시간조차 없었으니까.

"새해 이틀째에 루이스 자작이 조용히 만나고 싶다고 하더군."

"알고 있습니다. 그럼 잘 준비해 오겠습니다."

준비? 뭘?

무슨 말인지 묻고 싶었지만 엽기적인 소리가 나올 거라는 생각에 억지로 눌러 참았다.

무슨 일을 할 건지 알아야 나도 마음의 준비라도 할 테지만 지금 시르 공작의 말을 들으면 제대로 일을 못할 것 같다는 느낌이 팍팍 든다.

이 리나이트 상단에 관한 일까지는 시르 공작이 나의 권한 대신 행동하는 거나 다름없는지라 난 거의 나서지 않고 공부하는 셈치고 구경만 하는 중이지만⋯ 이럴 때는 내가 나서고 싶어진다.

"후후⋯⋯."

시르 공작이 계속 웃으면서 일을 하는 바람에 난 오싹한 기분을 느끼며 일해야 했다.

내 주변에는 어째 제대로 된 사람이 없어. 세레나도 그렇고, 아리아도 그렇고⋯ 아니, 나부터가 그런가?

다음 황제라는 자리를 그 신하라 할 수 있는 자에게 팔아서 이곳에 앉은 셈이니, 이런 특이한 황제가 어디 있겠어?

산더미 같은 서류를 다 해치우고 나니 카난 공작이나 시르 공작이나 나나 제노시아 모두 폐인이 되어 있었다.

정말 사람 하나 폐인 되는 거 순간이라는 생각이 든다.

"끄, 끝났다."

카난 공작이 우리들이 이룬 위대한 업적(서류 더미)을 보며 감탄했다.

"그렇군."

나도 마찬가지였지만.

"끝나기는 끝나는군요, 영원히 안 끝날 줄 알았는데."

드물게 시르 공작마저 푸념 어린 소리를 한다.

"어쨌든 끝났으니 파티를 벌여야 해요."

"파티를 하려면 다시 일해야 하는 건가?"

맹한 두 공작의 말.

잠을 제대로 못 자서 그런지 머리가 멍해져 모두 자신이 무슨 말을 하고 있는지 모르는 것 같다.

보고 있으려니 재미있기는 하지만 그만 보내야겠군, 문제 일으키기 전에.

"자, 이제 쉬러 가."

"예… 어쨌든 시간 맞춰 모두 끝나서 정말 다행이에요."

그렇다. 새해 첫날이 되기 전에 일을 끝내기 위해 거의 목숨 걸고 일했다.

그렇게 시르 공작과 카난 공작이 유령처럼 나간 뒤 나는 힘없이 있다가 집무실 책상에 그대로 엎어졌던 것 같았다.

…아침에 눈을 뜨니 내 방의 침대였다.

"제노시아가 옮겨주었나?"

유폐의 탑 서재에서 책을 보다 잠들곤 했을 때야 어려서 가벼웠다지만 지금은 아닐 텐데… 좀 미안하네.

그러고 보니 옷도 그대로 입고 있었다.

옷을 갈아입고 창가에 서 있으니 곧 제노시아가 들어왔다.

"편히 쉬셨습니까?"

"뭐, 그럭저럭."

오늘은 수도 각 신전의 대신관들, 그리고 황족들과 함께 지내야 한다.

오전에는 신관들의 축복을 들어야 한다던가?

신이라는 자들을 믿지 않는 황족들이 왜 굳이 신관들을 불러들이는지는 알 수 없는 일이다. 건국 초에는 이런 일이 없었다던데 말이지. 쓸데없이 생겨난 귀찮은 절차인 셈이다.

'그런데 세레나는 안 올 생각인가?'

세레나는 축제가 시작된 지 3일이나 지났는데도 아직 안 오고 있다.

'오늘 안 오면 정말 큰일인데.'

오지 않는다면 안 그래도 트집 잡을 기회만 노리고 있는 친족들이, 특히 시에라나 황태후가 가만히 있을 리가 없었다.

"세레나에게서는 아직 연락 없었지?"

알고는 있지만 다시 제노시아에게 확인했다.

"예."

걱정이다, 안 오면 안 되는데…….

아침을 먹고 나서까지도 세레나는 오지 않았다.

'하, 정말 어떻게 해야 하나?'

신관들과 만날 시간이 점점 다가오자 더욱 초조해졌다.

'티란 법'에 있는 구절을 어긴다는 것은 황족으로서의 권리를 포기하는 것이 된다. 더 나아가 황족으로서의 자신을 부인하는 것.

어차피 세레나는 신관으로서 살기 위해 황족으로서의 권리와 힘을 포기했다고는 하지만⋯ 모든 혈육에게 외면당해야 한다는 건 유쾌하지 않은 일일 거다.

덧붙이자면, 보통은 그 '티란 법'을 어긴 자들은 황족으로서의 자신을 부인한 것이기에 제국의 백성조차 되지 못한다. 그리 되면 더 이상 그 부모나 친족이 쉴 곳을 마련해 줄 수 없기에 잘못하면 평생을 떠돌아다녀야 하는 방랑자가 될 수밖에 없다. 세레나야 신관이니 그냥 남을 수 있겠지만 말이다.

"하아⋯⋯."

난 한숨을 내쉬고 자리에서 일어났다.

이제 신관들을 만날 시간이었다.

'세레나는 안 올 모양인가? 아무리 '황족으로서의 권리'를 포기해도 상관없다지만 이러면 안 되는데.'

신관들과 만나게 될 방에는 원형으로 의자와 탁자가 있어서 동그랗게 앉게 되어 있다. 상석이 없도록 이렇게 만들어둔 것이다.

방에 들어서자 대부분의 황족들과 신관들도 이미 다 와 있었다.

부지런하기도 하군.

"평안하셨습니까, 폐하."

신관들이 모두 입을 모아 인사하자 나는 고개를 끄덕여 답했다.

"아?!"

그러다 나도 모르게 소리쳐 버릴 뻔할 정도로 놀랐다.

레일레나의 대신관으로서 온 노턴의 옆에 세레나가 서 있었던 것이다.

내가 놀란 걸 본 세레나는 그저 생글 웃었다.

여기서 추궁할 수는 없으니 그냥 나도 웃어주었다.

하지만 지금껏 걱정한 게 뭐였나 싶어서 허탈한 기분이 들기는 했다.

친족들이 다 모이고 그 '축복' 이라는 게 시작되었다.

신관들도 참 한심하다는 생각이 든다. 황족들의 대부분이 신을, 특정 교리를 믿지 않는다는 걸 너무나 잘 알면서도 돈이나 좀 받아내 볼까 해 주절주절 말을 늘어놓는 꼴이라니.

내가 뭐라 생각하건, 순서는 착착 진행되고 있었다.

우선 주신(主神)인 빛의 신 세네시안의 신관이 먼저 시작해서 하나씩 축복의 말을 했다.

'이 아린드 국을 신께서 외면하지 않으시고 영원토록 돌보기를…….'

하나같이 주절주절 말들은 많이 하지만 요약하면 저거다.

전부 비슷비슷한 말을 한다. 그것도 짧게 말하는 놈은 하나도 없었다. 혹시 대신관이 되려면 말을 길게 해야 된다거나 하는 조건이 있는 거 아 닌가 하는 생각이 들 정도로 끝이 없었다.

입은 안 아픈가?

물론 그 외중에서도 노턴의 말은 간단했다.

"레일레나님께서 내리실 희망과 빛이 함께하기를."

그러고 끝.

하여간 특이한 놈이라니까.

대충 끝나고 나자 대신관들이 먼저 일어났다.

황족들과는 저녁을 함께하기로 하고 서재로 향했다. 물론 세레나를 데 리고. 지금은 그저 저놈의 '축복' 때문에 모인 거니까.

"세레나, 걱정했잖아."

내가 책망하자 세레나는 헤헤거리며 웃었다.

"죄송해요. 하지만 연락할 시간도 방법도 없었어요. 오늘 아침에 신전 에 도착해서……."

"뭐?"

설마 벌써 순례 여행을 마친 건가 싶어 되묻자 세레나는 깜빡 잊고 있었다는 듯이 말했다.

"순례 여행이 끝난 건 아니에요. 말실수… 라고 할까요? 그저 '신전에 도착한' 거예요."

한마디로 이번 축제 기간에만 있다가 다시 갈 거라는 소리인가?

그런데 왜 신전으로 갔지? 순례가 끝나지 않았으면 보고할 필요 없으니 바로 성으로 왔으면 좋았을 텐데.

"아리아에게 부탁했으면 바로 성으로 왔을 텐데?"

세레나는 이상한 표정을 지었다.

그러더니 한마디.

"아리아는… 안 왔는데요."

"뭐? 왜?"

아리아에게 부탁해서 워프 마법으로 왔으면 편했을 텐데.

아니, 워프로 온 게 아니라면 어떻게 날짜를 맞춰 왔지?

"저 혼자 귀환 주문으로 온 거예요. 그러니까 당연히 신전으로 가게 되어서… 조금 늦었어요."

"왜 아리아랑 안 오고 혼자?"

"좀 많이 멀리 있었어요. 아리아가 말하길, 단번에 텔레포트하긴 좀 힘들다고 하길래 혼자 왔어요. 귀환 주문이면 바로 올 수 있으니까요. 아리아는 내가 갈 때까지 계속 거기서 기다리기로 했고… 갈 때는 오라버니께 부탁해서 스크롤을 이용하려고 했는데 주실 거죠?"

그러면서 살짝 윙크한다.

"그래? 알았어, 내가 스크롤 하나 구해줄게."

아리아가 어디쯤 있는 건지는 모르겠지만 그 근처에 군사 요새 같은 게 있다면 편할 거다. 성에 있는 스크롤들은 대부분 급한 전쟁 같은 걸

대비해서 만들어진 거라 그런 곳으로 가게 되어 있는 스크롤들이니까.

그나저나 디트레이가 실망하겠는걸? 축제 때 볼 수 있을 거라고 들떠 있던데.

"디트레이만 안됐지 뭐야. 그 녀석, 아리아랑 놀 계획 다 세워놨을 텐데."

"아마도… 좀 미안한 일이기는 하죠."

세레나가 어깨를 으쓱하더니 의자에 걸터앉았다.

나도 맞은편에 앉자 세레나는 묻지 않아도 여행이 어땠는지 술술 털어놓았다.

"여행은 별거없었어요. 기대했던 거에 비해서 너무 단조로워서 성에 있을 때나 다름없다는 생각이 들 정도? 주변 풍경만 바뀐 듯한 느낌이었다니까요."

그렇게 조잘대고 있기는 한데…….

허, 저 말을 믿어주어야 하나.

'그림자' 요원의 보고에 따르면 별 이유 없이 오크들 소굴에 뛰어들어 한바탕 뒤집어엎어서 다치지 않게 도와주느라 고생했다던데. 게다가 어느 마을에서는 호수 바닥에 신상이 잠들어 있다는 전설을 듣고 그 호수에 잠수했다면서.

으이구, 저 화상.

"내가 알고 있는 건 좀 다른데."

내가 눈을 모로하고 보자 세레나는 아무 상관없다는 듯 손을 휘젓더니 한마디 한다.

"뭐, 도중에 제 모험심이 들끓어서 약간의 일이 있기도 했지만, 다치진 않았다고요. 물론 오라버니로서는 걱정이 되시겠지만 일단은 저만 무사하면 되는 거잖아요."

너, 신관 맞니? 난 네가 지나간 후의 여파 때문에 더 걱정이 된단 말야. 네가 멀쩡히 잘 사는 오크들을 들쑤셔 놓은 덕분에 나중에 그 오크들이 마을을 습격할 뻔했다고 하던걸. 내가 너에게 붙인 그 불쌍한 요원이 열나게 뛰어다니며 수습하지 않았더라면 아주 큰일 날 뻔했단 말야. 오죽했으면 그 요원이 키나이에게 네 호위를 다른 사람으로 바꿔달라고 사정했겠냐.

“세레나, 적당히 하고 돌아다녀. 알았지?”

다 말하려니 말하다가 내가 열에 받쳐 화내게 될까 봐 차마 못하고 ‘적당히’ 하란 말만 했다.

“명령, 따르겠습니다.”

전혀 말을 따라줄 생각이 없는지 장난스럽게 대답하는 세레나.

저걸 진짜 팰 수도 없고.

“그런데 역시… 인가요?”

“응?”

갑자기 세레나가 이상한 말을 했다.

장난기 가득한 눈. 나한테 무슨 불리한 얘기를 할 것 같은 기분이 드는데.

“오라버니, 아리아 말고도 절 감시하라고 보낸 사람 있죠?”

뜨끔.

“왜?”

“아리아는 내 행동에 대해 자세히 보고한 적 없거든요. 전에 보고서 쓰는 걸 몰래 훔쳐본 적이 있어서 알아요. 그런데 오라버닌 다 알고 있는 것 같단 말이에요.”

내가 어떤 말을 할지 기대가 되는지 세레나는 즐거운 눈빛을 하고 있었다.

허, 이걸 어쩐다.

"불안해서 말야."

결국 솔직하게 털어놓았다.

그리고 내 불안이 그대로 적중했으니까.

"불안? 어떤 점을 말하는 건지 전혀 모르겠는데요."

아무것도 모르겠다는 표정을 지으면서 물어오는 세레나.

다 알면서 모른 척 순진한 표정을 가장하고 묻는 게 무척 얄미웠다.

'나도 자주 저랬었는데… 이제 하지 말아야겠구나. 저렇게 얄미워 보일 수가 있나.'

"세레나, 장난치지 마."

"알겠습니다~♡"

저게 요즘 점점 날 놀리는 데 취미를 붙여가고 있는 것 같단 말야. 신전에 가더니만 노턴을 조금씩 닮아가는 것 같다는 불길한 생각이 들어. 절대 그럼 안 되는데. 으윽! 스트레스받아.

이마를 손으로 짚고 있는 날 보던 세레나가 갑자기 생각난 듯 손뼉을 쳤다.

"참, 말하는 걸 깜빡할 뻔했네요, 오라버니. 전 오늘 저녁에 다시 여행을 계속할 거예요."

"왜?"

꼭 참가해야 하는 게 오늘뿐이기는 하지만 이왕 온 김에 축제가 끝날 때까지는 있을 줄 알았는데 왜 그렇게 급하게 가려는 거지? 오늘은 시간을 낼 수 없지만 내일은 잠시 시간을 만들어서 실비아도 소개시켜 주려고 했었는데. 그 핑계 삼아 나도 실비아 한번 더 보고 말야.

"오라버니에겐 조금 죄송하지만, 그래도 아리아가 혼자 기다리고 있는데 늦게 갈 순 없잖아요."

난 고개를 끄덕이곤 세레나의 머리를 쓰다듬어 주었다.

이후의 오후 시간은 정말 지옥이었다.

네라파로 시집가신 니아이스 누님—일단은 이렇게 부른다—은 황위 계승은 포기했으면서도 끈질기게 날 물고 늘어지고, 시에라와 펠리스 누님은 이상하게도 나에 대한 이야기에만 박자가 잘 맞아서 사사건건 트집잡으려 하고, 카에르 형님은 대체 무슨 생각을 하는 건지 음침하게 앉아 있기만 하고, 아스티안은 뭐가 그렇게 좋은지 분위기도 모르고 들떠 있었다.

내가 사망하면—아직은 별로 죽고 싶지 않지만 생각은 해둬야 된다—황제가 될 수 있는 놈들이다. 계승 서열이 제1순위가 시에라고 그 다음이 펠리스, 그리고 카에르, 아스티안 순인가?

순서대로 세어보며 모두의 얼굴을 한 번 훑어보았다. 아스티안을 제외하면 다들 날카롭게 빛나고 있는 눈빛들이 여전히 속셈이 가득한 것 같다.

어쩐지 다들 내가 죽기만을 바라는 것 같아 이런 자리에서 식사하는 건 정말 싫다.

쓸데없이 이런 관습들을 만든 건국왕의 머리 속을 들여다보고 싶다니까. 당시에도 친족들과 그렇게 사이가 좋지는 않았다고 하던데 말야. 기록이나 당시에 살던 사람의 자서전을 보면 심심지 않게 독약도 선물받고 했다던데 왜 이런 걸 만들었을까 몰라. 성격 한번 이상해.

그리고 그 다음날.

루이스 자작과의 약속 때문에 집무실에 멍하니 있었다.

시르 공작과 카난 공작은 이미 와서 자리를 잡고 있다.

세레나에겐 어제 스크롤 하나를 쥐어주며 기사 한 명도 딸려 보냈다.

스크롤로 가는 거라서 아리아가 있는 곳에 바로 가는 게 아니라 좀 떨어진 군사 요새에 도착했을 거다. 거기서 아리아가 기다리는 곳까지 데려다 주라고 호위를 붙여준 거다.

잘 갔겠지? 하여간 좀 있다가 가도 될 텐데 뭘 그렇게 서두르는 건지…….

한숨을 내쉬며 내 앞에 있는 두 사람의 대화에 귀를 기울였다.

"후후훗, 오늘도 즐거울 것 같아. 재미있는 일이라니까."

"여전히 언니는 성격이 이상해."

동감이다. 음침한 웃음 하며 멍한 표정이 더 기분 나쁘다.

"왜?"

카난 공작의 말에 시르 공작은 전혀 자신의 상태를 모르는 듯 반문했다.

"언니, 이런 일을 즐긴다는 거 자체가 이상한 거라고. 아무도 악당 역은 즐기지 않는 법이야."

카난 공작의 말에 시르 공작은 얼굴을 구겼다.

"너로서는 나의 고고한 취미를 이해할 수 없겠지. 내가 넓은 마음으로 이해하도록 하마."

"과연 넓은 마음일까?"

"둘 다. 이제 조용히."

카난 공작의 말에 발끈한 시르 공작을 말렸다.

곧 루이스가 올 시간이다.

차분한 분위기가 필요하다고. 게다가 아무리 그래도 그렇지, 내 앞에서 싸우다니 영 보기 안 좋다.

"네, 일단은 참지요. 여기서 화낼 수는 없으니."

나중에 한바탕할 거라는 걸 확실히 말해 주는 시르 공작.

“언니, 화내지 마아.”

이젠 싹싹 비는 카난 공작.

‘진풍경이군. 더 보고 싶은데?’

이런 생각으로 조용히 구경하려고 했는데…….

“폐하, 루이스 자작이 뵙기를 청합니다.”

밖에서 들린 소리 덕분에 둘 다 평소의 표정으로 돌아와 버렸다.

‘타이밍 좋군.’

“들어오시오.”

루이스 자작이 사뿐히 걸어 들어오다가 시르 공작과 카난 공작을 보더니 잠시 멈칫한다.

아무래도 저 두 사람이 걸리는 모양이다. 시르 공작은 전에 사소한 일로 트집 잡아서 루이스 자작을 몰아붙이기도 했으니까.

“평안하셨는지요.”

“그래, 앉게.”

루이스 자작은 머뭇거리면서 시르 공작과 카난 공작의 반대편에 앉았다.

이거이거, 벌써부터 그렇게 경계하면 곤란한데.

저 상태라면 세세한 이야기가 나오지 않을 수도 있겠는걸.

“무슨 일로 날 만나자고 했소?”

일단 운을 띄웠다.

머뭇머뭇.

루이스 자작은 머뭇거리기만 할 뿐 말을 하지 않았다.

하긴 쉽게 말할 만한 일이 아니긴 하지. 자신의 평생을 바친 리나이트 상단이 걸린 문서, 그것도 내가 특별히 신경 써서 만들어준 그 문서를 잃어버렸으니.

　사실은 내가 없애라고 지시한 거지만, 일단 루이스는 자신의 실수로 잃어버렸다고 알고 있으니 그게 사실이라고 할 수 있겠지.

　'진실'이라는 건 이렇게 간단하게 조작될 수 있는 거다, 지금 내 자리가 그렇듯이.

　"폐하, 죄송합니다."

　일단 갑자기 의자에서 일어나서는 엎드려 비는 루이스.

　헤에, 이렇게 나오기로 한 건가?

　"무엇이 말인가?"

　일단 아무것도 모르는 것처럼 의아한 표정을 지어 보였다.

　카난 공작은 과장되게 놀란 표정, 시르 공작은 미간을 약간 일그러뜨리고 있었다.

　"제가 미흡하여 폐하께서 저에게 주신 문서를 잃어버리고 말았습니다!"

　"무슨 문서를 말하는 것이오?"

　이럴 때는 최대한 당혹해하는 표정을 지어야 한다. 정말 전혀 짐작 가는 일이 없는 듯이 말이다.

　"폐하께서 리나이트 상단을 증명해 주신 문서를……."

　거기서 시르 공작이 끼어들었다.

　"난 그대가 무슨 말을 하는지 전혀 모르겠군. 폐하께서는 아시겠습니까?"

　차가운 어조.

　난 여기서는 좀 소극적인 자세를 보여야 한다. 내가 주도하는 게 아닌 것같이 보여야 하니까. 어디까지나 모든 일의 주체는 시르 공작인 것이다.

　"아, 저기……."

젠장, 성격과 다른 짓을 하려니 잘 안 되는군.

난 일부러 잠시 망설이다가 고개를 저었다.

난 내가 나서서 후닥닥 해치우는 게 좋은데. 소극적인 짓은 가장 싫단 말야.

속으로 투덜투덜 불평을 늘어놓는 사이 루이스 자작의 표정이 이상하게 변하기 시작한다.

당혹해하는 표정이더니 서서히 분노로 물들어간다.

"폐하! 설마… 절 속이신 겁니까!!"

저런 입장에 처한다면 나라도 저런 반응을 보이겠지.

"어찌 감히 폐하 앞에서 언성을 높이는 건가!"

루이스 자작의 말이 끝나자마자 시르 공작이 의자에서 벌떡 일어나며 말했다.

"시르 공작, 황제 폐하의 앞입니다. 자중하십시오."

냉정한 척, 걱정하는 척 부드럽게 말하는 카난 공작.

이제 봤더니 카난 공작도 즐기고 있었군. 시르 공작에게는 이상하다며 핀잔을 주더니 말야. 쳇, 난 죄책감이 느껴지는구만 남의 마음도 모르고 둘이서 참 잘 놀고 있구나. 둘 다 이런 일들을 자주 해봐서일까. 나처럼 '미안하다' 라는 감정을 가지고 있는 것 같지는 않단 말야.

이번 일은 어쩔 수 없는 거라곤 하지만 죄책감이 느껴지는 것 또한 어쩔 수 없는 일.

내가 아무 말 없이 루이스 자작을 지켜보자 그녀의 얼굴은 분노로 달아올랐다. 분노를 담은 눈으로 날 보면서 떨리는 목소리로 말을 내뱉었다.

"모든 것이 폐하의 진심이십니까? 폐하, 전 폐하께 충성을 바치겠다고 맹세했고 또 지금껏 그래 왔습니다. 그런데 어찌하여 절 이렇게……."

언제 나에게 충성했다는 걸까? 그저 나처럼 자신의 이득을 위해 움직인 것에 불과하면서.

난 작게 루이스 자작을 비웃었다. 그녀가 눈치 채지 못하도록 조심하면서.

"시끄럽군, 루이스 자작."

이번에도 시르 공작이 나섰다.

지금의 난 모든 걸 방관해야 하니까 그저 보고만 있었다. 또한 시르 공작이 너무 잘 움직여 주고 있어서 딱히 나설 필요도 없었다.

이건 시르 공작에게 죄를 돌리기로 되어 있었기에 그녀에게도 좀 미안하다.

"시르 공작, 카난 공작, 그대들도 모른 척하는군. 계속 이렇게 나올 생각인가?!"

이성이 거의 남지 않은 듯 마구 소리치는 루이스 자작.

하지만 지금은 상대가 상대인만큼 이성적으로 대하는 게 훨씬 유리할 텐데.

"루이스 자작과 시르 공작, 둘 다 좀 진정하시게."

내가 생각해도 나의 목소리는 지금 같은 일촉즉발의 상황에 맞지 않는 아주 차분한 목소리였다.

이거, 내가 너무 티 내는 거 아닌지 모르겠네.

그 말에 시르 공작은 일단 새초롬한 표정으로 자리에 앉았다.

하지만 루이스 자작은 석상처럼 서서 꿈쩍도 하지 않았다. 한동안 조용히 시르 공작을 노려보던 루이스 자작은 의자에 털썩 주저앉았다.

그리고 허탈한 목소리로…

"어디부터가 시작이었습니까?"

라고 말한다.

이제 상황을 어느 정도 짐작한 모양이다. 모든 것이 원래부터 짜여져 있었던 일이라는 걸 알아챈 거다.

'하지만 너무 늦었다.'

이제 리나이트 상단은 거의 나에게로 넘어와 있다. 루이스 자작이 지금부터 움직인다면 이미 너무 늦다.

우리가 이긴 거나 다름없는 게임, 하지만 끝까지 긴장을 늦추지 말아야 한다. 앞으로의 결과에 영향을 줄 테니까.

루이스 자작이 계속 내 편에 남게 될 건지, 아니면 완전 적이 될 건지 그 결과에 따라 다른 일들도 확실히 달라질 것이다.

"루이스 자작, 너무 무례하군."

시르 공작이 기분 나쁘다는 표정을 지으며 부채로 자신의 얼굴을 가렸다.

그 말에 루이스 자작이 시르 공작을 노려본 건 당연했다.

"그대가 일을 꾸미는 거요?"

허, 우리 계획대로 생각하고 움직이는군.

"일을 꾸민다니, 듣기 거북하군."

시르 공작은 여전히 부채로 입가를 가리고는 미간을 살짝 일그러뜨리고 있었다.

그 상태로 계속 대치하는 상황을 잠시 지켜보고 있다가 그들 몰래 카난 공작에게 슬슬 나서라는 눈짓을 했다. 그리고 내 신호를 기다리던 카난 공작은 바로 움직였다.

"언니, 그리고 루이스 자작님, 둘 다 그만 하세요. 황제 폐하의 앞입니다."

걱정을 가득 담은 어투로 말한다.

내 주변 인물들은 거의 다 연기력이 뛰어난 모양이다. 아니, 어쩌면 지금은 카난 공작의 본심인지도 모르지.

시르 공작은 살짝 부채를 내리고는 나에게 살짝 고개를 숙였다.

"좋지 않은 모습을 보여 죄송합니다."

"아니, 괜찮네."

하지만 루이스 자작은 아무 말 없이 고개를 숙이고 있었다. 머리 속에서 여러 생각들이 소용돌이치고 있겠지.

"루이스 자작, 폐하께 사죄를 하게."

여전히 시르 공작이 날카롭게 말했다.

난 손을 저었다.

"괜찮소. 그리고 루이스 자작?"

"예, 폐하."

멍한 어조였다.

하긴, 자신의 사소한 실수로 평생을 바친 소중한 걸 잃었으니…….

"별 할 말이 없다면 나가보게."

나도 미안함을 가득 담아서 말했다.

최소한의 사과이기도 했지만, 이렇게 하는 게 훨씬 효과가 크기 때문이기도 했다.

그게 아니라면 시르 공작은 내가 입도 열지 못하게 막았을 거다. 나역시 아무 효과가 없다면 말도 안 했을 거고.

난 그런 인간이니까. 일단은 내 안위가 우선이라는, 이 나라가 어떻게되든지 내 생명과 안전을 먼저 생각하니까.

루이스 자작이 유령처럼 일어나자 난 카난 공작을 향해 고개를 끄덕였다.

그러자 카난 공작이 재빨리 일어나서 루이스와 함께 나갔다.

아마 나가서 잘 달래주리라.

뭐, 달랜다기보다 이번 일로 크게 원망을 가지지 않게 만들려는 거겠지만 그게 가능하긴 한 건지……. 나라면 절대 용서하지 않을 테니까.

그 둘이 나가고 나서 잠시 조용히 있었다.

"폐하, 죄책감을 느끼십니까?"

역시 날카로운 시르 공작의 말.

"시르 공작, 그대는 왜 그렇게 생각하는 건가?"

"그냥 느낌입니다."

그러면서 살풋 웃는다.

그리고 의자에 기대며 한숨처럼 입을 열었다.

"폐하, 자책하는 건 안 좋은 버릇입니다. 이건 멋모르고 날뛰던 루이스 자작의 책임도 있는 일이니까 말입니다."

정말 차가운 말이다. 그렇게 생각해도 맞는 말이긴 하지만.

할 말이 없어서 쓴웃음을 지었다. 그리고 급히 화제를 돌렸다.

"카난 공작이 잘해야 할 텐데……."

"당연히 잘할 겁니다."

시르 공작은 당연하다는 듯이 대답했다.

"카난 공작을 믿고 있는 건가?"

"…가치가 있을 때까지만요."

낮은 목소리였지만 뇌리에는 확실하게 남았다.

가치가 있을 때까지만 믿는다라… 무시무시한 말이었다.

시르 공작의 눈이 그건 나에 대해서도 마찬가지라고 하는 것 같았다.

나 역시 가치가 없으면 필요 없다고, 계약을 지키라고.

그나저나… 카난 공작도 알고 있을까? 자신이 시르 공작에게 어느 정도의 존재인지.

설마 정말로 '언니 같은 좋은 사람'이라고만 생각하고 있는 거라면…

나중에 카난 공작은 상당히 상처받게 될지도.

　내일이면 축제가 끝이다.
　마지막 파티라 엄청 화려하게 벌어졌다.
　그런데 이상하게…
　"폐하, 무슨 생각을 하십니까?"
　"아니오."
　뮤리아가 내 옆에서 떠날 줄을 모른다.
　한번 수다가 시작되면 끝이 안 나는 것 같다. 게다가 최근에는 더 심해졌다. 뭔가 생각하는 것 같다고 할까?
　하네인 후작과 어울리더니 성격이 약간 물든 것 같다. 아니면 이곳이 익숙해지면서 본래의 성격이 나오는 건지도 모르지.
　"참, 최근에 묘한 소문이 돌던데요. 일단 제 궁에 있는 사종들은 입단속해 뒀어요. 정말 터무니없는 소문이라서."
　한심해하는 어조.
　혹시 그 소문…
　"폐하께서 어떤 여자와 사랑에 빠졌다는 소문이요. 지금 이 연회장 안에서도 수군거리는 사람들이 있을 거예요, 분명히."
　뜨끔.
　"아하하……."
　뮤리아의 눈초리로 보건대 이미 알고 있는 것 같다.
　"뮤리아, 혹시……."
　"사교계에서 그런 소리 못하도록 해두지요, 일단은요."
　다 알고 있다는 듯이 살며시 웃으며 하는 말.
　애매한걸. 정말 알고 있는 건지 아닌 건지. 알고 있든 아니든 참 난처한 노릇이다.

그렇게 뮤리아와 계속 이야기하고 있는데 연회장 한쪽에 서 있던 4대 공작가의 사람들이 나에게 다가왔다.

"시르 공작, 무슨 일 있소?"

'인사라면 연회의 시작 때하고 갔는데 무슨 일로 우르르 몰려온 거지?'

"폐하, 비텐 백작을 기억하시지요?"

헐, 설마 내가 잊어버렸다고 생각하고 묻는 것은 아닐 텐데 왜 묻는 건지…….

"당연히. 그런데 왜?"

"비텐 백작이 '그 일' 이후 잠시 여행을 떠났었다는 것도 아시지요?"

난 고개를 끄덕였다.

'그 일'이란 볼마르프 후작이 사형당한 일을 말하는 것이다.

'그 일'은 알겠지만 시르 공작이 무슨 말을 하고 싶은 건지는 전혀 짐작이 가지 않았다. 설마 비텐 녀석이 자살 같은 걸 하지는 않았을 테고.

"그 비텐 백작이 루딘(영지 이름이자 그 영지의 주인 이름이다) 근처의 바다에서 고대 유적을 발견했다고 합니다."

"뭐?"

고대 유적? 그거, 꽤 이득 되는 장사일 텐데? 거기서 뭔가 나오든, 나오지 않든 말야.

그런 유적에는 쓸 만한 무기 같은 게 있을지도 모른다. 지금 에이원의 최대 무기인 마도포 역시 그런 유적에서 발견한 것이고. 잘만 하면 괜찮은 걸 건질 수 있을지도 모른다.

그런데 누가 발견했다고?

"비텐 백작이?"

“예.”

허, 이거야 원.

비텐 백작은 나와 친한 이가 아니니 무턱대고 좋아할 만한 일은 아니군.

“왜 비텐 백작이 직접 나에게 말하지 않고?”

“제가 보고하겠다고 말했습니다. 의논드릴 일이 있어서…….”

그러면서 슬쩍 눈치를 주는 시르 공작.

“알았네.”

난 자리에서 일어났다. 그러자 뮤리아도 따라 일어났다.

“뮤리아.”

이름만 불렀지만 눈치 챈 듯 살짝 목례한다.

뮤리아를 내버려두고 상석에서 내려와 테라스 근처로 갔다. 이런 곳이 의외로 조용히 이야기하기에 좋은 곳이다.

잠시 안쪽의 사람들이 이쪽을 보고 있는지 살핀 후 시르 공작이 말했다.

“루벤트 공작과 카난 공작은 연회장에서 이상한 말이 나오지 않게 입단속을 해주십시오. 특히 유적을 발견했다는 말이 너무 퍼지지 않게 했으면 합니다. 다들 사라지면 아무래도 이상하게 생각할 테니까요.”

맞는 말이었다. 우리 쪽에서 조사단을 파견하기 전에 손상되면 곤란하다.

“그럼 나와 시르 공작, 그리고 재상은 잠시 빠져나가야겠군.”

“알겠습니다.”

난 시르 공작, 레비스 재상과 함께 연회장을 빠져 나왔다.

그리고 연회장 밖에서 날 기다리던 제노시아―연회장 안에서 기다려도 되는데 굳이 여기서 기다린단다. 연회장의 공기가 싫다고―와 함께 집무실이 아닌 서재로 향했다.

서재는 조용히 이야기하기에 좋은 곳이다.

"자, 시작하지."

말과 함께 시선을 주자 시르 공작은 지체없이 얘기를 꺼냈다.

"예. 일단 말씀드리자면, 루딘 영지가 항구 도시라는 건 아시죠?"

알지, 루이스 자작의 영지와는 비교도 안 될 정도로 작기는 하지만.

"근처에 암초가 많아 좋은 항구는 아니라고 하는데 지금은 그 항구가 문제가 아니니 넘어가지요. 어쨌든 그 근처에 큰 동굴이 있는데, 거기서 고대 유적이 발견되었다고 합니다."

"동굴?"

그렇다면 '유적'이라기보다 고대의 유물이 남아 있었던 게 아닐까? 보물 창고처럼?

시르 공작은 내 생각을 짐작한 듯 고개를 저었다.

"저도 유물을 발견했나 보다 했는데 그게 아니랍니다. 동굴 안에 큰 건축물이 있었다고 했습니다."

"오호, 그래?"

'동굴 안이라… 그래서 지금껏 발견되지 않았던 건가? 어쩐지 멋있을 것 같은데? 그런데 비텐 백작은 거기를 어떻게 알아냈을까?

"비텐은 어떻게 발견했다고 하던가?"

"그건 잘 모르겠습니다."

음, 좀 수상하다는 생각이 드는데?

"유적이 있는 게 확실한가? 난 믿음이 가지 않는데."

"예, 사실 저도 좀 의심스럽습니다. 그래서 키나이 할리님께 조사를 부탁드렸으면 하는데, 괜찮으시겠습니까?"

"제노시아, 키나이에게 연락해."

"예."

제노시아가 자리에서 일어나 서재를 나가자 이야기가 계속되었다.

"폐하, 이번 '유적'의 일이 사실이라면 루딘 남작과 비텐 백작에게 충분한……."

"아아, 알아."

난 레비스의 말을 끊어버렸다.

루딘 남작은 자신의 영지에서 그 유적이 나왔으니 이에 상응하는 대가를 바랄 테고 비텐 백작 역시 자신이 발견했으니 뭔가 있기를 기대하고 있겠지. 그러니 자신들이 마음대로 조사하거나 하지 않고 바로 나에게 보고가 올라온 걸 테고. 나도 이제 이 정도는 읽을 줄 안다 이거야. 시르 공작이 물러선 지가 벌써 2년인데, 아무리 멍청해도 대략적인 일은 파악할 수 있을 시간이라고.

그런데 비텐 백작이 시르 공작에게 말하고 다시 시르 공작이 나에게 말할 때까지 왜 키나이는 아무 말도 없었을까? 키나이가 무슨 일이든 다 알고 있을 거라고 생각하는 건 아니지만 좀 이상한데? '유적'에 대한 건 큰일이니 알면서 보고하지 않은 건 아닐 거고, 몰랐다고 하기는 조금…….

"시르 공작, 그 유적이 진짜라고 생각하는 건가?"

"전 잘 모르겠습니다. 이런 이야기에 약해서……."

시르 공작이 난처한 표정을 지었다.

내가 레비스에게 눈을 돌리자 레비스도 마찬가지로 '역사'라는 부분에 약한 듯 난처한 표정이다.

'이거야 원.'

"그럼 우리끼리 모여봐야 결론은 안 난다는 소리가 아닌가. 시르 공작이나 나나 그 딴 건 전혀 관심 분야가 아니니 말이네."

내 말에 시르 공작은 '그렇게 표현할 것까지야…'라고 중얼거리긴 했지만 별다른 말은 하지 않았다. 자신도 맞는 말이라고 생각이 되나 보다.

어쩐지 허탈하다.

'유적 발견'에 따른 정치적인 얘기야 우리끼리도 할 수 있다. 하지만 그 유적 조사에 대한 내용은 전혀 의논할 수 없는 것이다. 중요한 게 그 '조사'인데.

"이런, 이런."

내가 고개를 설레설레 흔들자 시르 공작이 잠시 생각에 잠기더니 살짝 웃었다.

"폐하를 따르는 이들 중에 유적에 대해 모르는 사람만 있는 건 아니지 않습니까? 그들을 조사단으로 파견시키시면 된다고 생각합니다만."

"뭐?"

"사아라 후작이 그런 유적에 관심이 깊다고 알고 있습니다만……."

그래, 사아라 후작이야 마법사이니 그런 것에 관심이 많겠지. 고대의 유적이라면 마법에 연관된 것들도 많을 테니까.

"하지만 사아라 후작을 보내기에는 조금……."

레비스가 걱정하자 시르 공작도 고개를 끄덕여 찬성한다.

음… 사아라 후작, 정말 신용이 없는 사람이네. 그러게 평소에 잘하지.

"미스트 백작과 같이 보내면 어느 정도 제어가 될 거라 생각되는군."

"예."

"그럼 그 유적의 조사단에 대해서는……."

레비스가 마지막 확인처럼 말했다.

"사아라 후작과 미스트 백작에게 맡겨도 상관없을 듯하군."

똑똑.

열심히 토론을 하고 있는데 노크 소리가 들리더니 제노시아가 키나이와 함께 들어왔다.

"오랜만에 뵙습니다."

"키나이, 혹시 이번에 비텐 백작이 발견했다는 유적에 대한 걸 알고 있는가?"

"유적… 말씀이십니까?"

키나이의 눈빛이 날카로워진다.

어라? 반응을 보아하니 알고 있었던 듯한데? 왜 나에게 보고를 하지 않았지? 좀 불쾌해지는걸.

키나이는 의자에 앉으며 천천히 입을 열었다.

"알고는 있습니다. 하나 그 발견 과정에 의심이 가는 부분이 많아 아직 보고를 드리지 않았습니다."

난 미간을 모았다.

"의심이 가는 부분?"

"예. 첫째로 그 유적이 동굴 깊이 숨겨져 있었다면 비텐 백작은 대체 무슨 일로 그 동굴에 그리 깊이 들어가 본 것일까요?"

"그건 우리도 의심스러워하는 부분이네."

레비스의 말에 키나이가 고개를 끄덕였다.

하지만 난 아직 키나이의 말을 다 듣지 못했다.

"다른 이유는?"

"비텐 백작의 태도입니다. 학자인 그가 그런 유적을 발견했다면 보고한 후 조사하려 하는 게 당연할 텐데 관심이 없어 보인다고 할까요? 거의 남의 일이라고 생각하는 듯합니다."

그런가? 하지만 그건 얼마 전에 장로들과 연관되어 안 좋은 일도 있었고 하니 나서기 힘들어서 그런 것 아닐까. 비텐 백작은 좀 소심한 사람이니까.

"그래도 이 정도로 중요한 일이면 나에게 보고를 해야 하지 않나?"

약간 책망 어린 말에 키나이는 살짝 고개를 숙였다.

"죄송합니다. 모든 게 확실해 지면 보고하려 했습니다."

확실해지면 언제? 비텐 백작이 황성에 보고해서 조사단이 파견된 다음에? 라고 말하고 싶었지만 꾹 참았다.

이건 키나이의 잘못이 아닌 데다 다른 이들이 있는 앞에서 그런 말을 할 필요는 없으니까. 그리고 화를 내는 건 의논할 수 있는 문제들 먼저 해결하고 나서다.

"그래서 그 유적은 진짜인 것 같던가?"

"아직 의심 가는 부분이 많아 모두 조사하지는 못했습니다."

한마디로 말하자면 아직 유적이 진짜인지 가짜인지 모른다는 것이다. 하지만 가짜라고 단정 지을 수만은 없다. 안 그렇겠는가? 비텐 백작이 미치지 않고서야 왜 가짜 유적을 만들어서 유적을 발견했다고 거짓말하겠는가. 그럴 이유가 전혀 없었다. 게다가 그 유적이 가짜라는 게 밝혀지면 자신의 목숨도 위험해질 텐데 말이다.

"하지만 진짜일 가능성이 많습니다."

키나이의 말에 시르 공작이 고개를 끄덕였다.

레비스도 그렇다고 생각하는 듯했고, 모두 그 유적이 진짜라고 생각하고 있는 듯했다.

"키나이, 계속 비텐 백작의 유적 발견 경위에 대해 조사해 줘."

"예."

머리 아프군.

그건 그렇고, 그 유적에서 뭐가 발견될지 기대된다. 뭔가 좋은 게 나오면 좋겠는데……. 그게 아니라도 유적이 나왔다는 것 자체로도 의의가 있다. 고대인의 유물을 가질 수 있다는 것도 있겠지만 우리 나라에 아직 발견되지 않은 유적이 더 남아 있을 수 있다는 말도 되니까.

난 다음날 정무 회의에서 비텐 백작이 유적을 발견했다는 말이 있었음을 얘기했다.

"정말입니까?"

가장 눈을 초롱초롱 빛내는 건 역시 사이라 후작.

"그래서 그 유적에 대한 조사를 위해 조사단을 파견하려 하는데."

여기서 말을 끊고 모두를 한번 쭉 훑어보았다.

"사이라 후작이 책임자로서 가주었으면 하네. 그리고 미스트 백작도 함께 가게."

"예."

"예, 폐하."

'유적' 이라는 말 하나에 완전 들떠서 두말없이 좋다고 말하는 사이라 후작과 달리 커다란 짐덩어리를 하나 책임지게 된 미스트 백작은 좀 무겁게 말했다.

"수고해 주게, 미스트 백작."

"예……."

그들은 그날로 조사단의 인원을 추려서 다음날 바로 출발해 버렸다.

사이라 후작의 재촉에 당장 움직일 수 있는 자들만 데려가 버린 거다. 그리고 듣기로는 사이라 후작이 마법을 써서 갔다고 한다. 그 인원을 모두 루딘 영지까지 순간 이동시키진 못했지만 꽤 멀리까지 이동했다고 한다.

마법진의 도움도 없이 혼자 마법을 쓴 거라 이동하고 나서 바로 쓰러져 버렸다고 했지만 그 상태에서도 출발하라는 말은 잊지 않았단다. 그리고 기절했다고.

그렇게 흥분할 일일까?

나로서는 이해가 안 가는 일이다.

그리고 며칠 뒤.

키나이가 날 만나러 왔다.

"비텐 백작이 그 유적을 발견한 경위를 알았습니다."

"그래?"

호오, 드디어 알아냈나?

"작은 배를 타고 여행하던 도중 평소 친분이 있던 루딘 남작에게 들르기 위해 영지로 가다가 그 근처의 암초에 배가 부딪쳤던 모양입니다. 그래서 그 배에 있던 작은 구명선으로 옮겨 탄 후 루딘 남작의 영지에서 조금 떨어진 곳에 내려 걸어갈 생각으로 그 근처의 동굴로 향했던 모양입니다."

헤에, 상당히 특이한 이유로 발견했군. 보통은 서적 같은 걸 보고 찾아다니다가 발견하지 않나?

"그래?"

"예, 바보 같지요?"

키나이도 나와 비슷한 생각인 모양이다.

발견 과정이 창피해서 말 안 한 거였나?

"그럼 비텐 백작이 꾸민 것일 리는 없다는 건가?"

"예, 그렇습니다."

그럼 일단 안심해도 되겠군. 가짜가 아니라면 건질 게 조금이라도 있겠지. 유물 같은 게 나오지 않더라도 말야.

"그리고 이걸 전해달라고 하더군요."

그러면서 불쑥 편지를 두 통 내밀었다.

"그게 뭔가?"

"아리아와 세레나님께서 보낸 겁니다."

"에엑?"

왜, 왜 그 편지를 키나이가 가지고 있는 거지?

"폐하께서 그분께 붙인 요원이 전해달라고 부탁 받았다며 저에게 주더군요. 자신이 직접 폐하를 뵈러 올 수는 없으니 대신 전해달라고요."

완전히 들켜 버렸군. 그 요원을 어떻게 세레나가 알게 된 걸까? 세레나가 눈치가 빠른 건지, 아님 그 요원이 멍청한 건지.

슬며시 편지를 펼치려고 하는데…

"폐하, 루이스 자작이 오늘 시르 공작을 만나러 갔었습니다."

"그래?"

루이스가 시르를 만나러 갔다면 리나이트 상단의 문제겠군.

"자세한 건 아직 모르지?"

"예, 알아내어 보고드리겠습니다."

난 고개를 끄덕이고 가보라는 손짓을 했다.

키나이가 사라지고 나서 제노시아가 내게 다가왔다.

"세레나님이 그 요원과 같이 다니는 모양이군요?"

"그래. 하여간 눈치만 빨라."

투덜거리며 우선 아리아의 편지를 먼저 펼쳤다.

지금 저희는 루딘 영지 근처에 와 있습니다.

유적 발견 문제로 시끄러워요.

여기로 파견 나오신 사아라 후작님과 미스트 백작님도 만나뵈었습니다.

세레나님이 유적을 구경하고 싶어하시니 이곳에 좀 오래 머물 것 같아 보입니다.

아주 간단한 편지로군. 아리아도 귀찮은 걸 질색해서 큰일이란 말야. 자, 그럼 세레나의 편지를 볼까.

오라버니, 지금 내가 어디 있는지는 당연히 알고 계시겠지요?

매일 보고받고 계실 테니.

그래도 굳이 말씀드리자면, 루딘 영지예요.

여기서 유적이 발견된 건 알고 있지요?

당연히 아니까 사아라 후작이랑 미스트 백작을 보냈을 테니까요.

그런데… 아주 잠깐 유적을 구경하고 싶다고 하니까 절대 안 된다고 하네요.

상부의 허락 없인 죽어도 안 된다고요.

첼, 한번 보고 싶었는데 말이에요.

그래서 생각난 게, 오라버니 역시 '상부'라는 거… 헤헤헤…

허락, 부탁해요.

그나저나 오라버니 잘 지내지요?

그럼 여기 유적에 놀러 와요. 오랜만에 아리아도 만나고, 나와 느긋하게 이야기도 하고.

참, 안부도 빨리 묻는구나.

편지의 끝머리에 오라버니의 안부를 묻다니. 믿음직한 동생이어서 좋네에~

혈압이 오르려는 걸 눌러 참고 편지를 덮었다.

"세레나님도 루딘 영지에 계신 모양이군요."

"그러게. 요새 왜 이렇게 이 영지와 연관된 일이 많은 건지……."

난 편지를 접어 서랍에 넣었다.

괴상한 편지만 쓰긴 해도 동생이 보낸 걸 버리긴 좀 뭣해서 다른 편지들도 보관 중이다.

"안부 편지라기보다 유적 구경을 허락해 달라는 편지로군."

"흥미가 있으신 모양이지요?"

흥미라기보다 단순히 재미있을 거 같아서일걸.

세레나는 그냥 안부 편지를 써 보내줄 수는 없는 걸까?

어째 꼭 하는 짓이…

하지만 그 고대 유적이란 건 나도 좀 흥미가 있다.

한번보고 싶어.

난 지금 여행 중이다.

황성을 비울 수 없는 내가 어떻게 여행을 떠나게 될 수 있었냐 하면,
여러 가지 문제가 복잡하게 얽혀져서 가능해져 버렸다.

물론 내가 우긴 것도 조오끔 있고.

사정은…

세레나의 편지가 온 날 저녁 키나이와 시르 공작이 와서는 루이스 자
작의 일을 보고해 주었다

예상대로 대판 싸운 모양이었다.

루이스 자작은 '시르 공작이 황제도, 이 나라도 조종하고 있다' 며 소
리를 질러댔고, 시르 공작은 차갑게 '그건 황제를 모독하는 것. 그 말 하
나로 죽을 수도 있다는 걸 아는가' 라며 대꾸했다고 한다.

루이스 자작의 말대로 내가 시르 공작과 그런 연관이 있기도 하지만…
아니, 더 정확히 말해서 그 말이 어느 정도 사실이기는 하지만, 그렇게
노골적으로 들으니 상당히 기분이 나빴다.

하여간 시르 공작이 말한 바로 루이스 자작은 나에게 복수하겠다고 했
단다.

시르 공작이 꾸민 걸로 알았다면 그쪽에 복수를 할 것이지 왜 나한테
하겠다고 하는 건지는 잘 모르겠지만, 아마도 만만한 상대인 날 잡은 거
아닐까 하고 생각한다.

시르 공작 쪽은 워낙 견고하고, 또 카난 공작 역시 만만치 않으니. 그간 시르 공작의 비호 아래서—지금은 관뒀다지만—황제 노릇을 한 내가 제일 쉬워 보였겠지.

이해는 되지만…

어째서 황제라는 이름을 달고 있는 내가 제일 쉽게 느껴져야 하는 건지, 한심한 노릇이다.

하여간 일이 이렇게 되었다며, 자신이 수습할 테니 나는 신경 쓰지 않아도 된다고 한다.

그러마 하고 고개를 끄덕이고 나서 시르 공작을 보냈다.

물론 시르 공작의 말에 그대로 따를 생각은 전혀 없다. 시르 공작이 나 모르게 대체 무슨 짓을 할 줄 알고 신경을 끈다는 건가.

그래서 내 방에서 키나이와 리나이트 상단과 루이스 자작에 대해 이야기 중이었는데 갑자기 뮤리아가 내 방에 쳐들어왔다.

그러더니 키나이를 보고 고개를 갸웃.

"이분은?"

"전 키나이 할리. 당신이 신경 쓸 사람이 아니니까 신경 끊어주셨으면 합니다. 폐하께서 당신을 직접 저에게 소개하지 않는 한, 전 당신과 인사를 나눌 필요를 느끼지 못하니까요."

키나이의 말에 뮤리아는 기가 막힌 듯 가만히 키나이를 노려봤다.

제법 매섭게 노려봤지만 키나이가 그 정도에 꿈쩍할 사람은 아니었다.

"그럼 이만 가보겠습니다."

키나이는 태연하게 인사하고는 휙 사라져 버렸다.

갑자기 왜 저렇게 예민하게 구는 건지 모르겠네.

하여간 뮤리아는 키나이가 갑자기 사라진 데 무척 놀란 것 같았지만 이내 태연하게 나를 보고 생긋이 웃으며 말했다.

"폐하, 저 사람 누구지요?"

말속에 분노의 오로라가 느껴진다.

"이름은 들었으니 알 테고, 하는 일은 정보 수집."

"그렇군요. 하지만 제가 알고 싶은 건 그게 아닌데요."

내 대답이 만족스럽지 않은지 톡 쏘는 듯이 대꾸했다. 그리고 기분을 바꾸려는 듯 고개를 흔들더니 이내 밝은 표정을 지었다.

"그보다… 저희 여행 가지 않을래요?"

"여행? 무슨 그런 말도 안 되는 소리를."

"말도 안 된다니요? 황성 안에만 있으면 답답하잖아요. 게다가 요즘은 갈 곳도 있잖아요. 유적이 발견되었다는 그…….."

뮤리아의 말에 난 황당할 뿐이었다.

못 가는 건 아니겠지만 그래도 그렇지, 갑자기 나타나서는 '여행가요' 라니… 게다가 그 유적은 한창 조사중이다. 뮤리아와 내가 가면 방해만 될 게 뻔하다. 게다가 난 그런 데 관심도 없고, 귀찮게 거기까지 가고 싶은 마음도 별로 없다.

막 뮤리아를 설득하기 위해 입을 열려는 순간, 좋은 생각이 머리를 스쳤다.

그래. 나만이라면 그다지 방해는 안 될 것이다. 일단 날 따라다니는 호위기사들이 있기는 하지만 기본적으로 난 제노시아랑만 다니니까 그다지 방해는……. 그리고 세레나와 아리아도 거기 있다고 했고…

오호, 좋은 생각인걸?

"뮤리아, 무슨 생각을 하는 거지?"

일부러 딱딱하게 대꾸하자 뮤리아는 완전히 열이 식어버린 모양이다.

"그저 좀 즐기고 싶다는 것뿐이었어요."

입을 모으고 쫑알대는 모습이 좀 불만스러워하는 것 같긴 하지만, 어쩔 수 없다고 생각했는지 포기했다.

이게 사건의 경위다.

그러니까 루이스 자작이 날 만나러 오기 전에 피한 것이기도 하지만.

물론 황제가 특별한 일도 없이―병에 걸리거나 전시 같은―수도를 벗어
나는 건 이례적인 일인지라 대신들에게 좀 협박 같은 걸 하긴 했지만…
어쨌거나 즐거운 여행의 시작인 거다.

뮤리아는 자신만 두고 혼자 간다고 또 뭐라고 하긴 했지만, 어차피 결
정된 거니 할 수 없다며 그냥 납득했다. 아니, 납득했다기보다 내가 말을
돌리니 그대로 넘어와 다른 문제만 이야기한 거지만.

생각 외로 뮤리아는 아주 단순한 사람인 것 같다.

그리고… 뮤리아는 내 어머니와 많이 닮았다.

외모는 전혀 다르지만 내 기억 속에 있던 어머니와, 시녀들이나 다른
이들에게 들었던 어머니와 상당히 닮은 부분이 많았다.

그래서인지 최근에는 뮤리아의 말을 거의 다 받아주게 되어버렸다. 어
차피 지금은 거의 말장난이나 하는 사이지만.

그리고 시르 공작은 잠시 피해 있겠다는 생각으로 받아들였는지 '좋
은 생각'이라고 찬성, 내가 돌아올 때까지 루이스 자작의 일을 처리해
놓겠다고 했다.

"폐하, 무슨 생각을 그리 깊이 하십니까?"

"아무것도 아냐, 실비아."

실비아는 이상하다는 표정으로 날 보고 있었다.

사실 지금 난 몰래 실비아를 데려왔다.

시녀를 데려가는 것처럼 해서 살짝 데려온 것이다.

이왕 애인 사이가 된 거 세레나에게 소개시켜 주기도 할 겸 또 거기서

데이트도 즐길 겸해서.

뮤리아의 말에 생각해 낸 아이디어지만 상당히 괜찮은 생각이다. 매일 정해진 곳에서밖에 못 만났으니까 말이다.

또 이번엔 디트레이도 따라간다.

황실 친위기사라 '날 호위하기 위해서' 라고는 하지만 사실은 아리아랑 만나기 위해… 가 목적으로 보인다.

"실비아, 바다를 본 적 있어?"

난 서둘러 화제를 전환했다.

"예, 본 적 있습니다."

"그래?"

"폐하께서는 보신 적 없으십니까?"

이상하다는 듯한 어조의 질문에 난 멋쩍게 웃었다.

"어릴 때부터 황성 안에서만 지냈거든."

일단 유폐의 탑도 황성 안이니까 맞는 말이다.

내 말에 실비아는 배시시 웃었다.

"그랬군요. 바다는 말이에요……."

그러면서 신나서 바다에 대해 설명했다.

그 설명을 듣고 있다가 언뜻 제노시아를 봤는데 제노시아가 아닌 척하며 은근히 귀를 기울이고 있는 모습에 난 살풋 미소 지었다.

제노시아도 계속 나와 지내서 바다를 본 적 없으니 당연히 궁금했겠지. 하지만 이런 모습의 제노시아는 정말… 귀엽다고 해야 하나?

"푸르른 물이 끝없이 펼쳐져 있는 거예요. 거대한 호수 같다고 할까요? 실제로 보시면 정말 감탄하실 거예요."

"그래?"

그런데… 아무리 들어도 별로 기대가 안 된다.

바다라는 거, 실제로 본 적은 없지만 책으로야 읽은 적 있다. 따지자면 강과는 다른 좀 짠 물, 그리고 큰 물결이라고 생각되는 파도라는 게 있다고 했다. 그러니 그렇게 감탄할 만한 건 아니라고 생각하는데…….

생각이야 어쨌든 고개를 끄덕여 주었다. 난 본 적이 없으니까 그냥 그러려니 하고 받아들이는 게 좋을 것 같다.

이런저런 생각을 하며 벌러덩 누워버렸다.

마차가 넓어서 제노시아와 실비아, 나까지 다 누워서 뒹굴 수 있을 정도였다. 뭐 하러 이렇게 크게 만들었나 몰라.

실비아가 내 모습을 보곤 키득거렸다.

"지루하세요?"

"아아."

정말 지루하다. 단조로운 여행이란 게 너무 따분하다.

저번 세튼과의 전쟁 때문에 움직였을 땐 생각할 게 많아서 별로 지루하다는 생각은 하지도 못했었는데.

내일이면 도착하긴 하지만… 따분했다.

"참으십시오. 괜히 문제 만들려 하지 마시고."

내 상태를 아주 정확히 파악한 제노시아가 한마디 던졌다.

흑, 내가 이렇게까지 신용이 없었다니.

시간이 가고 밤이 되어서 우린 노숙을 했다.

노숙이라고 해봤자 나는 이 편한 마차 안에서 뒹굴며 자면 된다. 다만 밖의 기사들이 고생하는 거지.

실은 노숙 같은 거 하면서 갈 정도로 급한 일은 아니다. 영지나 마을 같은 데 들르면서 쉬엄쉬엄 가도 되는 일이다. 한데 최대한 강행군을 하고 있었던 것이다.

가슴에 손을 얹고 진실되게 말하는데, 내가 빨리 가자고 한 거 아니다.

절대로 아니라고 맹세할 수 있다.

다만 출발 3일째 되던 날 지루함에 못 이겨서 최대한 빨리 가면 얼마만에 도착할 수 있냐고 물었더니만 그냥 냅다 내달리는 거다. 무식한 것들……

난 눈을 감고 참을 청했다.

아침에 눈을 뜨니 실비아도 일어나 있었다.

"어라?"

"폐하, 안녕히 주무셨어요?"

어쩐지 웃음기가 가득 담긴 실비아의 말에 대충 고개를 끄덕이며 제노시아를 봤다.

"벌써 움직이고 있습니다. 루딘 영지에는 곧 도착한다고 하더군요."

"벌써?"

난 침대… 가 아니라 마차의 휘장을 걷어내었다.

기사들은 벌써 움직이고 있었다. 일어나서 출발한 지 꽤 된 것 듯했다.

그렇다고 내가 늦잠을 잔 건 아닌 것 같았다. 해의 위치를 볼 때 아직 동녘 하늘의 지평선 위에 머물고 있었으니까.

"왜 이렇게 빨리 출발한 거야?"

"글쎄요, 잘 모르겠습니다."

그리고 출발하면 날 깨울 것이지 그대로 자게 내버려 두냐.

투덜거리는 나에게 제노시아는 다시 설명을 했다.

"이른 시간에 폐하의 수면을 방해하기 송구스럽다고 하여 깨우지 않았습니다. 화내지 마십시오."

"화난 건 아냐."

"그러십니까?"

실제로 화나지는 않았다.

겨우 그 정도 이유라니… 하면서 좀 한심해할 뿐이다.

난 다시 휘장을 내리고 쿠션들에 몸을 기댔다.

"얼마나 남았다고?"

"점심 무렵이면 도착한다고 합니다."

"알았어."

잠에서 아직 덜 깬 나는 멍하니 앉아 있었다.

실비아는 잠을 많이 못 자서인지―기사들이 출발한다고 해서 일찍 일어났다니까―꾸벅꾸벅 졸고 있고 제노시아도 멍한 듯 아무 생각 없이 앉아 있었다.

"폐하, 루딘 영지에 거의 다 왔습니다."

디트레이의 말에 정신이 들어 휘장을 걷자 마차가 있는 언덕 아래로 루딘 영지가 보였다. 그리고 루딘 영지와 함께 펼쳐져 있는 거대한 푸른 물결…….

아직 멀어서 자세히 보이지는 않았지만 신기하다는 느낌을 받았다.

"그래, 알았다."

그렇게 말하고 휘장을 내리자 다시 움직이기 시작했다.

난 졸고 있는 실비아를 깨웠다.

"실비아, 일어나. 다 왔어."

"응~ 아, 예, 폐하."

실비아가 깨어나고 나서 금방 디트레이의 목소리가 들렸다.

"폐하, 루딘 남작이 마중 나와 있습니다만……."

헐, 온다는 소식을 듣고 몸소 나와주신 모양이구만.

그 말에 내가 실비아에게 고개를 끄덕이자 실비아가 휘장을 걷어주었다.

바로 앞에 초로의 나이를 넘긴 듯한 여인이 서 있었다.

"오랜만이오, 루딘 남작."

"저희 영지로 납시어주서서 영광입니다, 폐하."

끌, 저렇게 노쇠한 분이 직접 나와주니 좀 민망하다. 게다가 난 위에서 폭신한 곳에 앉아 있고 저 루딘 남작은 바닥에 무릎 꿇고 있으니까 더 더욱.

"일어나라."

"예, 폐하."

반듯이 일어나는 루딘 남작.

저러다 쓰러지거나 하는 건 아닌가 하는 생각이 든다.

"그대의 영지로 안내해 주겠는가?"

"예, 폐하. 영광이옵니다."

그렇게만 말하고 내가 슬쩍 눈치를 주자 실비아가 휘장을 내렸다.

다시 잠시간의 시간이 지나고 나자 밖이 소란스럽다는 것이 느껴졌다.

아마 영지의 외성(외곽 경계의 성벽)에 들어온 모양이었다.

휘장으로 둘러싸여 있는 마차라 소리가 꽤 차단되는지라 확실한 소리는 들리지 않았지만 뭔가 웅성거린다는 건 느껴진다. 아마 밖에서 듣는다면 엄청 소란스러운 소리이리라.

"폐하, 도착했습니다."

잠시 후 소란스럽던 소리가 완전히 사라질 무렵 디트레이의 말이 들려와 제노시아의 에스코트를 받으며 난 마차에서 내려섰다.

루딘 영주의 성으로 보이는 작은 성 앞에 여러 사람들이 날 맞이하러 나와 있었다.

"오셨습니까."

그러면서 예를 갖추는 사아라 후작과 미스트 백작부터 시작해서…

"황제 폐하를 뵙습니다."

라고 장난스럽게 인사하는 내 동생 세레나까지.

"…반갑소."

아무리 예의에 맞는 인사라지만 세레나가 저런 인사를 하니 상당히 어색한데?

그렇게 가볍게 답을 해주고 성안으로 들어갔다.

루딘 남작은 피곤할 것이라며 시종을 시키지도 않고 자신이 직접 내가 쓸 방으로 안내해 주었다.

솔직히 피곤하거나 한 게 아니라서―마차에서 놀았으니까―거절하고 싶었다. 하지만 루딘 남작이 그보다 먼저 안내하겠다며 나서는 바람에 말을 못 꺼냈다.

루딘 남작은 방이 누추해서 죄송하니, 오셔서 영광이니 같은 말들을 하며 연신 고개를 숙이고 나서야 나갔고 난 루딘 남작이 나가자마자 안도의 한숨을 내쉬었다.

"제노시아, 솔직히 저 사람 나한테 신경 쓰면서 돌아다니다가 갑자기 가슴을 움켜쥐며 쓰러져 버릴 것 같지 않아?"

내 말에 실비아나 제노시아는 피식 웃었다.

똑똑.

"들어와."

내 말에 고개를 내민 것은 세레나와 아리아였다.

"오라버니."

"아, 그래. 오랜만이구나."

세레나는 포르르 다가와서 나에게 안겼다. 이어 아리아가 인사를 해왔다.

"폐하, 오랜만에 뵙습니다."

"밖에서도 인사했잖아."

아리아에게 웃어주며 세레나의 머리를 쓰다듬어 주었다.

그리고 세레나가 나에게서 살짝 떨어지며 한 말.

"오라버니, 나 유적 볼 수 있게 허락해 줄 거죠?"

하여간…

"이 오라버니를 오랜만에 만나서 할 말이 그것밖에 없냐?"

어쩔 수 없는 동생이라니까.

어차피 같이 보러 갈 생각이었지만.

"나중에 사이라 후작과 미스트 백작에게 말해서 같이 갈 생각이다."

내 말에 세레나는 활짝 웃었다.

그렇게 좋을까.

"고마워요, 오라버니."

"그래, 그래."

그렇게 세레나와 이야기하다가 아리아가 내 뒤를 힐끔힐끔 보고 있는
걸 눈치 챘다.

"왜… 아……."

왜 그러냐고 물어보려다가 이유를 알았다. 아마 낯선 얼굴이 보여서
그런 모양이다.

"아… 이쪽은 실비아. 나에게 특별한 사람. 무슨 의미인지는 알지, 세
레나? 아리아? 지금은 일단 시녀로서 따라왔어."

"예……."

아리아는 이상하다는 듯 고개를 갸웃거리다 자기소개도 않고 살짝 목
례를 할 뿐이었다.

"이쪽은 아리아 헤스던. 내 가디언 중 한 명이고, 지금은 저기 보이는
내 동생 세레나의 호위로 함께 여행 중이야."

"예."

어라, 실비아도 그러네? 서로 어색해서 그런가?

내가 아리아를 소개해 주자 실비아도 그저 목례만 한다.

"폐하, 사아라 후작과 미스트 백작을 만나봐야 되지 않겠습니까?"

제노시아의 말에 난 고개를 끄덕였다.

솔직히 실비아로 인해 이렇게 어색하게 될 줄은 몰랐다. 그래서 안 그래도 벗어나고 싶던 차에 제노시아의 제의는 너무도 반가웠다.

어차피 사아라 후작과 미스트 백작을 만나보려고도 했지만.

"오라버니, 제노시아를 데리고 갈 건가요?"

새삼스럽게 묻는 세레나의 말에 의아해하면서도 고개를 끄덕여 주었다. 그랬더니 세레나는 이상한 말을 했다.

"멀리 가는 것도 아니고 하니까 지금만 제노시아 여기 두고 가면 안 되요?"

"뭐?"

뜻밖의 말에 내가 의아해하자 세레나는 나에게 설명도 하지 않고 바로 아리아에게 고개를 돌렸다. 그리고는…

"아리아, 아리아가 제노시아 대신 오라버니 좀 따라가 줘."

"예? 예……."

아리아도 지금 세레나의 행동을 전혀 예상하지 못했었는지 얼떨떨해했다.

왜 저러는지는 모르겠지만 아무 이유 없이 저런 행동을 할 리는 없으니까 일단 세레나의 말에 따라주기로 했다.

"알겠다."

좀 미심쩍은 부분이 없지는 않지만 일단 허락하고 아리아와 방을 나섰다.

앨리언이 나가고 나자 세레나는 실비아에게 다가갔다.

갑자기 다가서자 실비아는 뭐가 잘못되었나 싶어 움찔했지만 세레나는 순수한 마음으로 다가간 거다.

“저기, 실비아라고 했지요? 성은?”

“실비아 더스튼입니다, 세레나님.”

“아아, 너무 딱딱하게 말하지 말아요, 애인 동생한테.”

그 말에 실비아는 완전히 얼어버렸다.

자신이 생각했던 반응이나 말과는 너무 달라, 어떻게 대답해야 할지 몰라서 그대로 가만히 있었다.

세레나는 그 모습을 보더니 눈을 가늘게 뜨고 장난꾸러기 소년 같은 미소를 띠었다.

“오라버니 성격에, ‘특별한 사람’ 이라는 말까지 쓸 정도면 애인 맞지? 내가 또 눈치 하나는 빠르지. 너무 그렇게 굳어 있지 말라고. 어쨌든 애인의 동생 앞이잖아? 자연스럽게 굴어.”

세레나의 말에 실비아는 난처해졌다. 되도록 비밀로 해야 될 일을 앨리언이 입에 올린 것도 당황스러웠다. 그리고 세레나의 말에는 어떤 반응을 보여야할지 알 수가 없었던 것이다.

“그것보다, 오라버니랑 어떻게 사귀게 된 거야? 얘기 좀 해줘.”

아무래도 세레나는 다른 것보다 이런 소위 말하는 ‘로맨틱한’ 에 흥미가 있는 모양이었다.

“그, 그게…….”

“에이, 빨리.”

세레나가 마구 졸랐지만 실비아는 난처하다는 표정만 지을 뿐 대답해주지 않았다. 그러자 세레나의 눈은 제노시아를 향했다.

“제노시아는 알고 있지?”

"설마… 그걸 물어보시려고 제게 남으라고 하신 겁니까?"

"그럼 다른 이유가 뭐가 있겠어? 말해 줘."

이 천방지축의 어린 숙녀는 아무래도 철이 덜 든 모양이었다.

*　　　*　　　*

사아라 후작과 대화를 나누려니 정상인과 대화하고 싶다는 생각이 머리 속을 가득히 지배한다.

"그 유적은 마법과는 관련이 있을 수도, 없을 수도 있어요. 지금까지로 보면. 그래서 나는 계속할 겁니다. 왜냐하면 뭔가가 나올 테니까요."

도대체가 무슨 소리인지 하나도 모르겠다.

진전이 있다는 소리인지 없다는 소리인지, 유적에서 건질 만한 게 있다는 건지 없다는 건지.

난 나도 모르게 미스트 백작을 바라보았다.

그러자 미스트 백작은 늘 그렇듯이 사아라 후작의 말을 부드럽게 해석(?)해 주었다.

"아직 확실히 밝혀진 건 없지만 자세한 건 더 조사를 해봐야 한다고 말하는 겁니다."

"아, 그래."

역시 미스트 백작과 같이 보내길 잘했다니까. 늘 생각하는 거지만, 미스트 백작은 어떻게 사아라 후작의 말을 알아듣는 걸까? 정말 신기해…….

"그럼 방금 말한 대로 나도 유적을 잠시 살펴봐야겠어."

"예, 보존이 잘 되어 있어서 마법사와 학자들이 조사만 하고 있으니 별로 불편하진 않으실 겁니다."

“그리고 조심하고.”

유적을 노리는 ‘헌터’ 들의 접근을 주의하라는 말에 미스트 백작은 고개를 끄덕였다.

“걱정 마십시오.”

사이라 후작은 여전히 혼자만의 세계에 빠져 뭐라 중얼거리고 있었다. 미스트 백작의 말대로 걱정 안 하고 싶기는 하지만, 지금 사이라 후작의 상태를 보니 괜히 유적 조사의 책임자로 임명했다는 생각이 든다.

“저래 보여도 할 일은 잘합니다.”

내 걱정이 뭔지 잘 아는 미스트 백작이 다시 한 번 걱정 말라며 말해 주었지만 불안감이 아주 가시지는 않는다.

정상에서 조금—아니, 많이—벗어난 사이라 후작이 과연 제대로 된 조사를 하고 있는 것일까 걱정된다.

*　　　*　　　*

시르 공작은 서재에서 책을 읽으며 뭔가를 기다리고 있었다.

잠시 후 집사가 작은 메모 같은 편지를 가져와서 탁자에 놓고 시르 공작이 앉아 있는 의자에서 한 발짝 뒤에 섰다.

시르 공작은 나른한 손길로 책을 내려놓고 그 편지를 펼쳤다.

편지의 내용은 간단했다.

앨리언 황제에 대한 소문은 사실임.

그 상대는 황비의 시녀 중 하나인 실비아 더스튼.

현재 함께 루딘 영지에 있음.

편지를 보던 시르 공작의 눈이 가늘어졌다.

"그렇단 말이지……."

메모를 한 번 더 읽어본 시르 공작은 생각에 잠겼다.

이건 굳이 계약 위반이라고 말할 정도는 아닌 일이다. 하지만…….

"가능성이 높아져."

앨리언은 생각 이상으로 황제로서의 자질이 있는 사람인 것 같았다. 아니, 더 정확히 말하자면 정치가로서의 모습이 있다고 할까. 자신의 처지에 대한 파악도 빠르고, 세력의 변화 역시 잘 알아냈다.

그런 사람은 다루기가 힘들다. 게다가 지금은 자신과의 약속을 생각하는 듯하지만, 혹여 사랑하는 이가 생기고 그 아이가 생기게 되면 처음과 생각이 달라질지도 모르는 일이었다.

작게 중얼거린 시르 공작은 메모를 집사에게 넘겨주었다.

"소각해."

"예, 가주님."

집사는 공손히 그 메모를 받아 들고 밖으로 나갔다.

좀 귀찮은 일이 될지도 모른다. 한번 사랑에 빠지면 앞뒤 분간을 못하는 자들도 있으니까. 특히 리스튼 황제가 그랬다. 비록 한 사람에게 오래 사랑을 주지는 못했지만, 늘 사랑에 빠져서 그 사람을 위해 뭐든 했던 것이다.

앨리언 황제에게도 그런 자의 피가 흐르고 있으니 똑같은 행동을 보일지도 모른다. 평소 태도로 보건대 절대 그럴 것 같지는 않지만, 이런 건 모르는 일이니까.

그래, 연애를 하게 되면 변하는 사람들도 있는 법이다. 그 리스튼 황제도 색을 즐기지 않던 황자 시절에는 사람 같았다고 하니까 말이다.

잠시 생각에 잠겨 있는데 허락도 없이 서재의 문이 열렸다.

문 쪽을 향해 뭐라고 하려다 들어온 사람을 보고 입을 닫았다.

"루이네, 뭐 하고 있어요?"

얼마 전에 결혼한 바보 같은 남편이었다.

"아무것도 아니에요. 그것보다 서재에는 무슨 일?"

"아, 여기 있다고 들어서……."

라며 부끄러워한다. 그 모습에 시르 공작은 순간 짜증이 났지만 억지로 미소 지었다. 속으로는 자신이 이곳에 있다고 가르쳐 준 시종을 오늘당장 쫓아내겠다고 결심하면서.

*　　　*　　　*

다음날 유적에 가보려는 생각으로 편한 옷으로 갈아입고 밖으로 나왔다.

세레나, 제노시아와 함께 나왔는데 난 유적에 가기도 전에 바다를 보고 멍하니 서버렸다.

그건 제노시아도 마찬가지지만.

"호호~ 오라버니, 정말 멋지죠?"

세레나의 말 대로다. 정말 멋지다.

푸르른 실크, 아니, 실크라는 표현으로 부족할 정도로 아름답고 부드러운 푸른색을 띤 물결이 끝없이 펼쳐져 있었다.

영지 안에서 배가 가득 떠 있는 항구를 봤을 때와는 또 다른 느낌.

세레나가 일부러 이리로 날 데려온 이유를 알 것 같았다.

"멋지구나."

"그렇지?"

세레나는 내 반응에 만족스러운 모양이었다.

"오라버니가 여행한다고 뭐라고 했지만 말야, 여행에서는 이런 여러가지들을 볼 수 있는 거잖아. 그렇게 걱정만 하지 마. 알았지?"

“그래……”

결국은 그 말이 하고 싶었던 거로군.

내가 싱긋이 웃자 세레나는 더욱 만족스러운 모양이었다.

한동안 바다를 구경한 후 그동안 쌓인 이야기를 하며 유적 근처로 걸음을 옮겼다. 그런데 유적 근처가 좀 소란스러웠다.

“무슨 일이지?”

“글쎄… 발굴할 인부들도 필요없어서 마법사와 학자들만 있다고 했는데, 왜 이리 소란스럽지?”

유적 근처로 다가가자 더욱 소리가 커져 갔다.

“이거 놔! 아니라니까!”

“변명은 나중에 해라!”

“감옥에 집어넣을 거면서 무슨!”

보아하니 유적에 누군가가 접근하려다 경비병들에게 걸린 모양이다. 경비를 서고 있었다 생각되는 제복 입은 사람들 가운데로 좀 험한 옷을 입은 사람들이 보였다.

그중에서 그들의 대표—아니, 대장이라고 해야 맞는 말인가?—인 듯 보이는 검은 머리 사람이 거칠게 병사들을 뿌리쳤다.

“꺼져! 아니라고 했잖아!”

“무슨 일이지?”

내가 묻자 순간 주변이 조용해진다. 날 알아본 모양이다.

“폐, 폐하!”

지금까지 주변이 소란스러워 내가 온 줄 몰랐었나 보다.

얼굴이 새파래져서 나에게 예를 갖추는 병사들.

“됐다.”

예를 갖추는 건 상관없지만, 지금 그러고 있으면 기껏 잡은 놈들이 도망갈지도 모른다는 생각은 안 드나?

그제야 안쪽에서 사이라 후작과 미스트 백작이 나왔다.

아마 아까의 소동 때문에 나와본 모양인데 소동의 원인을 묻기보다 먼저 나에게 인사를 했다.

"폐하, 오셨습니까."

"아아… 그런데 무슨 소란이지?"

내가 다시 한 번 묻자 그 병사들 중에서 책임자로 보이는 사람이 더듬더듬 입을 열었다.

"그러니까… 저기… 해적으로 보이는 자가 유적에 접근하려 해서."

"그러니까 해적이 아니라고 하잖아!"

아까의 검은 머리 남자가 소리쳤다.

목소리가 굉장히 큰 사람이로군.

"황제 폐하 앞에서 무슨……!"

그자의 행동에 병사의 얼굴이 파랗게 질렸다.

해적이라… 저 유적에서 한탕 하려는 생각이었나?

이런 생각으로 저 사람을 잡아넣으려고 하는데,

"어머, 드레이크님?"

세레나가 갑자기 놀라면서 아는 체한다.

"어라? 세레나 신관님 아니시오?"

그 검은 머리의 남자도 놀라며 세레나를 본다.

서로 아는 사이인가?

바다의 모험가

그 남자는 자신을 '드레이크'라고 소개했다.

예전에 세레나가 바다 근처에 있다는 편지를 보냈을 무렵 만난 적이 있었다고 한다. 거기서 만나 좀 친해졌다고.

"헤에, 그럼 그 아린드 국의 황제란 말이오?"

"저런 무례한……!"

드레이크의 말에 미스트 백작이 바로 반응한다.

지금 뭐 하고 있냐 하면, 오늘 유적을 구경할 생각이었는데 드레이크가 소동을 부린 덕분에 사람들이 슬슬 구경하려고 모여들었다.

그래서 그들을 피해 다시 루딘 남작의 성으로 돌아온 것이다.

그리고 방에서 드레이크와 세레나가 어떻게 알게 되었는지부터 시작해 다시 대화를 시작했다. 호쾌한 바다 사나이라는 인상을 가진 드레이크는 유독 나에게만 거리를 두었다. 어쩌면 당연한 반응이겠지만 그다지 유쾌한 반응은 아니었다.

순간적으로 날 괴물처럼 보는 게 아닌가 하는 생각이 들었다고 할까? 아주 가끔씩 다른 이들이 신분에 따라 내게 거리를 두는 모습이, 마치 날 배척하는 것 같다고 느껴질 때가 있다.

뭐, 당연한 대접이라는 것도 잘 알지만.

어쩐지 씁쓸한 기분이 들어 울적해질 것 같았지만, 그건 내―세레나의 표현을 빌리자면― '쓸데없는 생각' 이었다.

"아니… 저기, 제가 별로 배우질 못해서, 아니, 그러니까 높은 분들과 대화한 적이 거의 없어서…….."

미스트 백작이 말한 '무례함' 에 해명을 할 생각이었던 모양이다.

할 말을 못 찾고 헤매고 있는 드레이크를 보자 웃음이 나왔다.

"그래?"

"폐하!"

그렇게 드레이크가 무례하게 말해도 별 반응 없이, 오히려 웃으며 대하자 미스트 백작이 얼굴을 찌푸렸다.

"해적 따위에게 이런 관대함을 베푸시는 건…….."

"거참, 전 해적이 아니라니까! 이상한 아가씨네."

"뭐라고요?"

저러다 싸우겠다.

이 사태를 구경하는 우리들의 태도는 두 가지.

아리아나 실비아는 저 둘을 걱정하고 있지만 세레나나 사이라 후작은 흥미롭게 지켜보고 있었다.

사이라 후작은 미스트 백작의 친구가 맞기는 한 건가? 구경만 하다니. 일단은 나라도 말려야겠군.

"거기까지만 하지 그러나."

"하지만 폐하…….."

난처해하며 날 돌아보다가,

"내가, 아니, 제가 시작한 게 아닙니다. 어디까지나 저 여자가……."

드레이크의 말에 다시 얼굴을 일그러뜨리는 미스트 백작.

또 시작이구나. 말려봤자 소용없다면 그냥 내버려 둘까.

"그리고 난 해적이 아니라 모험가라니까."

"흥, 그 하는 일 없는 몽상가들."

정말 싸우고 있군.

내 앞에서 잘하는 짓이다.

난 손으로 턱을 괴고 잠시 구경하다가—실은 나도 재미있어하는 부류다—좀 강하게 나가야겠다는 생각이 들었다. 대충 말리는 척만 하다가는 끝도 없을 것 같으니까. 아직 듣고 싶은 말도 남았고.

앞으로 드레이크가 어떻게 할 건지 확실히 해두어야 한다. 유적에 들어갈 건지 말 건지.

지금은 조사 중. 그것도 '아린드' 의 이름을 걸고 조사 중이다.

그런데 신원이 불확실한 자를 함부로 들일 수는 없는 일이니 말이다.

"그만 하라."

"아……!"

내 말에 둘 다 그제야 정신이 듯 모양이었다. 아무래도 싸우다 보니 내 앞이라는 걸 잊었던 모양이로군.

저 드레이크야 그럴 수도 있다지만 미스트 백작은 이런 태도를 보이면 좀 곤란한데 말이야.

미스트 백작은 실수했다는 듯 바로 입을 다물며 고개를 숙였다. 드레이크 역시 풀이 죽은 모양으로 고개를 숙였다.

30대 중반으로 보이는 모습과 안 어울리게 순진해 보이는 그 모습에 난 웃음이 났다.

이거, 이렇게 웃어버렸으니 처벌이니 하는 말은 못하겠는걸.

"왜 그러지?"

고개를 숙이고 몸까지 움츠린 드레이크의 모습에 웃음을 참지 못하고 물어보자 그는 머쓱한지 머리를 긁적이며 어벙하게 말했다.

"아니, 저기… 이런 경우는 처음인지라… 보통은……."

"뭐?"

내가 의아해했지만 드레이크는 그 말에 대해서 묘한 표정으로 입을 다 물어 버렸다.

"그보다 그 유적이라는 것 좀 가르쳐 주시면 안 되겠습니까?"

그리고 바로 표정을 바꾼 드레이크가 매달렸다.

난처해져서 사이라 후작을 보자 그녀는 자신도 모르겠다는 듯 난처한 표정이었다.

'이걸 어쩐다.'

뭔지도 모르는데 함부로 보여주기는 좀 힘들다. 그리고 드레이크가 가서 무슨 짓을 할지도 모르는 거 아니겠는가.

"오라버니, 저기… 드레이크님이 오라버니를 난처하게 할 행동은 하지 않을 거예요. 내가 책임질 수 있어요. 신관으로서가 아니라, 드레이크님의 친구로서 하는 말이에요."

내가 망설인다는 걸 눈치 채고 살짝 말한 세레나의 말에 더 더욱 난감해졌다.

"아, 전 그저 환상의 섬을 찾는 모험가일 뿐이니까, 유적엔 절대 손 안 대겠다고 맹세하겠습니다."

세레나의 말에 내가 망설이고 있음을 눈치 챈 드레이크가 맹세하는 시늉까지 해가며 날 설득하려고 했다.

그렇게 나쁜 사람 같지는 않으니까… 괜찮을지도 모르지.

게다가 솔직한 말로 부서진다고 해도 나와는 상관없는 일이나 다름없으니까.

"하아… 그럼 좋네. 단, 세레나."

"응?"

자신의 말에는 책임을 져야 하는 법.

"만약 드레이크가 무슨 잘못된 일을 저질렀을 경우에는 네가 책임을 진다."

"알았어."

그럴 줄 알았다는 듯 바로 대답하는 세레나.

그러나 나의 그 말에 반응을 보인 건 세레나가 아닌 다른 쪽이었다.

"아니, 왜 세레나 신관님이 내 행동을 책임진다는 거요?"

"당연합니다. 제가 드레이크님과 함께 가자고 요청했으니까요."

당연하다는 듯한 세레나의 말에 드레이크는 복잡하다는 표정을 지었다.

그리고는 바로 화를 냈다.

"그럼 전 그저 도둑으로 보인다는 겁니까?"

"아니, 아닙니다. 다만… 뭐랄까?"

그런 드레이크의 반응에 당황한 세레나가 설명을 못하고 헤매자 드레이크가 손을 내저었다.

"됐습니다. 신세지는 건 저이니까요. 그저 아무 생각 없이 감사히 받아들이도록 하겠습니다."

마치 비꼬는 듯한 드레이크의 말에 미스트 백작의 눈꼬리가 올라갔다.

"세레나님의 친구 분이라는 말에 신분에 상관 않고 편히 대해주었더니 겁나는 게 없는 모양이구나."

기껏 말렸더니 다시 싸우고 싶은 모양이다. 이제 그냥 내버려 둘까?

듣고 싶었던 말도 들었겠다, 더 이상 필요가 없으니.

"이젠 안 말릴 건가요?"

"응? 아아, 둘이서 친목을 다지고 싶다는데 말리면 안 되지. 자, 우리는 방해 말고 나가자."

"네."

우리는 한참 싸우는 둘은 내버려 두고 슬쩍 일어났다.

"거참, 어째서 그런 식으로 생각하시는 겁니까?"

"그대의 행동이 너무 무례하다는 생각은 안 드는 건가?"

저 둘은 언제까지 싸울 생각일까? 일단은 유적에 들어갈 때 같이 가야 될 테니까 조금은 서로 친숙해지는 게 좋을 텐데.

나야 유적이 부서져도 상관없다지만, 그리고 뭐가 중요한 건지도 모르지만 사이라 후작이나 미스트 백작은 아닐 테니 말이다.

우린 방해하지 않도록 슬며시 방을 나갔다.

뭐, 애들은 싸우면서 친해진다고들 하니까 괜찮겠지. 그려, 그런 거야.

난 그 다음날이 되어서야 유적에 가볼 수 있게 되었다.

실비아는 왜 그런지는 몰라도 약간 조심스러운 듯한 모습으로 거절(아무래도 소문 같은 걸 염려하는 모양이다). 그리고 아리아는 디트케이랑 같이 논다고 안 오고. 해서 나와 제노시아, 세레나, 그리고 드레이크만 유적에 가보게 되었다. 사이라 후작과 미스트 백작이야 원래 유적 조사 책임자이니 가는 거고.

유적에 도착하기까지는 동굴에서 꽤 걸어 들어가야 했다.

"어떤 유적인 것 같나?"

걸어 들어가며 묻자 사이라 후작 대신 미스트 백작이 보고를 시작했다.

"물건만 몇 개 나오고 마는 시시한 유적은 아닌 것 같습니다. 고대에 실제로 사람들이 살았던 도시 같습니다."

"그래?"

저 말을 그냥 수긍하고 넘어가기에는 이상한 점이 많은데.

"그런데 왜 하필 이런 동굴 안에 도시를 지은 거지?"

"그것에 대해서는 아직 조사중입니다."

허어, 아직 확실히 모른다고 한 건 이걸 말한 거였나 보군.

그런데 설마 재미로 이런 데 도시를 세운 건 아니겠지? 아무리 고대에 기술이나 마법이 남아돌았다 해도 그런 짓은 하지 않겠지?

왜 지은 걸까? '도시' 라면 크기도 꽤 될 텐데. 게다가 이런 곳에다 지었다면 어떤 목적이 있었다고 볼 수 있겠지? 나로서는 뭔가 쓸 수 있는 게 나온다면 정말 좋겠는데 말야.

"그럼 건물들뿐인 겁니까? 다른 뭔가는 나오지 않은 건가요?"

드레이크가 끼어들었다.

실망한 어조인걸? 자신이 찾는 게 아니라서 그런가 보군.

"그래요. 일단 지금까지는 모두 건물과 그 건물 안에서 나온 몇몇 문서뿐이에요."

미간을 살짝 찌푸리면서도 대답은 해주는 미스트 백작.

대화가 끝나고 나서 얼마 안 되어 그 유적이 보였다.

고대, 그러니까 아주 오래전에 지어졌다고는 믿어지지 않을 정도로 정말 새하얀색의 건물.

"호오……!"

흥미롭군. 설마 조사가 시작되고 나서 내가 오기 전까지, 그 짧은 시간에 건물의 때를 벗긴 것도 아닐 텐데 이 정도로 깨끗하다니…….

내가 흥미로워하자 사이라 후작은 신이 난 모양이다.

“굉장하지 않습니까? 고대에는 어느 정도까지 마법이 발달했는지 잘 모르겠지만 도시라고 부를 수 있는 것들은 대부분 이런 모습이었습니다. 세월이 비껴간 듯 단아한 모습 그대로 남아 있지요.”

지금의 나에겐 고대의 기술이나 마법보다 사이라 후작이 정상으로 말하는 게 더 신기하다.

난 슬며시 미소 지었다.

“그런가?”

“예, 전 기필코, 언제가 될지 모르지만 고대의 지식들을 전부 밝혀낼 겁니다. 기필코 말입니다.”

호오, 멋진 꿈이군.

우리는 유적을 거닐었다. 처음에야 건물이 너무 보존이 잘 되어 있어 감탄했지만 내부에는 그렇게 시선을 끌 만한 게 없었다. 그저 백색에 가까운 색을 가진 건물들만 늘어서 있을 뿐이었다.

사이라 후작이 들떠서 이것저것 설명했지만, 그 설명이라고 하는 말의 절반도 못 알아들을 정도로 어려운 용어들이 마구 나오니 들어 봤자인 것 같다.

그다지 관심도 없고.

작은 도시 형태의 유적인 이곳은 건물들 외에는 아무것도 없다 해도 과언이 아닌지라 그냥 도시 하나 관광하는 셈치고 하릴없이 돌아다녔다.

한참을 설명하던 사이라 후작이 대충 설명을 끝냈는지 이제 입을 다물었다. 덕분에 잠시 침묵이 내려앉자 갑자기 아까 사이라 후작이 말한 꿈으로 화제가 돌아갔다.

“사이라 후작은 낭만적이라고 할 수 있는 꿈을 가지고 있군.”

갑자기… 가 아니라 침묵이 싫어진 내가 화제를 돌린 거지만…

“그런가요?”

사아라 후작이 쑥스러운 듯 부드럽고 작게 미소 지었다.

보기 좋은 모습이다.

"꿈이 있는 사람들은 대부분 행복해 보이더군요."

세레나가 말 그대로 꿈을 꾸는 듯한 표정으로 말했다.

"난 반드시 '환상의 섬' 을 찾아낼 거요. 그리고 아직 밝혀지지 않은 다른 섬들이나 대륙도 찾아낼 거요!"

세레나의 말에 드레이크가 자신의 꿈을 단호하게 말했다. 절대로 이룰 것이라고, 이루어질 것이라고 선언하는 것처럼.

"나로서는 그런 망상을 꾸느니 차라리 농사라도 지어보는 게 어떨까 생각하는데요. 건실하게 말이에요."

"미스트 백작께서는 꿈이 있으십니까?"

드레이크가 뭐라고 하려는 찰나, 제노시아가 싸우지 못하게 하려는 생각에서인지 타이밍을 맞춰 미스트 백작에게 꿈을 물었다.

"예? 제 꿈이오?"

미스트 백작이 순간 당황해했다.

우린 모두 미스트 백작의 대답을 기다리며 그녀를 쳐다봤다.

"호오, 그래. 남의 즐거운 꿈을 놀려대는 당신의 꿈은 대체 뭔지 좀 들어봅시다."

드레이크도 꼭 듣고 말겠다는 의지를 풍겼다.

이런 주변의 반응에 미스트 백작은 도망갈 곳이 없다는 걸 깨닫고 잠시 머뭇거렸다. 그리고 포기한 듯 입을 열었다. 하지만 그런 표정과는 달리 미스트 백작 역시 꿈을 꾸듯이 부드러운 눈빛이었다.

"글쎄요, 하지만 검을 다루는 자로서의 꿈은 거의 비슷하지 않을까 생각하는데요."

"그러니까, 그 꿈이 뭐냐고."

애매하게 말한 미스트 백작의 말에 드레이크가 추궁한다. 하지만 난 방금 그 말을 듣고 어느 정도 짐작한 상태.

검사들, 혹은 기사들의 꿈은 크게 3가지 정도이다. 자신이 진심으로 섬길 주군을 만나는 것, 자신이 믿고 있는 정의를 실현하는 것. 그리고…

"당연히 검성(劍聖)이 되고 싶은 거 아니겠습니까!"

자신이 다루는 무기에 있어서 더 이상 다다를 수 없을 정도의 경지에 닿는 것이다.

미스트 백작도 역시 검을 다루는 자답군. 평소 사이라 후작과 같이 돌아다녀서 그냥 비슷한 부류라고 생각했었는데 저런 대답이라니… 멋진 걸?

"미스트 백작은 반드시 꿈을 이룰 수 있을 겁니다."

친구인 사이라 후작이 방긋이 웃으며 격려해 준다.

사이라 후작은 내 앞이라고 예의를 차려 여기서 끝냈지만 편한 자리였다면 분명 미스트 백작을 끌어안고 꼭 이룰 수 있을 거라고 말해 주었을 것이다.

"그럼, 제노시아님의 꿈은요?"

세레나가 화살을 제노시아에게로 돌렸다. 그러자 제노시아는 슬쩍 미소를 지었다.

"전 이미 꿈을 이루었습니다. 세레나님의 꿈은 무엇입니까?"

제노시아의 되물음에 세레나는 까르르 웃었다.

"있어요. 아주 진지한, 기필코 이루고 싶은 꿈이."

모두 흥미로워하는 표정으로 세레나를 바라보자 세레나는 그런 반응을 기다렸다는 듯이 딴청을 부리며 시선을 피했다. 그렇게 뜸을 들이다가 이내 말괄량이 같은 표정―실제로도 말괄량이지만―을 지었다.

"하지만 절.대. 말 못해요."

그리고 생글생글 웃는다.

"그러지 말고 말해 주세요. 우리가 방해할 것도 아니고."

사아라 후작은 많이 궁금한지 세레나에게 매달렸다.

그런 사람들의 태도에도 세레나는 장난기있는 미소를 지으며 고개를 저을 뿐이었다.

이런저런 꿈에 대한 이야기를 하며 웃는 사람들을 보자 내 마음속에도 '부럽다' 는 감정이 가득히 차 올랐다.

'나는 꿈이라는 걸 가지고는 있는 걸까?

그런 생각에 이런저런 꿈을 생각해 봤지만 아무것도 떠오르지 않았다. 한마디로 난 꿈이라는 게 없는 모양이다.

세레나 말처럼 꿈을 가지고 있는 자들은 모두 행복해 보이던데.

'나도 꿈이라는 게 하나 있었으면 좋겠군.'

앞으로는 지금까지처럼 주변 환경에 떠밀려서 살아가고 싶지는 않은데 말야.

"앨리언님은 어떠십니까?"

뒤에서 미소를 띠며 구경(?)하고 있던 나에게 드레이크가 갑자기 물었다.

드레이크에게는 내가 '앨리언' 이라 부르라고 했다. '님' 이라는 말이야 내 신분에 따라 드레이크가 알아서 붙이는 거고.

미스트 백작이야 당연히 뭐라고 했지만 드레이크는 제국의 백성도 아니니 '황제 폐하' 라고 부를 필요는 없다고 생각해서 이름을 부르라고 했다. 거기다 밖에 놀러 나와서까지 황제라는 이름에 묶여 있고 싶지 않다는 생각도 했으니까.

나도 놀 때만이라도 편하게 지내고 싶다 이거야.

"뭐가 말입니까?"

일단은 나도 존칭을 써준다. 나보다 나이도 많으니까. 그리그 편한 사람도 아니니.

"앨리언님의 꿈 말입니다. 뭔가요?"

드레이크의 말에 모두가 날 주목한 건 당연한 일이었다.

난처해졌다. 아무리 생각해 봐도 내 '꿈'이라는 게 전혀 안 떠오르는 걸 어쩌겠는가. 혹 '무사 평온한 삶'도 꿈이 될 수 있는가는 모르겠지만.

그런 사람들의 시선에 그냥 웃기만 할 뿐 대답을 못하고 있는테 누군가가 사이라 후작을 불렀다.

"사이라님, 사이라님, 어디 계십니까?"

구세주가 내려온 기분이군.

일행 모두 그 소리가 들리는 쪽으로 고개를 돌렸다.

누군가가 자신을 찾는다는 걸 안 사이라 후작은 날 바라보았다. 그리고 내가 허락의 의미로 고개를 끄덕이자 사이라 후작이 목소리를 높여 그 사람을 향해 자신의 위치를 알리듯이 크게 말했다.

"무슨 일인가!"

그 말에 목소리의 주인이 우리 쪽으로 뛰어왔다.

호오, 비텐 백작이로군.

비텐 백작도 이 조사에 참가하고 있었나? 아니, 첫 발견자로서 당연한 건가?

"아, 폐하."

날 보고 놀란 비텐 백작이 무릎 꿇고 인사하려는 걸 난 손을 저어서 말렸다. 이런 데서 인사한다고 설칠 필요는 없으니까.

"됐어."

"예……."

"그보다, 무슨 일인가?"

내 말에 비텐 백작은 자신이 그렇게 사아라 후작을 찾은 이유가 생각 났는지 고개를 들었다.

"아, 유적에서 중요한 것으로 보이는 걸 찾았습니다."

중요한 거면 중요한 거지 '중요한 것으로 보이는' 게 뭐람.

좀 한심해하며 이곳의 책임자인 사아라 후작에게 고개를 돌렸는데 사아라 후작은 흥분해서인지 얼굴까지 상기되어 있었다.

"사아라 후작?"

내 말에 사아라 후작은 화들짝 놀라서 나에게 고개를 돌렸다.

"죄송합니다. 잠시 머리가 멍해져서."

"뭐?"

"어쩌면 저희가 찾고 있던 걸지도 모른다는 생각이 들었기 때문에……."

완전히 흥분하고 있었다. 저 상태에 제대로 조사할 수나 있을까 걱정되었다.

"무엇을 찾고 있었다는 건가?"

"'이 도시가 어떤 도시였는가를 증명할 어떤 것' 입니다."

하아? 솔직히 무슨 말을 하는 건지 모르겠다니까. 이런 데 흥미가 없어서 그런가, 내가 멍청해서 그런 건가.

일단은 비텐 백작이 안내하는 대로 따라갔다.

그랬더니 이 고대 도시의 중앙에 해당하는 곳에 도착했다. 그리고 그곳의 가운데에는 5층짜리 작은 탑이 있었다.

모두 함께 비텐 백작을 따라 탑 안으로 들어갔다. 그리고 지하로 향했다. 그곳에는 지하 가득히 금색의 마법진이 있었다.

이 지하를 가득 채운 원형의 마법진.

현재 빛이 나는 건 아니었지만 금색의 진이어서 그런지 빛이 나는 듯한 착각이 들었다.

"꽤 아름답네요."

세레나가 황홀해하며 말하자 사이라 후작은 그제야 정신이 든 듯했다.

"아, 큰일이네요."

"예?"

갑자기 무슨 말인가 싶어 의아해하자 사이라 후작과 미스트 백작은 조금 난처한 듯했다.

그런 태도에 바로 눈치를 챌 수 있었다. 사람들이 이렇게 함부로 들어오면 곤란한 듯했다.

"일단 올라가지요."

미스트 백작의 말에 우리는 다시 우르르 몰려서 올라갔다.

그 탑 앞에서 말을 어떻게 꺼내야 할지 망설이는 그들을 보니 웃음이 나왔다.

그냥 말하면 될 텐데 일단 이 일행에 내가 끼어 있어서 무례하게 비춰질까 걱정하는 모양이다.

"우리는 여기서 돌아가는 게 좋겠군."

피식 웃으며 말하자 사이라 후작은 난처한 듯 미소 지었다.

"죄송합니다……."

"아냐, 어쩔 수 없는 일이니까."

난 웃어주고 나서 모두를 끌고 가려는데 세레나가 내 팔에 매달리며 불만 가득한 목소리로 말했다.

"왜 나가야 되는데?"

아무래도 세레나는 유적에서 나왔다는 마법진을 더 구경하고 싶었나 보다.

고개를 갸웃거리는 세레나에게 내가 설명해 주었다.

"위험할 수도 있으니까."

내 말에 사이라 후작과 미스트 백작도 고개를 끄덕였다.

"저 마법진이 뭔지 아직 알 수가 없으니 조심하는 게 좋을 겁니다."

미스트 백작의 말에 피식 웃은 나는 저기서 난처해하고 있는 사람들이 차마 말하지 못한 말을 덧붙여 주었다.

"그리고 사람이 많으면 방해가 되지."

여기서 하나 더 말하자면 사람들이 돌아다니면 손상이 갈 수도 있다는 게 가장 큰 문제겠지.

내 말에 미스트 백작과 사이라 후작은 둘 다 미안한 듯한 표정을 지었다. 그리고 비텐 백작은 아주 고개까지 숙이며 '죄송하다' 는 말을 중얼거렸다.

그런 그들의 태도에 난 그저 웃어주었다.

그리고 문득 머리를 스친 생각.

"참, 사이라 후작."

"예."

"위험할 수도 있을 텐데, 괜찮은 건가?"

좀 걱정스러웠다. 저 마법진이 위험한 것일 수도 있는데 조사한다고 붙어 있다가 사고라도 나는 게 아닐까 하는 생각이 들었다.

하지만 내 걱정의 말에 사이라 후작은 씩씩하게 대답했다.

"고대 문명의 빛에 죽는 거라면 그것도 가치가 있죠."

그 기막힌 말에 모두는 어벙해졌다.

'역시 사이라 후작은 정상이 아니었어.'

죽고 나면 무슨 소용이람.

하지만 비텐 백작도 비슷한 생각인지 힘차게 고개를 끄덕였다.

비텐 백작이 보기에는 어벙해도 학자인데다 처음 발견했으니까 눈에 불을 켜는 게 당연한 건지도 모르겠군.

　내가 고개를 끄덕여 주자 그들은 나에게 인사하고 그 탑 안으로 들어가 버렸다. 아마 마법진으로 가서 계속 조사를 하겠지.

　난 일행을 이끌고 동굴을 빠져나갔다.

　유적에서 나오자 세레나는 볼을 부풀렸다.

　“보고 싶었는데.”

　“하지만 그들의 말이 맞아. 위험할 수도 있어. 저 마법진이 뭘 위한 건지 아직 모르니까.”

　일단 세레나를 달래기 위해 말을 했지만 생각은 약간 달랐다.

　아마 저들이 우릴 내보낸 건 ‘위험하다’ 는 것보다 ‘방해된다’ 는 이유가 더 컸을 테니까.

　“우리가 쓸모없다고 내보낸 거 아닌가요?”

　“에엑, 정말인가요?”

　기껏 세레나를 달래려고 말을 꺼냈는데 드레이크가 다시 원점으로 만들어 버렸다.

　“아니, 그럴 수도 있다는…….”

　드레이크도 세레나의 반응에 그제야 자신이 실수했다는 걸 알고 얼버무리려 했지만 이미 늦었다.

　“싫어어어~ 가서 따질 거야!”

　큰일이로구만. 어떻게 달래야 하려나.

　난처해하고 있는데 드레이크가 자신이 일을 벌였으니 자신이 수습해야겠다는 생각에서인지 비장한 표정으로 나섰다.

　“세레나 신관님, 여기에 바다와 연결된 호수가 있다는 걸 알고 있습니까?”

　호오?

"들은 적 없어요. 그런 것도 있어요?"

"물론이죠. 제가 가본 적 있어서 잘 압니다."

"그럼 데려다 주실 수 있어요? 가보고 싶어요."

바로 넘어가는 세레나.

드레이크는 안심했다는 듯 표정이 편해졌다.

"제가 안내하지요."

그나저나 바다와 연결된 호수라니, 그런 호수도 있었나?

내가 의아해하며 제노시아를 올려다보자 제노시아도 처음 듣는 말이 었는지 어깨를 한 번 으쓱할 뿐이었다.

드레이크의 안내로 간 곳은 성과 무척 가까운 바다와 약간 떨어진 숲 안에 있었다.

"엥?"

숲 안에 자리하고 있는 호수는 아주 아름다웠지만…

"정말 바다와 연결되어 있어요?"

세레나가 의심스럽다는 듯이 물었다.

내 말이 그거다. 아무리 봐도 바다와 연결되어 있다고는 생각되지 않는데…….

하지만 드레이크는 분명하다는 듯 자신만만했다.

"물을 한번 마셔보면 알 거요."

세레나는 이상하다는 표정을 지으며 손으로 호수의 물을 조금 떠서 입으로 가져갔다.

그리고 제노시아도 마찬가지.

"짜!"

세레나가 놀라며 말하자 제노시아도 그렇게 느끼는지 고개를 끄덕였다.

“짜군요. 바닷물 같습니다.”

덕분에 나도 놀랐다.

“정말이야?”

“응, 정말.”

세레나가 설명을 원한다는 듯 드레이크를 쳐다보았다.

그러자 드레이크는 씩 웃었다.

“이 호수의 바닥이 바다와 연결되어 있어서 그런 거요.”

“하아?”

“전 이 호수도 바다라고 생각하고 있지요.”

애매한 설명이었다.

“어떻게 이 호수가 바다라는 거지? 일단 예전에 바다여서 그런 거라면 땅에 염분이 많을 테니 나무가 자라지 못할 텐데 여기는…….”

그렇게 말하며 주위를 둘러보았다.

어딜 봐도 멋지게 자란 나무들이 가득한 숲이었다.

“나무도, 풀도 아주 잘 자랐지.”

내 말에 드레이크도 고개를 끄덕였다.

“맞아. 여기가 예전에 바다였거나 했던 건 아냐.”

흥분해서인지 드레이크의 말에서 존칭이 어디론가 날아가 버렸다.

“그럼?”

“말 그대로 호수 바닥과 바다가 서로 연결돼서 바닷물이 이리로 들어오는 것 같아.”

“헤에…….”

그러고 보니 숲이기는 해도 호숫가에는 꽃이나 풀이 하나도 없다.

이건 염분의 영향을 받는다는 말.

“그렇군.”

"아, 그럼……."

세레나가 뭔가 생각났다는 듯이 손뼉을 쳤다.

"헤레니안 정령의 호수라는 곳이 여기인가요?"

"헤레니안 정령의 호수?"

내 말에 세레나는 고개를 끄덕였다.

"응, 루딘 영지 내에서 들은 이야기인데요. 헤레니안이라는 이름을 가진 정령이 산다는 호수가 있다고 했어요. 바다에서 태어났고, 아름답고 현명한 정령이라고. 그리고 이 이름을 가진 사람은 참으로 행복한 삶을 산다고 전해진다고 하던데요."

"그래?"

별로 흥미가 가는 얘기는 아니로군.

그건 그렇고, 드레이크는 이 호수가 바다와 연결되어 있다는 걸 어떻게 안 걸까?

"드레이크, 여기가 바다와 연결되어 있다는 걸 어떻게 알게 된 건가."

전혀 아무 표시도 안 난다. 비록 호수 가까이는 풀이 자라지 않았다지만 그걸로 바다까지 연결해서 생각할 수는 없었을 텐데 말이다.

"아, 그게 말입니다. 전에 우연히 여기 올 일이 있었는데 마침 목이 말라서 물을 마셨었는데 짜지 뭡니까."

개구쟁이 같은 웃음을 지으며 설명하는 드레이크.

"그래서 바닥에 뭐가 있는 건가 싶어서 잠수했었죠. 그러다 물길을 따라 바다까지 가게 되는 바람에 죽는 줄 알았습니다."

그 말에 난 기가 막혀서 말을 할 수가 없었다.

"잘못했으면 정말 익사할 뻔했죠."

그걸 알기는 아는지 고개를 설레설레 흔들며 한숨을 내쉬는 드레이크를 보자 한심하다는 생각이 든다.

나도 무모한 짓을 꽤 많이 한다고 생각했었는데 나보다 더한 사람도 있었군.

"드레이크님은 앞뒤 없이 무모하게 행동하는 게 오라버니와 비슷하네요."

"그래?"

세레나의 말에 드레이크는 뜻밖이라는 듯 반가워했지만—동류를 만났다는 생각에서인가?—난 전혀 반갑지 않았다.

"저 정도는 아냐."

절대 드레이크만큼은 아냐. 난 상식 선에서 했다고.

"오라버니는 자신이 상식 안에서 행동한다고 생각하고 있어요."

내 생각을 읽어버린 것 같은 세레나의 말에 드레이크가 호탕하게 웃었다.

"푸하하하! 어쨌든 비슷한 사람을 만나서 반갑구만."

얘기가 왜 그렇게 되는 거지? 뭐, 나도 드레이크가 싫지는 않으니까 넘어가겠지만. 어쨌든 우리는 그렇게 호수를 구경하고 돌아갔다.

저녁 무렵이 되어서야 돌아온 사이라 후작을 비롯한 조사 책임자들이 날 만나고 싶다고 했다.

그래서 세레나를 떼어두고 제노시아와 가보니 그 책임자들 셋이서 진지한 토론을 하고 있었다.

저렇게 머리를 맞대고 토론하는 걸 보아하니 비텐 백작은 사이라 후작과 미스트 백작에게 당했던 옛날 일들을 다 잊어버린 모양이다.

그 유적에 대한 학구열이 옛 원한을 잊게 만든 걸지도.

"흠."

내가 왔다는 걸 알리려고 헛기침을 하자 모두 날 보고 일어나 인사를 했다.

"황제 폐하를 뵙습니다."

그런데 비텐 백작은 여전히 날 대하기 힘든가 보군. 잔뜩 굳어서 입을 꾹 닫고 있다니.

"그래, 무슨 일인가?"

내 말에 사이라 후작이 완전히 홍분한 음성으로 대답했다.

"아주 대단한 겁니다! 절대로 저희가 처음 발견한 겁니다. 아마도 대단한 진전이라고 단언할 수 있습니다."

라고 알 수 없는 소리를 했다.

난 헛웃음이 나왔다.

"일단 앉아서 천천히 이야기하지."

그러면서 의자에 앉자 미스트 백작이 천천히 보고를 시작했다.

"오늘 폐하께서 보신 그 마법진은 이동을 위한 것이었습니다. 그 도시의 지하에 있는 광장 같아 보이는 곳으로 이동이 되더군요. 지금 발견된 그 길도 조사 중입니다."

호오… 지하에 뭔가 있나 보군.

"어쩌면 그곳에도 도시가 있을지도 모른다 생각하고 있습니다."

"도시?"

"예. 그 길이 바다 쪽으로 연결되는 것으로 보아 해저 도시였을 가능성도 있어요."

미스트 백작이 계속 보고하는데 이 말만은 자신이 하겠다는 듯 사이라 후작이 잘라 버렸다.

그런데 해저 도시라?

"해저 도시라니?"

왜 바다 밑에 도시를 만들었다는 거지?

"예. 이유는 모르겠지만, 일단 그 길이 바다 속까지 뻗어 있을 가능성이 제일 큽니다."

굉장하군. 저 바다 밑에 도시를 만들었다라…….

굉장하긴 한데 어째서 그런 도시를 만든 걸까?

"만약, 만약 해저 도시라면 아마도 고대인들의 휴양지와 비슷했을 거라고 생각합니다."

휴양지? 놀기 위한 도시였다고? 저런 도시가?

게다가 휴양지라면 건지는 것도 얼마 없을 게 아닌가. 그럼 안 되는데.

"하아?"

"만약입니다, 만약. 그럴 수도 있다는 거지요."

그런가?

아직 확실히는 모른다는 거로군.

난 고개를 끄덕였다.

"아직 확실해진 건 아무것도 없습니다만, 발견된 길을 따라 조사하다 보면 모두 알아낼 수 있을 겁니다."

미스트 백작의 확신 어린 말에 난 슬며시 미소 지었다.

일이 잘 풀리고 있나 보군. 다행인걸.

그래도 하나는 확인해 둘까?

"그 도시를 고대처럼 부활시킬 수 있나?"

불가능할 거라는 걸 짐작하고는 있지만 혹시나 하는 생각에 물어봤다.

"아직 모르겠습니다."

하지만 대답은 내 예상보다 긍정적이었다.

난 바로 '못한다' 는 말이 나올 거라고 생각을 했었으니까.

"더 자세히 조사해야 합니다. 하지만 동굴 안에 있어서인지 보존이 무척 잘 되어 있습니다. 사람들이 드나든 흔적이 거의 없으니까요."

"그래서 그 도시는 부활시킬 수 있을지도 모릅니다. 아직 그 지하에 대한 건 잘 모르겠습니다만."

그거 축하할 일이로군.

고대의 도시를 부활시킨다면 우리 아린드 국에도 절대적인 이득이 올 것이다.

특히 마법사들은 '나라' 라는 소속보다 자신의 발전을 중요하게 생각하니까, 어쩌면 다른 곳의 마법사들이 아린드 국으로 흡수될 수도 있고.

덧붙여서 유적에서 뭔가가 발견되면 역사학 같은 학문들도 비약적인 발전을 이룰 수도 있을 테고.

그런데…

눈앞에서 '유적의 발견' 과 '새로운 지식' 에 흥분하고 있는 이들을 보자 쓴웃음이 나왔다.

나와는 전혀 다른 분야에서 생각을 하는 이들.

난 그 유적으로 인한 정치와 군사, 외교적인 생각만 하고 있었는데. 하지만 저런 게 정상이겠지, 내가 비정상이고. 난 저렇게 순수하게 기뻐하거나 생각할 수가 없었다.

"그럼 계속 조사하고 다음에 다시 보고하게."

"예, 폐하."

난 그렇게 말하고 자리에서 일어났다.

그리곤 방을 나서서 내 방으로 돌아갔다.

아까 사이라 후작이 보고할 게 있노라며 부르기 전에 세레나와 함께 이야기하던 중이었기에.

방에 들어가자 세레나와 드레이크, 아리아, 실비아가 티타임을 가지고 있었다.

"오라버니, 이제 오는 거예요?"

"무슨 특별한 얘기가 있었습니까?"

"폐하, 다녀오셨어요."

"아, 차를 가져올게요."

그리고 실비아가 일어나 차를 가지러 가기 위해 일어났다.

"아, 차 대신 술을 좀 가져와."

"예."

지금은 별로 차를 마시고 싶지 않아서 술을 부탁하자 실비아는 예쁘게 웃으며 나갔다.

난 싱긋이 웃으며 의자에 앉았다.

"무슨 이야기를 그렇게 즐겁게 해요?"

그러자 세레나가 짓궂은 표정을 지었다.

"드레이크는 유적에 정말 실망한 모양이던데요."

아까까지는 꼬박꼬박 이름 뒤에 '씨' 나 '님' 자를 달더니 이제는 이름을 그대로 부르는 세레나.

그런 세레나의 말에 드레이크는 머리를 긁적였다.

그리고는 곧 씩 웃었다.

"제가 찾는 게 아니라서 좀 실망하기는 했습니다. 하지만 아직 밝혀지지 않았던 유적이 있다는 건 확인했으니 '환상의 섬' 이 정말 있을지도 모른다고, 그렇게 생각하기로 했습니다. 그러니 꼭 발견하겠다고 말입니다."

그렇게 말하며 주먹을 불끈 쥐고 다짐하는 모습이 어린애 같다.

그 모습에 키득거리고 있는데 실비아가 술을 가지고 돌아왔다.

모두에게 잔이 돌아갔다.

"세레나, 너 아직 술은……."

내가 잔소리할 기색이 보이자 세레나는 억울하다는 표정을 지었다.

"아리아보단 잘 마시는데……."

"그런 말이 아니라."

"세레나님께 드릴 차는 따로 가져왔습니다만……."

실비아의 말에 세레나는 원망스런 눈길을 보냈다.

"언니, 미워!"

그 말에 실비아가 당황한 건 당연한 일.

그건 그렇고, 언니라고 부르는 걸 보니 꽤 친해진 모양이다.

아니면 실비아를 놀리느라 그러는 건지도 모르지.

오래 함께 지내온 아리아에게도 언니라는 소리는 잘 안 하니까.

난 잔을 들었다.

"드레이크, 그대가 꿈을 이루길 빌어주지."

"감사합니다. 하지만 걱정 마십시오, 난, 아니, 전 절대 실패할 거라는 생각은 안 합니다."

굉장한 자신감이로군.

그만큼 지금의 일을 좋아한다는 말도 되겠지.

부러운 일이야……. 늘 실패했을 경우를 먼저 생각하는 나와는 너무 달라.

그날 저녁, 세레나가 드레이크를 찾아갔다.

"드레이크님, 잠시 들어가도 될까요?"

뭘 하고 있었는지 방 안에서 '우당탕' 하는 소리가 들리더니 드레이크가 문을 벌컥 열었다.

"예, 들어오십시오."

세레나는 방긋이 웃으며 안으로 들어갔다.

"주무시려던 건가요?"

“아닙니다.”

드레이크와 세레나는 서로를 마주 보며 살짝 웃었다.

그리고 세레나가 장난을 걸었다.

“미스트님과 무척 친해지신 것 같더군요?”

“헷, 그럴 리가요. 그 여자가 절 일방적으로 못마땅해하는 거라고요. 전 억울합니다.”

일부러 우는소리를 한다.

그렇게 똑같이 장난으로 대하는 드레이크의 말에 세레나는 그저 웃었다. 그리고 곧 차분한 음성으로 용건을 꺼냈다.

“혹시 제가 이 늦은 시간에 찾아온 이유를 아세요?”

그 말에 드레이크는 잠시 멍하니 있더니 머리를 긁적였다.

그리고 피식 웃어버렸다.

“제가 세레나 신관님의 마음을 어떻게 알겠습니까. 말씀해 주십시오.”

세레나는 귀엽게 미소를 지었다.

“부탁이 있어서 왔어요. 좀 어려운 부탁일지도 모르겠네요. 들어주실 거죠?”

드레이크는 조금 머뭇거렸다.

세레나가 말하는 ‘어려운 부탁’ 이라는 게 뭔지도 모르고 덜컥 허락해 버릴 수는 없다. 그렇지만 그 유적에서 해적으로 몰려 잡혀갈 뻔했던 자신을 도와준 세레나의 부탁이다. 그러니 되도록 거절하고 싶지 않았다.

“잠시 동안 그 ‘환상의 섬’ 찾는 걸 중단해 주실 수 있으세요?”

“절대로 못합니다. 그건 제 평생을 바치고 있는 일입니다. 세레나님, 다른 부탁이라면 듣겠지만…….”

바로 반응이 나왔다.

그러자 세레나는 순간 무척 놀란 것 같았지만 이내 웃었다.

"잠시만요. 아주 잠깐만 중단하시면 돼요. 그래요, 제 초대에 응하시는 기간만요."

"초대요?"

어리벙벙한 표정이었다. 무슨 뜻인지 전혀 감이 안 잡히는 모양이었다.

"오라버니에게 부탁해서 제가 드레이크님을 황성으로 초대하려고 하거든요. 괜찮으시겠지요?"

"예?"

아직도 멍청히 반문하자 세레나는 방긋이 웃었다.

"드레이크님께서 찾고 계시는 것들에 대한 단서가 황성의 서고에 있을지도 모르잖아요. 책들이 많은 곳이니까. 그러니 한번 들러보시라는 거예요."

세레나의 제안을 잠시 생각하던 드레이크는 사람 좋은 미소를 지으면서 고개를 끄덕였다.

"확실히 저에게 나쁜 제안은 아닙니다. 하지만 왜 저에게 그렇게 배려해 주시는 건지요?"

그 말에 세레나는 살짝 웃더니…

"비밀."

이라고 말했다. 드레이크가 멍청한 표정을 짓자 깔깔거리고 웃더니 이내 솔직하게 대답했다.

"비밀은 아니고요. 실은 저번에 저희가 배편이 없어 난처해할 때 도와주셨잖아요. 그 보답이에요. 그리고 다른 이유는 오라버니."

"예? 그 황제 폐하가 무슨……."

드레이크의 말투는 '자신과 전혀 상관없는 문제야'라고 주장하는 듯했다. 하지만 세레나는 거기에 신경 쓰지 않고 말하고 싶은 내용을 말했다.

"오라버니가 드레이크님은 좀 편하게 여기는 것 같아요. 그래서 친구가 되시면 좋겠다는 생각이 들었어요. 오라버니는 친구라고 부를 수 있는 사람이 없으니까요."

방긋방긋 웃으며 말하는 세레나를 보며 드레이크는 무심코 '신관이라고는 해도 역시 어리구나' 라고 중얼거리고 말았다.

"예?"

"아무것도 아닙니다."

망설여졌다. 확실히 황실의 서고라면 일반인들이 모르는 이야기나 기록이 있을지도 모른다. 불확실한 걸 찾아 헤매는 자신에게 열쇠가 될 자료가 있을지도 모른다.

하지만…

평민, 그것도 귀족들이 보기에 아무 이유 없이 돌아다니기만 하는 자를 황성에 들여보내 줄 것인가가 문제다. 물론 세레나가 말하면 들어갈 수는 있을 것이다. 그래도, 아니, 그러니까 더 귀족들의 입방아에 시달리게 될 것이다.

게다가 그 황제가 허락해 줄 것인가도 문제다. 세레나야 아무것도 모르고 친구니 어쩌니 하지만 신분이 다른 자신을 그렇게 여길 리가 없지 않은가.

그래도…

"드레이크님, 가주실 거죠?"

"예, 물론이죠."

역시 그 서고에 있을지도 모르는 정보들은 포기하기 힘들었다. 하지만 드레이크는 한마디 덧붙이는 걸 잊지 않았다.

"황제가 허락한다면… 말입니다."

"고마워요. 그럼 오라버니에게 말할게요. 참, 허락해 주신 감사의 표시로 내일 제가 재미있는 걸 보여 드릴게요."

세레나가 활짝 웃으며 방을 나간 후 드레이크는 재미있다는 듯 미소 지었다.

"정말 명랑한 신관님이라니까."

같이 배를 타고 있는 동료이자 부하 녀석들에게는 여동생처럼 귀여운 신관의 부탁을 무시할 수 없어 어쩔 수 없었다 대답해야겠다고 결심하는 드레이크였다.

세레나는 드레이크의 방에서 나온 후 곧장 앨리언이 머무는 방으로 향했다.

방문에 살짝 노크하자 실비아가 문을 열었다.

세레나는 실비아는 무시하고는 앨리언과 제노시아를 보고 살짝 웃었다. 아직까지는 실비아를 오라버니의 연인으로 인정할 수 없다는, 투정 섞인 행동이었다.

"오빠."

"아, 무슨 일이니?"

앨리언은 부드러운 미소로 세레나를 대해주었다.

세레나는 뽀르르 앨리언의 앞으로 다가갔다.

"오빠, 나, 부탁이 있어요."

앨리언은 세레나의 머리를 쓰다듬었다.

"그럴 줄 알았어. 네가 이 시간에, 게다가 '오빠' 라고 부르면서 날 찾아오는 이유야 뻔하지."

그 말에 세레나는 볼을 부풀렸다.

"우… 누가 들으면 진짜인 줄 알겠어요."

앨리언은 계속 미소를 띤 채 세레나의 말을 들어주었다.

그리고 세레나의 뺨을 가볍게 퉁기며,

"어린애가 아니라며? 그럼 더 이상 이런 건 하지 말아야지."

"내 맘이에요."

"그래그래, 미안하다."

고개를 팩 돌린 세레나를 달래며 앨리언은 웃었다.

"그래서 부탁할 말은?"

이 말을 기다렸다는 듯 세레나는 음흉한(?) 웃음을 지었다.

"우후후… 실은 말이에요."

세레나의 기묘한 웃음에 앨리언은 움찔하더니 수상하다는 눈빛을 보냈다.

앨리언이 이런 반응을 보이는 이유는 당연한 거다. 늘 저런 식으로 말을 꺼냈을 때는 모두 이상한 소리로 사람의 혼을 빼놓고 사라지곤 했던 세레나의 경력 탓이니까.

"또 무슨 소리를 하려고?"

"별거 아니에요."

"네가 그런 식으로 말해서 정말 '별거 아니' 었던 적은 한 번도 없었어."

노골적으로 '수상하다' 는 의미가 가득한 눈으로 말하자 세레나는 작전을 바꿨다.

"힝~ 오빠 내가 싫은 거예요?"

"우는 척해도 수상한 건 수상한 거야."

하지만 역시 '오빠' 인 앨리언은 세레나를 잘 파악하고 있었다. 그러면서 어쩔 수 없다는 듯 덧붙였다. 탐탁지 않다는 눈빛을 하고 있기는 했지만.

"그 부탁이라는 거, 들어보고 가능한 일이면 들어줄게."

“정말이요?”

표정이 확 바뀌는 세레나.

‘어쩔 수 없다니까……’

앨리언은 속으로 쓴웃음을 지었다, 세레나에겐 너무 약한 자신을 탓하면서.

“오빠, 내 부탁이라는 건 말이에요……”

세레나가 속삭이는 것 같은 목소리로 앨리언에게 부탁하기 시작했다.

어쩐 일인지 오늘은 잠이 일찍 깨었다.

어제 세레나 때문에 늦게 잤는데 왜 이리 일찍 눈이 뜨이는지 모르겠군.

일단 창밖을 보자 이른 시간이라는 걸 증명하듯 아직 해도 뜨지 않았고, 이제 동녘 하늘이 어렴풋하게 밝아오는 중이었다.

“오랜만에 해가 뜨는 걸 볼 수 있겠군.”

수도에서는 가끔 밤을 샐 때 본 적이 있었다.

수도의 해 뜨는 모습은 그다지 멋지지 않았다. 내 기분이 좋지 않아 그렇게만 느껴졌는지는 몰라도 수도의 해는 어쩐지 회색 빛 같은 느낌이었달까.

여기 루딘 영지에서는 해가 바다에서 뜰 테니 멋진 풍경을 연출하겠지?

그런 기대에 조금 들떠서 창밖을 보고 있는데 뒤에서 인기척이 느껴졌다.

살짝 웃으며 뒤를 돌아보았다.

“제노시아.”

역시 제노시아였다.

내 허락 없이 마음대로 들어올 수 있는 건 제노시아뿐이니까 당연하지
만.

"일찍 눈을 뜨셨군요."

"그래, 그냥 일찍 잠이 깨이더군."

제노시아가 이런 시간에 온 이유를 물으려다 거기까지만 말하고 다시
창가에 기대어 창밖을 내려다보기 시작했다.

금방 해가 뜰 테니까 그 모습을 보고 싶었다. 잠시의 평화를 즐기고
싶은 거다.

그리고 잠시의 시간이 흐르자 태양이 솟아오르기 시작했다. 푸르른 바
다를 자신의 붉은빛과 황금빛으로 물들이면서 그렇게 서서히 떠오르기
시작했다.

아름답고 멋지다. 하지만 넋 놓고 보기에는 상황이 여의치 않았다.

"멋지군."

"예."

그리고 난 몸을 돌렸다.

이제 '알'에 복귀를 해야겠지.

"이렇게 일찍 날 찾아온 이유는?"

평소와 다르게 던진 질문엔 다 근거가 있다.

제노시아가 아무 이유 없이 이렇게 일찍 올 리가 없으니까.

지금이야 내가 우연히 일찍 일어나 있었다지만, 보통은 이른 시간에
오면 내 수면을 방해하니까 내가 일어났을 법한 시간에 온다.

"키나이의 보고입니다."

역시 그런가?

"보고해."

"루이스 자작이 정무 회의 중에 시르 공작과 크게 충돌했다고 합니다.

그리고 자신의 영지로 가버렸다고… 시르 공작이 키나이에게 폐하께 전해달라고 문서를 건넸다며 주었습니다."

그러면서 시르 공작의 인이 찍힌 둥글게 말린 종이를 내밀었다.

난 천천히 인을 떼어내고 그것을 펼쳤다.

내용은 별거 아니었다.

루이스 자작이 앙심을 품은 것 같으니 특별히 주의하라는 것, 특히나 지금은 황성 밖이니 더욱 주의하라는 거였다.

"별다른 보고는 없었나?"

난 다시 종이를 둥글게 말아서 건네주며 물어보았다.

"다른 건 카난 공작과 리나이트 상단에 관한 일입니다. 리나이트 상단 내부에서 루이스 자작의 심복으로 보이는 자들을 모두 쫓아냈고 정식으로 국제 무역을 시작하겠다는 보고였습니다."

난 고개를 끄덕여 주었다.

"잘되어가고 있군."

"예상보다 너무 순조롭습니다."

걱정스러워하는 어조의 제노시아.

너무 쉽게 풀리니 앞에 함정이 도사리고 있는 것 같다는 말이렷다?

제노시아가 상기시켜 주지 않아도 잘 알고 있다. 나도 마찬가지의 생각이니까.

순조롭다는 건 좋은 일이다. 하지만 이건 좀 불안하다. 루이스 자작도 그렇게 만만하다고 할 수 있는 사람이 아닌데 이렇게 순순히 물러난 걸 보면 뭔가 있을지도 모른다.

"어쩔 수 없지, 지금은 지켜볼 수밖에."

아직 모든 게 확실한 게 아니니까.

"루이스 자작의 일은……?"

“키나이에게 루이스 자작을 감시할 자들을 붙이라고 해.”

무슨 일을 저지르기 전에 알아낼 수 있으면 좋겠지. 그게 아니라도 좀 더 주의하기 위해선 루이스 자작의 행동을 알아내야 한다. 그전에 시르 공작이 멋대로 처리해 버릴 확률이 더 높지만.

“예.”

제노시아가 고개를 숙이며 대답했다.

난 몸을 돌리며 제노시아에게 명령했다.

“나가봐.”

키나이에게 이 말들을 전해야 할 테니.

“예.”

제노시아가 나가고 나서 난 의자에 주저앉았다.

일이 쉽게 풀리면 좋겠지만, 그렇지 않을 경우라도 내가 수습할 수 있을 정도까지만 벌어지면 상관없다.

만약 일이 크게 벌어진다면… 사람 몇 죽는 건 기본이겠지.

난 한숨을 내쉬며 머리를 저었다.

되도록 쉽게 끝내고 싶다. 벌써 쉽게 끝나기는 틀린 일 같기는 하지만.

내가 잠시 생각에 잠겨 있는 동안 벌써 키나이에게 연락을 끝냈는지 제노시아가 돌아왔다.

“빨리 왔군.”

“예, 별로 시간이 오래 걸리는 일은 아니니까요.”

“그런가…….”

힘없이 웃어주고 자리에서 일어났다.

‘일단 밥을 먹어야 힘이 나지.’

그리고 힘내서 일을 해야지.

아침부터 세레나는 어제의 약속을 지키라며 날 들볶는다.

"세레나, 그러니까 조금 뒤에 드레이크를 만나면 말하겠다니까."

"싫어, 내가 보는 앞에서 해."

세레나가 단호하게 말한다.

그 모습에 난 작게 한숨을 푹 내쉬었다.

세레나는 어제저녁… 이라기보다 밤에 가까운 시간에 날 찾아왔었다. 그리고는 드레이크를 수도에, 황성에 초대하면 안 되겠느냐고 하며 날 조르기 시작했다.

말이 부탁이지 거의 협박이었다. 내가 안 된다고 하자 허락할 때까지 옆에 붙어서 계속 졸라댔으니까.

결국 지쳐 버린 내가 허락해 주자 만세를 부르며 날 끌고 춤까지 췄었다.

얼마나 옆에 붙어서 조잘대든지… 정말 무슨 수를 써서라도 목적한 바는 반드시 이루고 마는 동생이었다.

드레이크가 나쁜 사람은 아닌 것 같기도 해서 허락해 주고 말았지만… 세레나는 '포기' 라는 걸 모르는 모양이다.

그런데 세레나는 어째서 드레이크를 수도로 부르려 하는 걸까.

본인 말로는 내 친구를 만들기 위해서라고는 하지만, 글쎄. 세레나 본인이 드레이크와 놀고 싶어서가 아닐까 생각된다.

"알았어, 알았어."

결국은 또 내가 진다.

내가 포기하자 세레나는 환하게 미소 짓는다.

"드레이크는 어디 있는데?"

아침부터 안 보였다. 그래서 아직 말을 못하는 바람에 지금 세레나에게 시달린 거고.

“항구에.”

“뭐?”

“항구에 정박해 있는 자신의 배에 갔어.”

그래서 아침부터 안 보인 건가?

그런데 지금 드레이크가 항구에 있다면 거기까지 가자는 말인가?

아, 그건 그렇고…

“미리 말하는데.”

먼저 못 박아두어야지.

“드레이크가 싫다고 하면 거기서 끝이야.”

“알았어.”

세레나는 무슨 생각인지 생글생글 웃을 뿐이다.

드레이크가 무조건 허락할 것도 아닐 텐데 자신의 배도 있으니 오래 버려두지는 못할 테니 이런 ‘초대’ 를 거절할 수도 있을 거다. 그런데도 세레나는 당연히 허락할 거라는 듯한 반응이었다.

만약 드레이크가 싫다고 하면 세레나는 어떤 반응을 보일까?

은근히 보고 싶네.

“하지만 항구에 있다면 출발 준비인가?”

“아냐, 절대로.”

“그, 그래?”

그리고 난 드레이크가 항구에 있다면 나중에 돌아오고 나서 만나겠다고 말했다.

그랬더니 세레나는 무시무시한 눈길로

“지.금. 당.장. 해.줘.”

라고 말하는 거다.

왜 이러나 몰라……

"알았어."

거기에 당하는 나도 나지만…

세레나에게 이끌려 힘없이 항구를 향했다.

나야 세레나가 막무가내라는 건 알고 이해해 주지만, 다른 이들의 눈에는 이런 모습이 영 못마땅할 텐데. 좀 행동을 조심해 주었으면… 하기도 하지만.

나도 솔직히 항구라는 곳이 궁금하고, 신하들의 눈이 있으니 이런 핑계 없이는 나가볼 수 없으니 순순히 끌려간다.

물론 옷만은 갈아입었다. 황제의 옷이라는 게 워낙 눈에 띄는 옷이라서 세레나가 특.별.히. 허락해 주었던 거다. 지금 입고 있는 옷도 그렇게 평범하다고 볼 수는 없을 정도로 고급이긴 하지만 내가 입고 있던 옷보다는 훨씬 나았다.

항구는 사람들로 복잡했다.

"복잡하군."

"당연하죠. 어… 드레이크의 배가 어디 있나……."

난 세레나가 드레이크의 배를 찾을 동안 여기저기로 시선을 옮기며 항구를 구경했다.

지금 세레나는 내 손을 잡고 있다. 날 잃어버릴까 봐 걱정된다나? 처음에는 창피해서 제노시아도 따라오니 절대 그럴 리 없다고 항의했었다. 하지만 지금 항구에 사람이 이렇게 많은 걸 보니 세레나의 말이 맞을지도 모른다는 생각이 든다.

세레나와 떨어지게 되어 인파에 둘러싸이면 길을 잃을 것 같다.

길을 잃는다고 해도 루딘의 성으로 돌아갈 수야 있겠지만 항구 안에서 세레나를 찾는 건 무리 같으니까. 난 이 정도로 복잡한 곳에—사람들의 말로는 작은 항구라서 복잡한 것도 아니라지만 나한테는 충분히 복잡하다—와

본 적이 없었으니까.

한참을 여기저기로 시선을 옮기며 구경하고 있는데 팔을 당기는 게 느껴진다. 세레나가 어디론가 걷기 시작한 것이다.

"찾았어?"

"네."

세레나는 간단하게 말하며 날 끌고 어디론가 걸어갔다.

사람들을 헤치며 잠시 걷자 큰 배가 보였다.

배라는 걸 처음 보니 이게 큰 건지 아닌 건지는 모르지만 적어도 주변에 있는 배들보다는 조금 커 보였다.

세레나는 그 배 밑에서 서성거리다가 배에서 내려져 있는 판자를 밟고 올라가기 시작했다.

"올라가야 돼?"

"그럼 여기서 해요? 사람이 많잖아요."

내가 무슨 힘이 있겠는가. 난 그저 세레나를 따라 올라갈 수밖에.

배 위에는 선원으로 보이는 사람들이 청소를 하거나 또 출항 준비로 보이는 뭔가를 하고 있었다.

배 위를 처음 와보는 나로서는 신기한 것투성이였다.

구경하고 싶다는 생각에 슬쩍 발을 뗐는데 곧 세레나가 잡아당겼다.

그리곤 멋대로 돌아다니려던 나에게 눈총을 준 뒤 선원으로 보이는 어떤 사람에게 다가갔다.

"지금 드레이크는 어디 있어요?"

"대장은 지금 함장실에 있지만… 아가씨들이 갈 만한 곳은 아닐 텐데……."

"호호호, 괜찮아요."

세레나는 예쁘게 웃으며 고맙다고 말하곤 다시 날 끌고 가기 시작했다.

그런데 아가씨들?

제노시아를 아가씨로 보지는 않았을 테니 내가 '여자'로 보인다는 말이겠군.

대체 내 어디가 여자로 보이는 걸까? 선이 좀 가늘긴 하지만 여자로 보일 정도는 아닌데. 그렇게 고심하고 있는데 제노시아가 나에게만 들릴 정도로 작은 목소리로 말했다.

"폐하, 세레나님이 주신 옷에 문제가 있다고 말씀드리지 않았습니까."

제노시아가 작게 속삭인 말에 난 내 옷을 훑어보았다.

부드럽게 몸 전체를 감싼 품이 낙낙한 편한 옷이었다.

순간 불길한 감이 스쳤다.

"세레나, 나 물어볼 게 있는데……."

"네?"

세레나는 뒤를 돌아보지도 않고 대충 대답한다.

"이거, 여자 옷이야?"

불안한 느낌이 든다.

세레나는 멈춰 서서 날 돌아보며 피식 웃었다.

"당연하죠."

산뜻하게 말하고는 다시 걷기 시작한다.

그런데 뭐시라고?

"세레나, 너!"

"그것도 모르고 넙죽 받아 입은 오라버니도 이상해요. 여자 옷이랑 남자 옷도 구분 못해요?"

재미있어하고 있는 세레나.

"아, 아무리 그래도 그렇지……."

내가 모르면 그러려니 하고 잘 챙겨주면 되잖아!

일부러 여자 옷을 입히는 이유가 뭐냐고 소리치고 싶었지만 그랬다가는 배 위에 있는 사람들이 다 쳐다볼 것 같아서 그러지 못하고 있었다.

젠장, 늘 남이 주는 옷들만 입다 보니 아무 생각 없이 입어버린 게 잘못이다. 세레나가 옷을 골라준다고 했을 때 경계했어야 하는 건데…….

뒤에서 제노시아가 키득거리는 게 느껴진다.

얼굴이 달아올랐다.

이래 가지고 드레이크를 보러 가자고? 절대 싫어!

"세레나, 돌아가자."

"여기까지 와서요?"

"이런 모습으로 만나라고?"

그 말에 세레나는 날 보며 예쁘게―다른 말로 하면 가증스럽게―웃었다.

"예쁜데 뭘요."

"세레나아~!"

결국 내가 버럭 소리치자 세레나는 순간 움찔했다.

하지만 내가 소리친 건 결국 내 불행이었다.

"밖에 누가 이렇게 소란스럽게… 응?"

드레이크가 무슨 소란인가 해서 나와 버린 거다.

"응? 우하하하하하하하!"

바로 웃어버리는 드레이크.

"으……."

할 말 없는 나.

그리고 왜 그러는지 모르겠지만 어쨌든 자랑스러워하고 있는 세레나.

"크하하하하! 걸작이로군요."

"그렇죠? 오라버니 예쁘죠?"

생글생글 웃고 있는 세레나.

세레나, 네가 무슨 생각하든 네 마음이지만 말이다, 난 지금 너희 둘 다 몇 대씩 때리고 싶단 말이다!

내 생각을 전혀 모르고 기뻐하고 있는 자들을 보며 난 부들부들 떨고 있었다. 그런 나 때문에 제노시아가 둘을 진정시키기 위해 나섰다.

"세레나님, 심심해서 여기 온 게 아니지 않습니까? 그리고 드레이크님도 좀 진정해 주십시오."

그 말에 둘은 약속이나 한 듯이 차분해졌다.

"그러죠."

"한데 무슨 일로 왔소?"

난 그런 둘을 노려보며 입을 열었다.

"세레나의 청으로 드레이크, 자네를 황성으로 초대했으면 하네만… 초대에 응해주겠는가?"

처음에는 부드럽게 돌려 말할 생각이었지만 지금은 전혀 그럴 생각이 없었다.

다만 빨리 돌아가서 누군가가 보기 전에—특히 수도에서 날 따라온 사람들—옷을 갈아입고 싶은 생각뿐.

"아아, 저로서는 고맙기 그지없는 일이지요."

의외로 드레이크는 기다렸다는 듯 청을 받아들였다.

지금 생각하니 세레나가 미리 언질을 한 듯했다. 그리고 보니 세레나가 무계획적으로 나에게 달려들 리가 없는데 말이다.

이거, 내가 당했군.

난 피식 웃었다.

정말 멋지게 한 방 먹었다. 상관없는 일이기는 하지만.

앗, 설마! 세레나가 여자 옷을 입힌 것도 관계가 있는 걸까?

설마……

난 슬슬 돌아갈 준비를 시작했다.

온 지 얼마 되지는 않았지만 오랫동안 황성을 비울 수는 없으니까 돌아갈 준비를 하는 거다.

돌아갈 준비라고 해봐야 다 밑의 사람들이 하는 거니까 오히려 나는 할 일도 없고 말 상대도 없어서 심심하다. 실비아도, 아리아도 준비한다고 내려가 버렸으니…….

그리고 가는 김에 세레나와 같이 돌아가려고 했었는데,

"세레나, 여행을 더 할 거라고?"

"예. 아직 순례 여행이 끝난 게 아니니까요."

세레나는 순례 여행이 아직 끝나지 않았다며 같이 가지 않으려고 했다.

"난 드레이크를 초대해 달라기에 같이 갈 줄 알고 있었는데."

솔직히 사람을 초대해 놓고 초대한 사람이 사라져 버리는 경우는 없으니까 당연히 세레나도 돌아가는구나 하고 생각했었다.

순례 여행이니 이해야 하지만 손님을 초대하고 이래도 되는 건지.

"정말 죄송하지만, 내가 갈 때까지 드레이크 좀 잡아두고 있어주세요."

"알았다. 하지만 드레이크에게는 네가 양해를 구해라."

"알고 있어요."

세레나는 건성으로 고개를 끄덕였다.

그 모습에 내가 미간을 찌푸리자 화제를 돌려 버렸다.

"그런데 황비님께서 왜 혼자 이리로 보낸 거예요?"

"뭐? 무슨 뜻이야?"

알 수가 없는 말이었다. 뮤리아가 여기 오고 싶다고 졸랐다는 걸 알고 있을 리도 없고, 대체 무슨 뜻이지?

"그게 아니라, 보통 이런 데 놀러 오면 같이 오지 않나요? 그런데 용케 혼자 왔다 싶어서."

난 또 무슨 말인가 했네. 꼭 같이 다닐 필요는 없는 일이니까.

"놀러 온 거 아니다. 유적 조사하러 왔지."

"오라버니께서 조사? 그냥 구경이잖아요."

그렇게 진실을 말하면 내가 슬프지. 좀 더 있다 가고 싶은데 수도에서 돌아오라고 난리니까 어쩔 수 없이 끌려가는 거지.

"황비 이름이 뭐더라? 음……."

일부러 모르는 척하는 모습에 피식 웃음이 나왔다.

"뮤리아. 다는 못 외워."

외울 필요를 못 느꼈다. 어차피 이름만 부를 거니까. 그냥 황비라고 불러도 되는 일이었지만 굳이 이름으로 불러달라고 했다. 그게 더 좋다고.

"너무한 거 아녜요? 그래도 부인 이름인데."

세레나가 볼을 부풀리며 말하긴 했지만, 그러는 본인도 그다지 신경 쓰는 눈치가 아니다.

한동안 종알거리던 세레나는 화제를 바꾸었다.

"오라버니께서 이번에 데려온 시녀, 스라트 사람이죠? 억양이 약간 남아 있던데."

"예리한데?"

"별로. 여행하다 보니 자연스럽게 알게 되는 건데요 뭐. 그것보다 스라트에서 왔다면 황비께서 데려온 시녀 아닌가요? 나중에 문제 생길까 걱정되는데……."

별 잡다한 걸 잘 안다 싶어 그저 웃어넘겼다.

그 모습에 세레나가 뭐라고 하려는 순간,

똑똑.

“폐하.”

노크 소리가 들리고 아리아가 들어왔다.

“어서 와. 준비는 잘되어가고 있어?”

지금 아리아가 황성으로 돌아갈 준비를 맡아서 감독하고 있었다.

자신이 하겠다고 나선 것도 있지만 내 시종이나—실비아 제외—기사단 녀석들도 예전에 아리아와 같이 일해서 더 편해하기에 그냥 그러라고 했다.

“예, 순조롭습니다. 내일 출발하실 거지요?”

“그래.”

난 손짓으로 자리를 권했다.

“오라버니는 말야, 황비님이 너무나 무서워서 일찍 가는 거래.”

황당한 소리를 하는 세레나.

“예? 정말요?”

그리고 그 말을 그대로 믿는 아리아.

“세레나!”

내가 미간을 찌푸리면서 야단쳤지만 세레나는 전혀 상관 안 한다는 듯한 태도였다. 다만 아리아에게 했던 말은 고쳐 준다.

“당연히 농담이야, 아리아. 아리아는 단순해서 쉽게 넘어온다니까.”

아무리 그래도 아리아는 너보다 나이가 많단다. 그런 식으로 말하면 안 되지.

“에엣?”

“그래, 맹해.”

같이 여행하면서 내내 세레나의 장난감이 되었던가 보다. 불쌍하게도.

아리아를 놀리면서 즐거워하는 세레나를 보고 있다가 고개를 돌렸다.

세레나에게 벗어나려고 발버둥 치던 아리아가 내게 질문을 던졌다.

“요새 황성의 분위기가 많이 안 좋은가요?”

그 말에 세레나도 '아리아 괴롭히기'를 멈추고 얌전히 내 대답을 기다리는 눈치다.

난 천천히 고개를 끄덕였다.

그러자 아리아는 시무룩해져서는 중얼거렸다.

"하긴, 그러니까 겨우 나흘 만에 돌아가시는 거겠죠."

맞는 말이었다. 별일이 없다면 한 달 정도 푹 쉬면서 있다 가도 아무 문제없다… 고 생각한다. 여기서 한 달 정도 있을 수는 없는 노릇이겠지만.

하여튼 다른 때라면 몰라도 지금은 조금 곤란했다.

루이스 자작은 주요 세력가 중 하나. 그런 사람이 내게 반감을 가지기 시작한 거니까. 뭐, 내가 자초했다는 점에서 동정의 여지가 없는 일이지만.

하지만 올 때는 별 걱정 없다는 태도였는데 갑자기 위험하다고 하는 이유를 모르겠군. 뭔가 다른 게 있는 눈치던데… 편지로 말할 수 없을 만큼 골치 아픈 문제가 아니라면 좋겠는데 말야.

하나 더 말하자면 루이스 자작이 최근에 시에라와 접촉했다는 소리도 들리곤 하니까, 혹시라도 시에라와 루이스 자작이 손잡을 경우를 경계하는 걸지도 모른다.

그럴 리는 거의 없지만… 그래도 사람 일이란 혹시 모르는 거니까.

"오라버니, 힘내."

"알았어."

세레나의 걱정 어린 말에 난 그저 웃어줄 뿐이었다.

웃는 것 말고는 다른 방법이 없기도 했고.

　수도로 돌아오는 길도 서둘러 오는 바람에 일찍 돌아올 수 있었지만 난 돌아온 후 조금도 쉬지를 못하고 있었다. 손님이라고 초대해 놓은 드레이크와 제대로 얘기도 못 나눌 정도로.

　오늘은 하네인 후작과 함께 집무실에서 이런저런 이야기를 나누고 있었다. 아무래도 시르 공작에 대한 일을 토론해야 되겠다 싶어서 불렀었는데, 화제가 리나이트 상단에 관한 게 되어버렸다.

　"폐하, 루이스 자작을 이대로 내버려 두실 생각이십니까?"

　하네인 후작이 조금 걱정스럽다는 듯이 말했다.

　루이스 자작의 문제는 언젠가는 매듭을 지어야, 아니, 내친김에 단번에 매듭 지어야 한다.

　"아직 루이스 자작이 어떻게 나올지 모르니까."

　끝내야 할 일이기는 하지만 솔직히 아직 내버려 두고 싶다.

　잠시만, 아주 잠시만 더 시간을 두고 지켜보고 싶다.

말도 안 되는 소리지만, 루이스 자작이 리나이트 상단을 포기하고 다시 나에게 숙여주었으면 하는 마음도 있긴 하다. 그건 불가능한 일이겠지만 그래도……

"아직 적이 될지 아닐지 확실하지 않으니까, 쓸데없는 데 힘 뺄 필요는 없는 거 아니겠나?"

삐딱하게 앉아서는 별거 아니라는 듯이 말은 했지만 속마음은 그렇지가 않았다.

개인적인 감정을 전부 빼고 생각해 봐도 나의 평생을 바쳐 이룩한 걸 한순간에 빼앗겼다면 그걸 빼앗은 상대를 증오하는 게 당연하다고 생각한다.

그러니 끝을 내야 한다. 말은 아직 적이 될지 안 될지 확실하지 않네 어쩌네 하고 있지만 이제 루이스 자작은 내 편에 서줄 리가 없으니까.

하지만 루이스 자작에게 더 이상 해를 가하고 싶지는 않다. 일생을 걸쳐 이룩한 걸 빼앗은 최소한의 사죄라고나 할까?

뭐, 루이스 자작이 그렇게 생각해 줄 리는 없겠지만 말야.

"그렇습니까……."

하네인 후작은 납득한 건지, 아니면 그저 내 생각을 존중해 주는 건지 별말없이 고개를 끄덕였다. 그리고 잠시 침묵을 지키더니 이내 일 이야기로 화제를 돌렸다.

"최근 스라트 쪽 움직임이 꽤 수상합니다. 황비님께서는 아무 말씀 없으셨습니까?"

"아아, 아무 말 없던데. 서신이라도 온 건가?"

"아니요. 하지만 뭔가 일어난다면 연락이 올 것 같아서 말입니다."

그럴지도 모른다. 한번 물어봐야겠는걸.

하네인 후작은 잠시 동안 내가 자리를 비웠을 때 일어난 일들을 이것저것 이야기해 주고 집무실을 나갔다.

하네인 후작이 나가고 나서 난 잠시 멍하니 앉아 있었다.

"그러고 보니 세레나가 언제 온다고 했더라?"

여행은 계속한다고 했지만 손님을 초대해 버렸기 때문에 조만간 수도로 돌아온다고 했다.

"보름 정도 뒤에 오겠다고 하셨습니다."

"그랬던가……."

이상하게 멍하다. 그 유적에서 돌아온 후 계속 쓸데없는 생각만 하다가 머리가 포화 상태가 되어버린 모양이다.

시르 공작이 재촉해서 좀 일찍 돌아오게 된 건 그다지 신경 쓰이는 일이 아니다. 정작 신경 쓰이게 만드는 건 그 시르 공작의 태도.

급하게 불렀으니 무슨 일이 있을 줄 알았는데 여전한 모습을 보였다.

날 대하는 태도가 달라진 것도 아니다. 평소와 다름없이 대하고 있었다. 그런데 이상하게 뭔가 있는 것 같다는 생각이 든다. 가끔씩 한기가 들 정도로 차가운 눈빛을 보이곤 한다.

시르 공작이 무슨 생각을 하고 있는지는 모르겠지만, 그 생각의 대상이 나일 것 같다는 점이 많이 불안하다.

에휴, 황제가 되어서 눈치나 보고 살아야 한다니… 다 내가 자초한 일이지만.

저녁때 유적 처리 문제를 의논하기 위해 작은 회의실에 레비스와 나, 그리고 시르 공작이 모였다.

유적 그 자체는 아직 조사가 덜 끝났으므로 어떻게 할 수 있는 문제가 아니었다. 문제는 발견자인 비텐과 그 유적이 있는 곳의 영주에 대한 보상 문제라고 할까?

“역시 작위를 올려주는 게 가장 무난하군.”

내 말에 시르 공작 역시 고개를 끄덕였다. 그리고는 찬성인지 반대인지 알 수 없는 애매한 말을 했다.

“그런 것 같습니다. 다만 비텐 백작은 그렇게 황실에 충성하는 것 같지가 않아서 걱정됩니다.”

뭐, 사소한 문제가 있긴 했었지만 그다지 신경 쓸 것까진 없다고 생각하는데.

첫째로 그런 말을 하는 시르 공작 자신도 황실에 충성하고 있다고 볼 수는 없는 것 아닌가.

“그렇다고 해도 보상이 아주 없을 수는 없는 것이 아닌가.”

“그렇습니다. 아무래도 금전적인 것보다는 이게 훨씬 나을 것 같습니다만……”

레비스 역시 내 생각에 찬성을 했다.

그렇다면 결정난 거로군.

“그럼 그렇게 하지.”

그럼 보상 문제는 결정된 거고, 또 결정할 게…….

“그 유적의 조사는 계속 사이라 후작에게 맡기실 겁니까?”

“지휘 계통은 통일되어 있는 게 좋지. 윗사람이 바뀌면 많이 헷갈리기 마련이니까.”

“바꾸지 않으실 거라는 말씀이시로군요.”

그럼 셈이다. 유적에 관해서는 거기에 목숨 건 사람들이 알아서 하라고 내버려 둘 생각이다.

“그럼 유적에 관한 건……”

“그리 신경 쓸 것 없다고 생각하는데, 재촉한다고 해서 조사가 더 빨리 진행되는 것도 아니니.”

유적에 관한 이야기를 하고 있기는 했지만 시르 공작은 뭔가 다른 생각에 빠져 있는 것 같았다. 신경 쓰일 일이 없으면 좋겠는데…….

대략적인 사항을 결정하고 난 후 난 드레이크가 있는 곳으로 갔다.

세레나에 대한 이야기도 할 겸, 그리고 내 기분 전환도 할 겸.

그는 손님으로서 머무르고 있는 거라 꽤 편하게 지내고 있는 모양이다. 매일 서고를 뒤져 가면서.

"의외의 장소에 있군."

책하고는 전혀 인연이 없는 사람이라고 생각했는데 말이지.

책에 파묻혀 있는 드레이크에게 한마디 던지자 그제야 내가 온 것을 눈치 채고 얼굴을 들었다.

"아, 오셨군요."

"뭔가 도움이 될 만한 걸 찾았는가?"

"그다지… 대부분 제가 모은 것과 별다를 것이 없는 정보로군요."

조금 실망한 듯한 어투였다.

"아직 다 본 건 아니니까 확신할 수는 없지만……."

"그런가? 시간은 넉넉하니까 천천히 봐도 될 거야. 그리고 원한다면 아카데미 쪽에도 말을 해서 서고를 열어달라고 하지."

"아니, 그럴 것까지는 없습니다. 일단은 여기 있는 책들을 다 훑어보는 게 우선이니까요."

여전히 어울리지 않는 존칭을 쓰면서 대답한다.

루딘 영지에 있을 때와는 달리 꽤 예의를 지키는 편이었다. 아무래도 이곳이 황성이기 때문에 그런 모양이긴 하지만 정말 안 어울리는 모습이다.

덕분에 볼 때마다 웃음이 나온다.

"흐음… 다 훑어보려면 꽤 시간이 걸릴 것 같은데……."

“어쩔 수 없지요.”

그렇게 말은 하지만 자신도 이 많은 책들을 다 볼 생각에 머리가 아픈 모양이다.

“참, 세레나는 보름 후에 온다고 연락이 왔는데, 괜찮은가?”

“예? 뭐, 저야 별 상관없지요.”

정말 아무렇지 않다는 듯 대꾸한다.

아무리 그래도 자신을 초대한 사람이 없다는 데 기분이 좀 안 좋을 거라고 생각했는데 말야. 세레나도 그렇지, 남을 초대해 놓고 ‘보름쯤 뒤에나 가니까, 대접 잘해줘’ 라니, 대체 무슨 생각인지…….

“다녀왔습니다아~”

활기 찬 목소리로 인사하는 모습을 보니 여행이 꽤 즐거웠던 모양이다.

“건강한 것 같구나, 세레나. 아리아도.”

“예.”

“어느 정도는. 그런데 오라버니는 좀 변한 거 같네요.”

“변해?”

이해가 안 가는 말에 되묻자 세레나는 고개를 끄덕였다.

마지막으로 만난 지 겨우 10여 일밖에 안 지났는데 뭐가 변했다는 소리일까?

“어딘지 뭐랄까… 음, 말로 표현이 잘 안 되네. 그러니까 변했어요. 확실히 변했다고요. 그러니까 어디가 변했냐면… 음…….”

한동안 횡설수설하던 세레나는 고개를 젓더니 날 빤히 바라봤다.

“모르겠어요.”

“그래?”

　대충 대꾸해 주고 드레이크를 불러오게 하려다가 그냥 일어났다.
　집무실은 오지 못하게 한 장소이다. 중요 서류들도 돌아다니고 있는 이곳으로 '외부인'인 드레이크를 부르느니 내가 가는 편이 낫다.
　세레나야 내 가족이니 들여보내는 거지만.
　"드레이크 만날 거지?"
　"응."
　아리아까지 나서서 날 따라 서고로 향했다.
　가는 도중에도 세레나는 끊임없이 말을 했다.
　"아리아는 못 느꼈어? 오라버니가 조금 변한 거 말야."
　그렇게 많이 변했나? 난 못 느끼겠는데.
　"전 그다지… 세레나님께서 너무 예민하신 거 아닌가요?"
　아리아도 내가 변한 것 같지 않은 모양이다.
　"아냐, 변했어."
　"글쎄… 아, 드레이크는 보통 서고에서 지내니까 알아둬. 일단 자주 만나러 갈 거잖아."
　"알았어."
　서고의 문을 여니 드레이크가 책에 파묻혀 있는 게 보인다.
　"드레이크 씨."
　세레나가 밝은 목소리로 부르자 그는 고개를 들어 우리 쪽을 봤다.
　"아아… 세레나 신관님."
　"정말이지 오랜만입니다. 한 10년 만에 뵙는 것 같네요. 그간 잘 지내셨어요?"
　세레나는 다소 과장스러운 인사를 건네면서 웃었다.
　계속 멍하니 서 있을 수는 없는 노릇, 드레이크의 맞은편에 자리를 잡고 앉았다.

그러자 세레나도 냉큼 내 옆 자리에 앉아서 드레이크를 향해 쓸데없는, 이를테면 ‘오라버니는 전혀 안 도와주죠?’, ‘원래 매정해요’ 따위의 말들을 늘어놓았다.

“세레나.”

“어머, 왜 부르시는지?”

세레나는 새침데기같이 굴더니 이내 깔깔거리고 웃었다.

그리고는 입을 삐죽 내밀었다.

“오라버니는 정말 매정해요. 동생이 힘든 순례 여행을 마치고 왔는데 여행이 어땠냐는 것도 안 물어보다니.”

그렇게 되는 건가.

하지만 안 물어봐도 뻔한 것 같은데.

게다가 이렇게 돌아온 건 순례 여행 도중 포기 아닌가?

“딱 보니까 잘 지낸 것 같은데 뭘.”

“그래도 물어보는 거랑 안 물어보는 거랑은 느낌이 전혀 다르다고요. 결혼까지 했으면 이제 좀 세심해져야… 앗!”

“왜?”

말 잘 하다가 갑자기 소리치는 바람에 움찔해서 물어보자 세레나는 큰 낭패라는 얼굴을 하고 날 봤다.

여전히 생각이 얼굴에 다 드러난다.

“그러고 보니 오라버니와 결혼한 분, 얼굴을 아직도 못 봤어요!!”

“그게 무슨 큰일이라고.”

난 또 무슨 큰일이 난 줄 알았다. 하도 놀라길래.

“아아… 그 소문의 황비님 말씀이십니까?”

드레이크가 아는 척하자 세레나는 흥미를 나타냈다.

“아세요?”

“시녀가 말해 주더군요. 스라트 국에서 오신 분이고, 또 성격이 활달하시다고.”

드레이크가 뻔한 말을 하자 세레나는 금방 흥미가 사라진 듯 의자에 등을 기댔다.

“다른 말들은요?”

“다 뻔한 거죠. 아, 여기 계신 폐하와 사이가 그리 좋은 것 같지는 않다는 말은 들었습니다.”

그 말에 세레나는 날 노려보았다.

“정말 그래요?”

“글쎄.”

“그렇다는 말이네.”

뭔가 불만이 가득한 듯 말한 세레나는 잠시 생각하더니 벌떡 일어났다.

“지금 만나러 가볼래요.”

“뭐?”

“오, 역시 세레나 신관님. 행동력이 끝내주는군요.”

“당연하지요.”

드레이크의 말에 윙크를 보낸 세레나는 내 팔을 잡아끌었다.

“가요.”

“하지만…….”

그리 급한 일도 아닌데 손님을 만나러 와서 이렇게 대하는 건 좋지 않다. 정식 신관이니 어리다는 말로 넘어갈 수 있는 것도 아닌데.

“드레이크씨는 이해해 줄 거야, 분명히.”

드레이크는 고개를 끄덕이며 재미있다는 듯이 웃었다. 그리고 잘 가라는 듯 손까지 흔들어주었다.

세레나에게 끌려서 서고를 나오며 한숨을 내쉬었다.

"왜 그러세요?"

"드레이크는 손님으로 온 거야. 무례하다는 생각 안 들어?"

"괜찮아요, 드레이크 씨는. 그것보다 황비님 이름이?"

정말 제멋대로다.

난 또다시 한숨을 푹 내쉬고 대답했다.

"뮤리아. 뮤리아 에우레시아 페리넬 시아 스라트."

"우와! 이름이 꽤 기네요. 절대 못 외울 것 같은 느낌."

길긴 길지. 나도 별로 외우고 싶진 않았다. 얼마 전 유적으로 갈 때까지는 외우지도 못했고.

그런데 거기서 돌아오고 나니 느닷없이 자신의 이름을 아냐고 묻는 거다. 그리고 내가 다 못 외운다고 하니까 아내의 이름을 몰라서야 되겠냐 따져 억지로 외웠다.

"음… 황비 궁이 어디더라?"

결국 내가 앞장서서 뮤리아가 있는 곳으로 향했다.

뮤리아는 날 보더니 꽤 이상한 표정을 지었다.

"뮤리아?"

"아뇨… 뜻밖이어서… 이리 오실 줄은 몰랐거든요."

그러면서 세레나 쪽으로 시선을 돌린다. 아마 소개해 달라는 뜻이겠지?

"세레나 에이스트란 펠 아스힌드. 내 여동생."

아주 간단한 소개에 세레나가 내 옆구리를 한 번 찔렀다. 그리곤 호호 웃으면서 알아서 자기소개를 했다.

"그리고 전 레일레나님을 모시는 신관이랍니다. 만나서 반갑습니다."

"반갑습니다."

서로 인사를 나누더니 한동안 말없이 서로를 빤히 보고 있었다. 그렇게 눈빛을 교환하던 그들은 이내 웃으면서 이야기를 나누었다.

"오라버니가 좀 무뚝뚝하죠?"

"좀이 아니라 많이요."

그러면서 깔깔거린다.

아무래도 여기 있으면 별소리를 다 들을 것 같다는 생각이 든다. 슬쩍 빠져나가야겠군.

"오라버니, 왜 여동생이 있다는 말 안 했어?"

세레나의 눈빛을 보니 도망가긴 틀린 것 같다.

"굳이 말할 필요가……."

"있어! 하여간 이렇다니까."

다행히 더 따져 묻지는 않았지만 그대로 앉아 둘이 열심히 나누는 이야기를 들어주었다.

처음에는 나에 대한 이야기로 시작해서 보석 이야기, 재미있는 소설 이야기로 넘어가서 끝없이 이어졌다.

한동안 들어주던 나는 더 이상 듣고 있으면 머리가 이상해질 것 같다는 생각에 자리에서 일어났다.

"간다."

"응? 응. 그래서요……."

"가시게요? 세레나님, 바다를 직접 보셨겠네요. 부러워요. 제가 자란 스라트는 바다는커녕 큰 강도 없답니다."

내가 가든 말든 전혀 상관없다는 듯한 반응이다.

붙잡기를 바란 건 아니었지만 어쩐지…

왠지 허전한 마음을 달래며 집무실로 가자 카난 공작과 레비스가 날 기다리고 있었다.

"무슨 일로?"

용건이 없으면 근처에도 안 오는 사람들인지라 또 무슨 일인가 싶어서 나도 모르게 불쾌한 어조로 물었다.

"사아라 후작과 비텐 백작이 7일 뒤 유적에 대한 보고 때문에 온다고 합니다. 그 문제로 왔습니다."

레비스가 보고를 하듯이 딱딱한 어조로 말했다.

"벌써 조사가 끝났는가?"

"아닙니다. 중간 보고인 셈이라고 할까요. 그래서 이날 비텐 백작에 대한 보상을 하는 것이 어떨까 하여 의논드리러 왔습니다."

레비스의 말에 카난 공작은 잠시 생각하더니 한마디를 더 덧붙였다.

"오래 끌면 별로 좋지 않으니까요."

그건 나도 안다.

"그럼 그렇게 하지."

바로 허락하자 둘은 나에게 인사를 하고 나갔다.

요새 시르 공작뿐만이 아니라 카난 공작의 태도도 좀 바뀌었단 말야.

카난 공작이야 뭔가를 알고 있어서라기보다 시르 공작의 태도를 보고 그러는 거겠지만.

언젠가 시르 공작과 대화를 좀 해봐야겠어.

에잇, 기분도 안 좋은데 드레이크에게 가서 하소연이나 할까.

"폐하, 카난 공작의 태도가 조금 바뀐 것 같군요."

역시 제노시아도 눈치 채고 있었던 모양이다.

"그런 것 같지? 아무래도 누군가와 이야기해 봐야 할 필요성이 생긴 것 같아."

"누군가라 하심은……."

뻔한 걸 왜 묻는 거야, 제노시아. 알잖아?

"실로 연결해서 마리오네트를 움직이듯이 날 움직이고 싶어하는 누구씨에게."

내 말에 제노시아는 약간 난처한 표정을 지었다.

무슨 말을 해야 할지 모르겠는 모양이다. 하지만 난 별로 불쾌하거나 하지 않다.

그리 불편한 것도 아니니까. 그다지 제한 받는 것도 없고.

자신과의 계약만 지키면, 나를 황제로서 대해주겠노라고 본인 입으로 말하고, 또 그렇게 행동은 하고 있으니까.

"그런 의미에서, 아리아가 일에 복귀하기 전 좀 이야기를 나눠봐야겠지? 제노시아, 밖에 있는 자들에게 내가 시르 공작을 찾는다고 전해줘."

제노시아가 가볍게 목례하고 내 말을 전하기 위해 밖으로 나갔다.

시르 공작은 먼저 협상을 걸어오는 타입이 아니니까 아마도 내가 나서기를 기다리고 있었을 것이다.

왜 이러는 건지 짐작이 가는 데가 한두 가지 있기는 하지만…….

제노시아가 조용히 집무실로 들어왔다.

"여기서 대화를 나눌 생각이십니까?"

"아니, 자리를 옮겨야지."

"예."

여기는 밖에서 누가 엿들을지도 모른다. 차라리 넓은 서재의 구석이 낫지. 아니지, 지금 서재엔 드레이크가 있을 텐데……. 어디서 이야기를 하는 게 좋을까? 마땅한 곳이 없군. 그냥 여기서 해?

'회담' 장소 선정 문제로 고민을 하고 있으려니 시르 공작이 집무실로 들어섰다.

"부르셨다고 들었습니다."

공격적으로 나오는군. 내가 무엇 때문에 불렀는지 잘 안다는 건가.

"이유를 모르지는 않을 거라 생각되는군."

내 말에 시르 공작은 살짝 미소 지었다. 좀 섬뜩하게 느껴지는 미소를.

"그렇습니다. 알고는 있습니다."

내가 시르 공작에게 존칭을 쓴 건 협상을 위해서다.

그걸 잘 알고 있는 시르 공작은 느긋한 태도로 날 내려다보았다.

"여기서? 아니면……."

"이동하는 것이 좋을 것 같군. 하지만 서재는 드레이크가 있으니……."

아직 마땅한 장소를 생각하지 못한 내가 말끝을 흐리니 시르 공작은 미간을 모으고 생각에 잠겼다.

"정원은 어떤가."

꼭 앉아서 말할 이유는 없으니까.

시르 공작 역시 별다른 생각이 없는지 고개를 끄덕였다.

그렇게 시르 공작과 함께 사람들이 잘 오지 않는 정원 한가운데로 향했다. 좀 너른 장소에 도착한 나는 멈춰 서서 시르 공작을 빤히 쳐다봤다.

먼저 말하라는 의미다.

하지만 시르 공작은 먼저 입을 열 생각이 없는 것 같았다. 입을 굳게 닫고 날 보고 있을 뿐이었다.

내가 먼저 말해야겠군.

하긴 먼저 불러낸 건 나니까 당연한가?

"최근 태도가 약간 바뀐 것 같아서 말이지요."

내가 서두를 꺼내자 그제야 시르 공작이 입을 열었다.

"그건 앨리언님도 마찬가지가 아닙니까?"

　시르 공작은 이런 대화 중에는 절대 나를 '폐하' 라고 부르지 않는다. '협상' 이라는 이름으로 마주해서이기도 하겠지만, 그럴 필요가 없다는 말도 되는 것.

　"무엇이?"

　일부러 심드렁하게 대꾸했다.

　시르 공작은 비릿한 미소를 지으며—난 이게 시르 공작의 본모습이라고 생각한다. 잔인한 본성을 가진 사람이라고—천천히 말했다.

　"하긴 생각이 바뀌신 거라 할 수는 없겠군요. 다만 제가 생각하기에 위반 사항이 될 수도 있는 일이라고 생각되어서요."

　"설마……."

　"예, 앨리언님이 현재 어떤 여인과 사랑에 빠지셨다는 문제 때문입니다."

　"그다지 시르 공작께서 신경 쓰실 문제라고는 생각하지 않습니다만."

　시르 공작은 잠시 말없이 날 응시했다.

　그러더니 '쿡' 하고 웃었다.

　"예, 그렇게 큰 상관은 없지요. 하지만 말입니다, 보통 사람이란 자신의 혈육에게 더 신경이 쓰이고 마음이 가지요. 그리고 자신의 피를 이은 아이에게는 더욱 그런 법이지요. 또한 자신의 모든 것을 물려주고 싶은 것이 부모가 아니겠습니까?"

　무슨 말을 하려는지 알겠다.

　"예, 그렇습니다. 폐하께서 짐작하시는 바대로입니다. 그러니까 앨리언님께서 우리의 계약을 위반하실지도 모른다는 생각이 들어서 말입니다. 조금 불안하다고 할까요?"

　"어길 생각은 전혀 없는데……."

　"하지만 사람 마음이란 게 그런 거니까요."

시르 공작과의 '계약'이라는 거, 별거 아니다.

그저 '내가 안전하게 황제의 자리에서 지낼 수 있게 해준다면 다음 태자는 시르 공작의 아이로 하겠다'는 것. 내용 자체는 큰 문제가 아니다. 시르 공작도 계승 서열이 있는 사람이고, 특히 지금은 내 형인 아스티안과 결혼했으니 그 아이를 입양해 황위를 잇게 한다고 해서 문제가 되는 건 아니다.

비록 내 다음 대, 아니, 정확히는 지금 내 대부터 시르 공작에게 황제의 자리를 넘겨준 거나 다름없게 되었지만 말이다. 내 짐작이지만 리스튼 황제는 알게 모르게 시르 공작에게 조종당했던 듯도 하다.

별거 아니다.

이런 거래야 역사상으로도 자주 있는 일이고—다만 이렇게 노골적으로 거래한 적이 없어서 그렇지—일단 사는 게 중요한 게 아니겠는가.

어머니야 그저 샤이나의 자식이 황제가 되는 걸 절대 못 본다는 생각에 리아나 이모님을 부추겨 내가 황제가 되게 했지만, 솔직한 말로 지지 기반이 전혀 없는 내가 무슨 수로 이 자리를 버텨내겠는가.

아마 시르 공작이 계약 때문에 도와주지 않았더라면 즉위하고 3, 4년 만에 내가 죽고 다른 자에게 황위가 넘어갔을지도 모를 일이라는 건 알고 있다.

난 다른 황족보다 그런 어두운 쪽의 이야기를 잘 알고 있었다. 어릴 때부터 내 몸으로 겪은 일이니까.

그래서 난 내 안전을 위해 세력이 강한 시르 공작을 부추겨서 이런 계약을 했었다.

"그래서?"

"전 아직 당신을 지지할 생각입니다. 저로서도 쓸데없이 피를 보는 건 원치 않으니까요. 그러니 앨리언님께서도 조금 양보하셔야 되지 않겠습니까?"

내 즉위 무렵, 그 당시 레비스가 한발 빨랐을 뿐 시르 공작 역시 쿠데타를 준비하고 있었다.

레비스와는 달리 자신의 인형을 황제의 자리에 앉게 하기 위해.

아마 다른 공작들이나 세력가들은 모를 거라고 생각한다. 나도 키나이를 만난 후 조사하고서야 알게 된 내용이었다.

내가 계약을 제시했을 때 시르 공작이 받아들인 이유는 단순히 쓸데없는 싸움은 피한다는 생각에서였을 뿐이다. 유혈 사태를 일으키면 여러모로 손해가 만만치 않을 테니 말이다.

지금도 시르 공작은 충분히 나를 몰아낼 힘을 가지고 있을 터.

반면에 나는…….

"양보라… 그녀를 내보내란 말이로군요."

"그렇습니다. 아무래도 서로를 위해 그게 좋지 않겠나요?"

부드럽게 말하는 척하지만 이건 완전 협박이다.

"생각해 보지요."

"그러시겠습니까?"

시르 공작과의 대화는 여기서 끝이다.

내가 더 이상 할 말이 없음을 표시하자 시르 공작은 정중하게 인사하고 가버렸다.

"후……."

내가 깊이 한숨을 내쉬자 뒤에서 제노시아가 다가왔다.

"어떻게 하실 겁니까?"

"글쎄."

어떻게 해야 할까.

당시에는 너무 어려서 그저 사는 게 중요했다. 죽고 싶지 않았을 뿐,

앞일은 전혀 생각하지 않았다.

정치라는 걸 하기에는 너무 어렸던 거다.

하지만 최근에는…

가끔씩, 아주 가끔씩 엉뚱한 생각을 하게 된다.

그때 그런 '협상'을 하지 않았더라면, 내가 정식으로 황제가 되었더라면 이런 식의 모욕은 당하지 않았을 거라고.

뭐, 시르 공작과의 협상이 없었더라면 그전에 죽었을지도 모르지만.

좋게 생각하자고, 좋게.

"하지만……."

"예?"

"혼잣말이야."

정원에 남아 있을 필요는 없는지라 천천히 본궁으로 걸음을 옮겼다.

집무실로 가서 일이나 하려다가 생각을 바꾸었다.

이런 기분으로는 아무것도 손에 잡히지 않을 거라 생각한 난 서재로 방향을 바꿨다.

내 이 기분을 풀어줄 뭔가가 필요했다.

실비아는 안 된다. 그녀의 문제 때문이니까.

아무 생각 없이 대화할 수 있는 사람이 필요했다.

그런 마음으로 찾아간 서재에는 여전히 드레이크가 이런저런 책을 보고 있었다.

"바쁜가 보군."

목소리에 내가 왔음을 알아차린 드레이크가 부스스한 표정으로 책에서 고개를 들었다.

"아아, 오셨습니까?"

목소리가 아주 걸걸해졌다.

"하루 종일 책에 파묻혀 있었나 보군."

"아하하… 그런데 무슨 일로 오셨습니까?"

드레이크가 내 표정을 살피며 부드럽게 물었다.

딱히 할 말이 있어서 온 건 아니다. 그저 기분 전환이 필요해서 왔다고 할까.

"아무것도."

"그렇습니까."

"그보다, 드레이크는 왜 모험가가 된 건가?"

"예?"

"계기가 있을 거 아닌가. 뭐, 말해 주기 껄끄러운 문제라면 말 안 해도 되지만 말이네."

처음 만났을 때 물어보고 싶었지만 가까운 사이도 아닌데 이런 것까지 물을 수 없어 묻어뒀었다. 그리고는 그대로 잊고 있었는데 오늘 드레이크의 얼굴을 보니 갑자기 생각난 거다.

무턱대고 돌아다니는 모험가도 아니고, 무언가를 발견하기 위해서 하는 일인만큼 어렵다.

매일 유적을 돌아다니고, 거기에 적힌 고대어를 해독하고, 죽어라 고생해서 겨우 작은 단서 하나를 구해 그 단서 해독을 하느라 머리 써가며 온갖 가능성을 생각해 봐야 한다. 그렇게 힘든 일을 왜 하는지 이해할 수가 없었다.

그냥 평안한 삶을 생각해 본 적은 없는지 궁금했다.

그래서 이런 말이 나온 것 같다.

하여튼 이 질문은 드레이크에게 의외의 것이었는지 잠시 당황한 표정을 지었다. 그러다가 쑥스러워하는 어조로 입을 열었다.

"계기라고 할 것까지도 없었습니다. 부모님도, 조부모님도 제가 찾는 이 '환상의 섬'을 찾아 헤매셨으니까요. 어릴 때부터 보고 느끼면서 자연스럽게 이렇게 된 거라고 할까요. 과장되게 말하자면 피의 숙명? 뭐, 그런 겁니다."

'거창하게 피의 숙명씩이나 무슨…' 하는 생각이 들기는 하지만 좋아 보인다.

"저도 무례가 되지 않는다면 폐하께서 황위를 계승하시게 된 이유를 알고 싶습니다만? 아, 무례하다는 건 압니다. 그저 보통은 여성이 아린드의 황제가 된다고 들어서……."

당당히 말하는 듯하더니 뒤로 갈수록 목소리가 작아진다. 아마 괜한 걸 묻고 있다고 생각하는 모양이다.

난 그다지 대답해 줄 만한 이야기가 없는데… 흠…….

"글쎄, 어쩌다 보니? 아마 그게 정답일 거야."

이 대답에 드레이크는 황당하다는 표정을 지었다. 그리고 이내 장난꾸러기 같은 표정으로 날 재촉했다. 진심을 말하라는 듯이.

"농담 마십시오. 사람 위에 선다는 건 중요하고 신중한 문제입니다. 그걸 그렇게 간단하게 결정했을 리가 없지 않습니까?"

난 그저 쓰게 웃어주는 수밖에 없었다.

'어쩌다 보니'라고 대답했던 것도 진심이다. 하지만 그게 다는 아니다. 그렇다고 해서 그 이유를 솔직하게 말하기는 좀 힘든 문제.

아무래도 내 어린 시절 이야기까지 나와야 하니까 말이다.

"이런저런 문제들이 겹쳐서 어쩌다 보니 그렇게 된 거지. 그리고 지금은 사람을 지배한다고 보기는 조금……."

"무슨 말입니까?"

드레이크는 이해가 가지 않는 듯 눈살을 찌푸렸다.

"이런저런 정치 이야기."

　이 말에 드레이크는 더 이상 묻지 않았지만 나름대로 결론을 내린 모양이었다.

　잠시 생각에 잠겨 있던 드레이크는 책을 한쪽으로 치워두고 진지한 대화 모드로 돌입했다.

　"이곳도 생각 이상으로 복잡한 모양이로군요."

　"그런가?"

　난 평범하다고 생각하는데.

　"그래서, 어쩌실 겁니까?"

　"무엇을?"

　"당신은 황제로서 살아가고 싶으십니까?"

　심드렁한 대꾸에도 드레이크는 진지하게 물었다.

　아무래도 내 말을 심각하게 받아들인 모양이다. 난 별 생각 없이 말한 건데 말이다.

　이렇게 진지하게 받아주면 조금 미안해지는데.

　"별로."

　"그렇다면 왜?"

　"잘살려고. 평생을 새장 안에서 살아야 한다면, 그건 잘사는 게 아니잖아?"

　"그게 무슨 뜻인지 말씀해 주실 수 있으십니까?"

　"말 그대로의 의미인데."

　여기까지 말하고 잠시 침묵이 이어졌다.

　그리고 상당히 특이한―볼에 경련이 일어나고 있었다―표정을 한 드레이크가 상당히 억눌린 어조로 입을 열었다.

　"지금 저를 놀리시는 건지?"

　"아니, 진심인데."

다시 침묵.

드레이크는 힘겨운 눈초리로 내 뒤쪽의 제노시아에게 눈길을 보냈다.
그리고 이어지는 침통한 제노시아의 목소리.

"불행히도 진심이십니다."

"정말로?"

"예."

대체 뭐가 '불행히' 인지 모르겠군.

속으로 투덜거리면서 자못 심각한 표정을 짓고 있는 드레이크를 응시
했다. 그는 한참 동안 혼자 버벅거리다가 허탈한 듯이 의자에 기댔다.

"대륙 3대 강국(强國) 중 하나인 아린드의 황제가, 정말로 그런 생각으
로 살고 있다니… 이건 사기야."

"왜 저런 반응을 보이는 거지?"

"저런 게 바로 환상만을 보다가 현실을 마주하게 된 자의 반응입니
다."

"그런가."

"그게 아냐!!"

나와 제노시아의 대화에 버럭 소리 지르는 드레이크.

"왜 그래?"

"지금까지 하신 말, 모두 진심이십니까? 정말로?"

믿지 못하겠다는 반응이었다. 당연한 거겠지만 사람 말 좀 믿어달라
고.

"진심."

"……!!"

"하지만 다 말한 건 아냐."

괴상한 표정으로 소리 지르려는 드레이크를 향해 싱긋이 웃으며 한마

디 덧붙였다. 그제야 한숨 놨다는 듯한 반응을 보인다.

재미있었는데, 좀 더 놀려볼 걸 그랬나?

그나저나 꽤나 심각하게 반응하는군. 못 들은 척하거나 그저 그렇게 넘어갈 줄 알았었는데,

"역시 그랬군요. 다행입니다."

"그런데 왜 그렇게 신경을 쓰지?"

"글쎄요, 그저 조금 걱정이 되었다고 할까요."

난 억지로 웃음을 참았다. 지금 내가 웃어버리면 안 그래도 붉어진 얼굴이 더욱 익어버릴 게 뻔하니까 말이다.

저런 순박해 보이는 표정이 좋았다. 마치 '형'이 있다면 이럴 것이라는 느낌이라고 할까? 드레이크와 이야기하고 있으면 어쩐지 편해진다.

적어도 이 사람은 이중적인 면을 지닌 사람이 아니라는 데 더 안심이 된다.

"그럼 뭔가를 할 거라는 말씀이십니까?"

"글쎄… 하지만 지금으로서는 아무것도 할 수 없지."

싱긋이 웃으며 대답하자 드레이크는 뭔가 걸린다는 표정이었다.

"제가 다른 곳에서 입을 놀릴까 봐 걱정하시는 거라면……."

내 태도를 오해하고 있는 것 같아 말을 잘랐다. 그러면서 은근슬쩍 말투를 바꾸었다. 이제 이 화제는 입에 올리지 말자는 뜻으로.

"그런 게 아니오, 다만 나에게도 준비라는 게 필요하다는 것뿐."

그래, 준비가 필요하다. 특히 난 아직 죽고 싶은 생각이 없으니까 날 보호해 줄 무언가가 필요하다고 할까?

이 부분은 다른 이들과 교섭할 생각이다.

"그보다, 뭔가 단서가 될 만한 건 찾았소?"

"그다지 없습니다. 아직까지는 말입니다."

"그렇소? 실망스럽겠군."
"반도 다 보지 않았으니 아직 희망이 있습니다."

원래 예정보다 하루 늦게 사아라 후작과 비텐 백작이 수도로 돌아왔다.

고로 그들의 공로를 치하하기 위해 저녁에 꽤 큰 연회가 열릴 예정이다. 하지만 그런 연회에서는 깊이 이야기할 수가 없는지라 미리 사아라 후작에게 제안할 것이 있어서 호출했다.

"찾으셨습니까?"

정상적으로 말은 하고 있지만 정신이 다른 데 가 있는 사람 같다.

"물어볼 게 있어서 말이네."

"예, 그렇습니까."

"내 말을 듣고 있는 건가?"

"예? 예, 물론이지요."

역시 다른 생각을 하고 있었던 모양이다. 원래 사아라 후작의 성격이 이러하니 별로 책망할 생각도 없다.

"그 유적에 관한 거네."

"예, 어떤 것을?"

이제야 눈이 빛난다.

"보고서가 올라오긴 했네만, 몇 가지 더 묻고 싶어서 말이네."

보고에 따르면 그 유적은 그저 도시였다고 한다. 남은 유물도 거의 없고, 그다지 중요한 도시 같지도 않고, 아티팩트 같은 것도 전혀 발견되지 않았다고 한다.

"전혀 발견된 것이 없다고 하던데 사실인가?"

"예. 하지만 도시 그 자체의 가치는 무시할 수 없을 것입니다."

“그래서?”

“예?”

“그래서 계속 그곳에서 작업하고 싶은 건가?”

“예, 당연합니다. 아직 전부 밝혀진 것이 아니니까요.”

아주 당연하다는 듯이 말한다. 이 나라 마법사들의 대장이라고 할 수 있는 자신이 오래 자리를 비우면 안 된다는 사실은 머리 속에 들어 있지 않은 게 분명하다.

정말이지, 마법사란 족속들은…….

“그대가 이 나라 마법병단의 사령탑이라는 사실을 알고는 있는 건가?”

이 말에 사이라 후작은 그대로 굳어버렸다.

그리고 머뭇거리면서 한마디.

“사퇴하면 안 될까요?”

“안 돼!!”

“하지만…….”

“그대의 가문이 대대로 맡아온 직책이 아닌가. 이번에 다른 자가 하게 된다면 앞으로 여러 가지 문제가 많을 텐데.”

지금까지 나라 안 마법사들의 다툼이 적었던 건 ‘사이라 후작의 가문에서 대표가 나온다’는 생각 때문이었다.

한마디로 이런 생각으로 인해 자신의 직위를 높이기 위한 다툼이 없었다는 뜻이다.

그런데 갑자기 그게 뒤바뀐다면?

난리가 날 거다. 지금은 권력이라는 꿀을 향해 모여드는 개미 떼들을 퇴치할 대책도 없으니 사이라 후작이 관둔다는 건 말도 안 되는 소리.

안 그래도 지금 사이라 후작이 오래 자리를 비운다는 소리가 많은데 말야.

"역시 안 될까요?"

풀이 죽은 모습이다.

"될지도 모르지."

"······?"

다음에 무슨 말이 나올지 긴장하고 있는 게 느껴진다.

난 일부러 느긋한 어조와 태도로 '교섭' 에 나섰다.

"나로서는 그대가 계속 유적에 있어도 상관없어."

"그렇다면······."

"다만."

귀를 쫑긋 세우는 모양을 보니 내 제안에 많이 끌리는 것 같다. 이렇게 되면 어지간한 건 다 받아들일 테지.

"개인적으로 부탁할 것이 있네. 그대는 마법 아티팩트를 제작할 수 있다고 들었네만."

아티팩트는 아무 마법사나 다 만들 수 있는 게 아니다. 보통은 그저 고위 마법사라면 다 만들 줄 안다고 생각하고 있지만 실제로는 보석에 마법을 넣는 과정 자체에 무슨 비밀이라도 있는지 우리 제국에서는 사아라 후작 가문 외에는 아무도 만들지 못한다. 그것도 사아라 후작 가문의 가주들만이 만들고 있다.

그래서 난 아무래도 후작가에서 아티팩트 만드는 방법을 퍼뜨리지 않고 가지고 있다고 생각한다. 그래서 넌지시 떠보고 있는 거다.

"예, 그렇긴 합니다만······."

예상대로의 대답을 하며 경계의 눈초리를 보낸다.

"그렇게 긴장할 것 없네."

"이야기의 흐름으로 생각하건대, 혹시 폐하께서는 저에게 아티팩트를 구해달라고 말씀하시는 것입니까?"

말투가 갑자기 굉장히 정중해졌다.

내가 고개를 끄덕이자 사이라 후작은 더욱 신중한 표정이었다.

진지하게 나올 거라는 말이렷다.

"아티팩트 자체는 어려운 것이 아닙니다. 하지만 지금 저에게 있는 것이 아닐 경우에는 아티팩트에 들어가는 마법에 따라 시간이 약 일주일에서 보름 정도 걸립니다."

말투로 보아 확실히 받아들일 모양이로군.

"내가 원하는 건, 가벼운 방어 마법이 든 것과 간단한 공격 마법이 든 아티펙트이네. 공격계 아티팩트는 없어도 괜찮지만 방어 마법이 든 건 반드시 구했으면 하는데… 괜찮겠는가?"

"공격 계열은 폐하께 드릴 만한 것이 없지만 방어 계열이라면 '윈드 실드'가 들어 있는 펜던트가 있습니다. 그걸로 괜찮으시겠습니까?"

나야 상관없다. 어쨌거나 사용할 수만 있으면 되는 일.

"내가 쓸 수 있는 건가?"

"예. 언제 드릴까요?"

"연회 중간에 잠깐 나와 만나지."

"예."

간단한 교섭 끝에 난 사이라 후작이 만족할 때까지 그 유적에서 지낼 수 있게 해주었다.

하여간 레비스나 카난 공작, 시르 공작이 반대할 것 같지는 않으니까 상관없으리라 생각된다.

시르 공작으로서는 내가 '결정'을 할 때까지 돌발 요소가 많은 사이라 후작을 조용히 있게 만들고 싶을 테니까.

저녁이 되어 연회가 다가올수록 기분은 하향 곡선을 그리고 있었다.

사아라 후작과 이야기할 때 깜빡하고 누구에게도 말하지 말라는 당부를 잊은 거다.

여기저기 떠벌리거나 하지는 않겠지만, 그래도 나 자신이 한심하다.

누군가가 도와주지 않으면 제대로 정치를 할 수 없다는 증거 같아서. 내가 즉위했을 때 시르 공작이 한 말처럼 '도움이 필요한 어린아이' 같아서 말이다. 막 즉위했을 때와 전혀 변하지 않은 것 같아 기분이 안 좋았다.

"에휴……."

"폐하, 슬슬 준비하실 시간입니다만."

제노시아의 말에 억지로 의자에서 일어나 방을 나섰다.

연회는 내 체질이 아니란 말야. 오늘은 중간에 빠져나갈 핑계가 있어서 다행이다.

일단은 황비인 뮤리아와 함께 갈 생각으로 뮤리아가 있는 궁으로 갔다. 도착해서 보니 뮤리아는 준비를 마치고 하네인 후작과 이야기 중이었다.

"꽤 친하군."

"어머, 당연하지요."

천하태평이다. 아무 생각이 없어 보여.

가끔씩 뮤리아가 부럽다. 저렇게 태평하게 시간을 보낼 수 있다는 점이.

"가지."

"예."

연회는 그저 그랬다.

인사받고, 먹고, 놀고…….

오늘은 놀기 전에 비텐 백작을 후작으로 직위를 상승시킨 절차가 있기는 했지만 그다지 신경 쓰이는 문제도 아니고.

밤이 깊어지면서 한쪽에서 사아라 후작이 슬며시 빠져나가는 것이 보였다.

"뮤리아, 난……."

"다녀오세요."

다 알고 있다는 듯이 대답하는 모습에 멈칫했지만 그냥 고개를 끄덕이고 연회장을 빠져나왔다.

지금쯤 사아라 후작은 서재에 있을 것이다. 거기서 만나기로 했으니.

"폐하, 전 사아라 후작을 믿을 수 없습니다."

사아라 후작에게 아티팩트 구해달라는 소리를 한 다음부터 제노시아가 한 시간에 한 번 꼴로 하는 말이었다.

"제노시아, 대체 왜?"

"……."

대체 뭘 걱정하는 건지 모르겠다.

내가 아티팩트를 구한다는 말이 시르 공작이나 다른 이들에게 들어가도 큰 문제는 안 되는 일인데. 게다가 사아라 후작은 '약속' 하나는 확실한 사람이니 걱정할 문제도 없다고 보는데.

제노시아의 불만은 슬쩍 무시하며 서재로 들어섰다.

사아라 후작은 서재에서 드레이크와 말싸움 중이었다.

"그러니까, 왜 그대가 이 시간에 여기 있는 거지?"

"글쎄, 몇 번을 말해야 합니까? 그저 자료를……."

"아아 그래? 이 한밤중까지 고생이 심하군. 있지도 않은 걸 찾느라고."

"뭐라?"

"내가 틀린 말 한 것 같지는 않은데?"

아마 나와 이야기하기 위해 서재에 왔다가 책을 뒤적이고 있는 드레이크와 티격태격하고 있는 모양인데.

구경하는 게 재미있긴 하지만 적당히 말려야겠다.

"꽤 즐거워 보이는군."

"폐하."

"전혀 즐겁지 않습니다."

둘이서 비슷한 표정으로 투덜거린다.

하지만 이 시간까지 서재에 있을 줄은 몰랐는데. 드레이크가 있는 데서 말해도 상관없는 일이니까 그냥 진행할까? 흘깃 사아라 후작을 보니 아무래도 상관없다는 듯했다.

그렇다면 그냥 할까?

하지만 다른 사람이 있다는 건 좀 거슬려.

"잠시 자리를 피해주겠나? 사아라 후작과 할 이야기가 있네."

그 말에 드레이크는 잠시 멈칫하더니 읽던 책을 정리하는 듯했다.

"알겠습니다. 피해 드리지요."

"호호호호."

드레이크가 밖으로 뭔가 만족스러운 듯한 사아라 후작은 이겼다는 듯 작게 웃으며 내 맞은편에 자리를 잡았다.

"이 펜던트입니다. 시동어는 '실드' 이고, 아마 오래 실드를 펼치고 계시면 머리가 아플 겁니다. 의지력을 사용하는 거니까요."

사아라 후작의 설명을 들으면서 그 펜던트에 달린 보석을 만져 보았다.

투명한 푸른색을 한 보석. 그 보석 안에 작게 육망성의 모양이 있었다.

"흐음……."

"꽤 강한 방어 결계가 생성될 겁니다. 날아오는 검 정도는 얼마든지 튕겨낼 수 있을 만큼요. 보석 자체의 마력이 의지력에 반응해서 실드가 생성되는 겁니다. 말하자면 이 아티팩트로 구현되는 실드는 그 의지력이 구체화된……."

생글생글 웃으면서 마법의 원리부터 시작해서 이걸 어떻게 만든 건지 등등을 끝없이 말하기 시작했다. 머리가 아플 정도로.

"의외로."

"그래서… 예?"

"말이 많은 타입이로군."

"예? 아, 죄송합니다. 마법과 관련된 거라면 저도 모르게 그만……."

저 사람은 정말 직업을 잘 선택한 모양이다. 저렇게 좋아하는 일을 하다니 말이다. 옆에서 보기에 좀 한심해 보여서 그렇지.

"아아, 난 이만 가지."

"예. 폐하."

별일도 아닌데 드레이크 쫓아 보내서 좀 미안하군. 뭐, 이제 밤이니까 쉬면 되겠지.

태평한 생각을 하며 다시 연회장 쪽으로 걸음을 옮겼다. 가고 싶지는 않지만 일단 자정 정도까지는 버티는 게 좋을 테니까.

정무 회의 시간에 슬쩍 사이라 후작이 계속 유적지에 있을 거라는 뜻을 비쳤다.

별다른 말 없이 바로 허가.

역시 내 생각이 맞았다는 생각에 흡족해하며 좋아하고 있을 때 시르 공작이 태클을 걸었다.

"하지만 언제까지나 자리를 비울 수는 없는 노릇 아닙니까? 언제까지 그런 시골 구석에 있게 할 수는 없습니다. 적당히 불러들임이 어떠십니까? 본인도 그런 쓸모없는 곳에서 지내기보다 돌아오기를 바랄 텐데요.”

“이건 사아라 후작의 요청이기도 하오. 그리고 하나 더. 아무것도 나오지 않았다고는 하나 고대의 유적이다, 그대의 말처럼 쓸모없는 곳이 아니라.”

시르 공작은 탐탁지 않는 표정을 지었다. 자신의 말을 따라주지 않는 데 불만이 있는 모양이다.

하지만 이게 진실이라고.

시르 공작 외 다른 이들은 전혀 불만이 없는지 이 일은 더 이상 이야기하지 않았다.

회의를 마치고 집무실로 돌아오니 세레나가 와 있었다.

“어라?”

“왜요? 못 들어올 곳도 아닌 것 같은데.”

못 들어올 곳은 아니다만 한 번도 먼저 찾아온 적이 없어서 놀랐다. 게다가 이렇게 이른 시간에.

“아니, 그보다… 무슨 일이니?”

“음… 한 가지 부탁이 있어서요.”

그러면서 미안한 듯 배시시 웃는다.

저 표정으로 볼 때 분명히 곤란한 부탁을 하러 온 게 틀림없다는 확신이 선다. 이런, 어떻게 하면 부드럽게 거절할 수 있을까?

“무슨?”

“저기… 요…….”

“확실히 말해.”

“저, 황비님이랑 여행 가고 싶은데요.”

“안 돼!!”

얘가 지금 제정신일까? 황비랑 여행? 말도 안 되는 소리!

황비가 수도 밖을 나가는 게 가능이나 한 일일까. 전시도 아닌 지금 말이다.

"안 돼요?"

"상식적으로 말이 되는 소리를 해라, 세레나."

"상식적으로 말 되는데……."

"세레나!"

야단치는 것처럼 소리를 지르고 나서야 움찔하며 입을 다물었다.

우물우물하던 세레나가 조심스럽게 내 눈치를 살핀다.

"무조건 고집만 부리면 된다는 생각은 집어치워. 너도 이제 어린애가 아니잖아?"

"…알았어요."

세레나는 풀 죽은 모습으로 집무실을 나갔다. 세레나가 나가고 나니 제노시아가 묘한 표정으로 말을 걸었다.

"신경이 날카로워지신 듯합니다만."

"약간."

솔직하게 인정했다. 제노시아한테야 허세 부릴 필요가 없으니까.

"심했던 것 같아. 신경질난다고 세레나에게 화풀이한 것 같은 기분이야."

"하지만 틀린 말씀은 아니셨습니다."

"그야 그렇지. 그러니까 돌아간 거겠지."

아아, 내가 싫어진다. 왜 내 일로 동생한테 화풀이를 하는 건지. 한심해, 정말.

오랜만에 실비아나 만나볼까 하는 마음에 다시 나가려다 시르 공작과 딱 마주쳤다.

"시르 공작, 무슨 일인가?"

"어디 가시려는 길이신지요?"

"…별로."

마주 보고 앉아서 조용히 말을 기다렸다. 날 찾은 건 저쪽이니 용건을 꺼내라는 뜻이다.

조용히 날 노려보고 있던 시르 공작은 한참 만에 입을 열었다.

"잘 생각해 보셨는지요."

"뭘 말인지 모르겠군."

무슨 뜻인지는 알고 있지만 모르는 척했다.

시르 공작도 내가 모른 척한다는 걸 잘 알고 있기에—왜 그러는지는 모르는 것 같았지만—조용히 날 보다가 한숨을 푹 내쉬었다. 그리고 이내 화제를 바꾸었다.

"그럼 지금은 넘어가도록 하지요. 그런데 사아라 후작은 왜 허락하신 겁니까? 지금 마법사들끼리 직위 다툼이 있다는 건 알고 계실 거라고 생각합니다만."

"아직 그렇게 심각한 건 아니지 않은가."

"심각해지면 절대 안 되는 일입니다. 사아라 후작이 수도 내에서 마법사들을 통제해 주어야 합니다."

알고는 있다. 하지만 난 사아라 후작과 약속했는걸. 그것도 벌써 받을 것도 다 받았다고.

난 심드렁하게 대꾸해 주었다. 전혀 관심없고, 상관없다는 듯이.

"그래도 사아라 후작도 마법사인 이상 유적에 관심을 갖는 건 당연한 게 아닌가."

시르 공작은 미간을 찌푸렸다. 내 말이 자신의 생각과 많이 다른 모양이다.

"하지만 그녀도 국가에서 작위를 받았고, 연봉을 받으니 봉사하는 것이 당연합니다. 그런 사소한 이유로 제멋대로 굴게 할 수는 없는 일입니다."

"그러고 보니, 시르 공작은 기사 출신이었군."

"그렇습니다."

그래서 기사에 비해 특별히 대접이 좋은 마법사란 족속들을 싫어한다고 들었었는데, 사실이었던 모양이다.

시르 공작도 참으로 한심하구나. 나 이상으로 말이다. 자신의 감정으로 밀어붙이다니.

"제가 기사였던 것과는 전혀 관련이 없습니다!"

내 생각을 눈치 챈 시르 공작이 힘껏 소리쳤다.

하지만 벌써 머리에 박혀 버렸는걸. 시르 공작이 속이 좁다는 것과 꽤나 오래 앙심을 품고 있는 타입이라는 걸 말이다.

"뭐, 그렇다고 해두지."

"으윽……."

말을 못하고 머뭇거리던 시르 공작은 자리에서 벌떡 일어났다.

"다시 생각해 주십사 하고 부탁드리러 왔습니다."

"알았네."

그리고는 횡하니 집무실을 나가 버렸다.

공작이 나간 후 나와 제노시아는 한동안 키득거리면서 시르 공작에게 쌓였던 불쾌감을 날려 버렸다.

저 시르 공작이 꼬리를 내리고 물러나는 건 처음 봐. 정말 기분 좋다니까. 크흐흐.

한참을 숨이 막힐 정도로 웃다가 지쳐 버렸다. 숨까지 헐떡이면서 집무실 창으로 고개를 돌렸다.

"하늘이 푸르네."

"예? 아… 그렇군요."

흐음… 이런 날은 밖으로 나가는 게 좋은데 말야.

"여행 가고 싶다."

"예?"

아무 생각 없이 내뱉은 말에 제노시아가 정색을 한다.

그렇게 보지 말라고. 그냥 해본 말이야. 난 슬쩍 웃음을 보이면서 다시 하늘을 봤다.

"언젠가 모든 걸 벗어버리고 자유로운 여행을 떠나고 싶다."

"……."

제노시아는 아무 말도 하지 않았다.

계속 이렇게 시간을 보낼 수는 없는 노릇.

실비아를 만나고 싶긴 하지만 시르 공작과 이야기를 한 뒤에는 보고싶지 않다. 만나봐야 시르 공작의 '제안' 만 생각날 것 같아서.

고로, 일을 하기 위해 의자에서 일어나 책상 쪽으로 갔다. 막 서류를 집어 들려고 하는데 노크 소리가 들렸다.

그리고 조심스럽게 들어오는 아리아.

"어? 오늘부터 오는 건가?"

"예… 라고 말씀드리고 싶지만……."

생글생글.

뭐가 그렇게 좋은지 계속 웃고만 있다.

"무슨 일 있나?"

"어머, 잊고 계신 겁니까?"

아리아가 과장스러운 반응을 보이면서 뒤로 한 두 걸음 물러났다.

"무슨 일을?"

“…….”

“…….”

“…정말 잊으셨군요. 제 결혼식 말입니다.”

“아!”

기억났다.

여행 가기 전에 말했었지, 돌아오면 식을 올릴 거라고. 지금까지 까맣게 잊고 있었다.

어떡하지? 아리아 화났겠는걸.

“정말 잊으셨을 줄이야… 전 그저 절 놀리기 위해 잊은 척하는 거라고 생각했는데…….”

아리아는 혼잣말을 중얼거리면서 자신의 세계에 빠져 버렸다.

이, 이걸 어떻게 수습해야 하나?

당황하면서 제노시아를 돌아보니 그도 잊고 있었는지 당황스러운 기색이다.

“저기… 아리아? 정확히 언제 결혼할 거지?”

“다음 주입니다. 세레나님이 오실 수 있는 시간이 그날뿐이라고 해서…….”

그러면서 원망 섞인 눈초리를 보낸다.

정말 땀나게 만드네.

황제로서 꼭 알아야 한다거나 하는 건 아니지만, 아무래도 아리아는 가족 같은 사람이니까 제대로 해줄 생각이었는데… 정말로 까맣게 잊었다. 덕분에 선물도 안 샀고.

이런, 어쩐다. 분명히 유적으로 가기 전까지는 기억하고 있었는데. 최근에 여러 가지 일이 많아서 잊은 모양이다.

“하아, 드레이크님도 초대할 생각입니다.”

“그, 그래……..”

이 상황을 벗어나기 위해 머리가 맹렬히 회전하기 시작했다. 그리고 나온 결론.

“아리아, 결혼 기념으로 디트레이한테 휴가 줄게. 한 2주 정도.”

“예? 정말이세요?”

원래는 디트레이에게 휴일 같은 건 없다. 휴가 역시 연달아 3일 이상 쉴 수는 없다. 황실 친위기사단장이라는 이름 하에 못 노는 거다. 2주 휴가면 정말 파격적인 거라고 할 수 있다. 솔직히 2주간 휴가를 주려면 힘들긴 하지만 이 정도로 넘어갈 수 있다면이야…….

“그래.”

“와아! 하지만 이 정도로는 안 넘어가요.”

오랜만에 ‘누님’의 표정을 지은 아리아의 말에 난 목을 움츠렸다.

하지만 내가 해줄 수 있는 건 이게 한계란 말야. 선물을 준비한다고 해도 시간 안에 맞출 수 있을지 어떨지…….

“결혼식에 오실 거죠?”

“어?”

“오실 거죠?”

…가고는 싶다. 하지만…….

“못 가.”

“변장하고 오시면 돼요. 오세요. 그럼 용서해 드릴게요. 세레나님이 변장 도구를 가지고 있다고 들었어요.”

으윽! 하지만 자리를 비운다는 것 자체가 문제가 되는 거라고. 어라? 그런데 변장 도구? 세레나가?

“세레나는 그런 걸 왜 가지고 있는 거야?”

“신전 다닐 때 사용하셨다는데요.”

대체 그게 왜 필요가 있었던 건지 잠시 고민한 후 아리아를 봤다.

“…힘들걸.”

“제 학창 시절 친구라고 하면 돼요.”

보아하니 절대 고집을 꺾을 것 같지가 않다. 어릴 때부터 한다면 하는 사람이었으니까.

하지만 아리아의 말대로 할 수도 없는 일. 이럴 때는…….

“생각해 볼게.”

“정말요?”

“응.”

난 간다고는 안 했다, 다만 생각해 본다고 했을 뿐.

대충 속여 넘겨 아리아를 내보낸 뒤 다 알고 있다는 듯한 제노시아의 말 한마디.

“늘 이 패턴에 넘어가는군요, 아리아 씨는.”

그래, 그렇지 뭐.

그리고 딱 일주일 뒤.

아리아의 결혼식이 있었다.

난 미리 예고했던 대로 ‘생각해 봤을 뿐’ 가지는 않았고.

결혼식에 갔던 세레나와 드레이크의 말로는 아리아가 속았다며 난동을 부렸다고 한다. 그러면서 세레나가 하는 말이.

“매일 똑같은 말에 넘어가고도 자각을 못해. 아리아는 바보라니까.”

한심하다고 말하는 세레나의 말을 이어 드레이크가 그 상황을 이야기한다.

“우리들의 말을 전해 듣고 소리 지르며 난리를 피우신 덕분에 결혼식이 한 두 시간 연기되었었습니다. 아리아 씨를 진정시켜야 한다고.”

정말 난리도 아니었나 보군. 재미있었겠는걸.

"디트레이도 휴가받았다고 여행 갈 거래, 커다란 호수 있는 데로. 그 호수 이름이 뭐더라?"

왁자지껄하고 즐거운 날, 저절로 미소가 번지게 만드는 즐거운 날이었다.

6장

준비된 이별

지금 이 아린드 국을 건국한 엘리자벳 태황제는 특이한 사람이라고 할 수 있다. 매일 옆에서 겪어도 매일 새로운 사람이라고 할까? 하여간 성격이 이상한 여인이다.

일단 한 예를 말하자면, 엘리자벳 태황제는 자신의 목숨을 노리는 친족들에게 '기회'를 제공한다며—순전히 재미있을 것 같다는 이유였다—친족들과 오찬을 자주 했고, 또 신년 축제 때마다 친족들을 불러모아 티타임을 가졌다. 덕분에 난 더욱 고생해야 했었다.

지금 생각하면 엘리자벳 태황제는 날 골탕 먹이기 위해 일부러 그런 행동을 했는지도 모르겠다는 생각이 든다.

살아오면서 한 행동들도 황당한 행동들뿐이었지만 사상 최초로 자식들과 장난치다 연회장 계단에서 굴러 떨어져 다친 상처로 인해 죽어버렸다는, 죽음조차 어처구니없었던 엘리자벳 태황제였다.

난 이 글에서 그녀의 기행을 낱낱이 폭로하겠다. 그리고 내가 얼마나 고생을 해야 했는지 모두에게 알리겠다. 반드시!!

—엘리자벳 태황제의 가디언이었던 세리든의 자서전 中

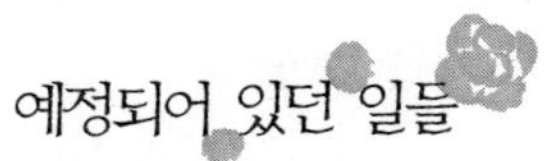

예정되어 있던 일들

아리아의 결혼식이 있은 지 한 3일쯤 지난 날, 여느 때와 다름없이 집 무실에 있었는데 드레이크가 날 찾아왔다. 앉으라고 해도 그냥 서서 책상 앞에서 왔다 갔다 하며 신경 쓰이게 했다.

결국 내가 먼저 입을 열었다.

"어쩐 일이지?"

"흠, 그러니까 그게……."

드레이크는 그답지 않게 망설이고 있었다.

그런 태도에 내가 다음 말을 짐작할 수 있었던 건 당연했는지도.

"너무 오래 황성에 있었던 것 같습니다."

한참 망설이다 꺼낸 말에 난 피식 웃었다.

"아아."

"그래서 말인데… 이만 돌아가야 할 때가 된 것 같습니다."

딱딱하게 보고하는 듯한 어조의 드레이크.

내가 무슨 반응을 보일지 걱정되는 모양이다.

하지만 난 어차피 드레이크가 오래 있을 리 없다는 생각을 하고 있었기 때문에 별 생각 없고 담담하다. 어차피 얼마 안 있어 갈 사람이라고 생각했으니까.

자신의 꿈을 위해 여행하는 사람이니까 한곳에 오래 머물 리가 없지.

조금 섭섭하긴 하다. 드레이크 본인은 모르겠지만, 난 그와의 가벼운 대화가, 머리 굴리면서 그 이면의 의미를 생각하지 않아도 되는 그 대화가 무척 좋았으니까.

"언제 갈 건데?"

내가 별 반응이 없자 당황한 건 오히려 드레이크였다.

"어… 아직 확실한 건……."

"흐음, 그런가."

드레이크는 약간 불안하다는 표정으로 내 다음 말을 기다렸다.

"아아, 그렇지, 참."

뭔가 빠진 것 같다는 생각이 들었었는데, 뭐가 빠졌는지 생각났다.

"선물 하나 줄까?"

"예?"

"이왕에 수도까지, 이 황성까지 놀러 왔었으니까 기념품 하나, 어때?"

"폐하!"

내 장난스러운 말에 드레이크보다 제노시아가 반응한다.

"아하하하."

드레이크 역시 멋쩍은 웃음을 흘릴 뿐 별다른 반응을 보여주지 않았다. 시시하게시리.

"뭐, 싫다면 넘어가고. 그나저나 간다고 하는 걸 보니 조사는 다 했나 보군."

“예, 대략적인 건 끝났습니다.”

“그래. 뭐 별다른 건 발견하지 못했나 보군.”

“하하… 그렇지요.”

다 포기했다는 태도로 웃고 있는 모습을 보니 한두 번 겪은 일이 아닌 모양이다.

“사실은 다른 서재도 돌아보고 싶지만 이제 더 이상 부업을 쉬면 돈이 다 떨어지거든요. 그럼 부하들 월급도 못 주니까……”

부연 설명을 한답시고 말을 했지만 별로 멋진 말은 아니었다. 어쨌거나 꿈만으로는 살 수 없는 법이니 당연한 일이겠지만 어울리지 않는걸.

드레이크가 나가고 나서 실비아 생각이 났다.

실비아도 이제 고향으로 돌아가든지, 아니면 어디론가 조용한 곳으로 가야 할 거다. 계속 여기 있게 되면 시르 공작이 나설 것이다. 지금이야 ‘아직은 참아준다’는 태도를 보이고 있지만, 언제까지 이런 태도를 고수해 줄지는 의문.

내가 빨리 나서서 하지 않으면 시르 공작이 처리할 테니 이제 무슨 수를 생각해 내야 한다.

“폐하.”

생각의 바다에 빠져 있는데 제노시아의 목소리가 들렸다.

“무슨 일이지?”

“실비아 씨의 일로 고심하시는 겁니까?”

말투가 ‘또 그 딴 생각 중이십니까?’ 라고 하는 것 같다. 내가 삐뚤어져서 그렇게 들리는 거겠지만 말이다.

“그래.”

실비아의 일은 절대 시르 공작이 손대게 할 수 없다. 시르 공작이 나선다면 분명 나중에 생사조차 알 수 없게 될 것이 뻔하다. 절대 안 된다.

하지만 그렇다고 해서 실비아에게 알아서 가라고 할 수도 없는 일이다. 실비아가 ‘알아서’ 하게 된다면 그녀가 속한 조직과 어떻게든 연관될 테니.

또한 어디가 ‘좋은 곳’인지도 모르는 내가 알아서 해주기에는 위험이 따르는 일이다. 게다가 내가 어딘가로 보냈다거나 보호하려 한다면 시르 공작이 모를 리가 없다.

그러니 역시 고향으로 돌려보내는 게 제일 좋으려나. 알 수가 없구만.

“드레이크 씨에게 부탁해 보면 어떻겠습니까?”

“…….”

좋은 방법이기는 하다. 나도 생각 안 해본 건 아니고. 하지만…….

“드레이크가 받아줄까? 아니, 그 이전에 제대로 실비아가 쉴 장소를 알아봐 줄까?”

쓸데없이 잔걱정만 하고 있다는 소리를 들어도 어쩔 수 없다. 안전함, 평안함을 원하는 것이 당연하다고 느끼고, 생각하며 자랐으니까. 안전과 평안을 추구하게 되는 건 어쩔 수 없는 거다.

특이한 성장 과정 탓인지 유별나게 안전함을 추구하며 몸을 사린다고 생각하기도 하지만 어쩔 수 없는 일이구나 하고 포기했다. 어쩌겠는가, 그저 내 특성인 것을.

내 대답에 잠시 망설이던 제노시아는 조심스럽게 다시 물어왔다.

“폐하께서는 드레이크 씨를 신뢰하고 계신 것이 아니었습니까?”

“그래 보였나?”

“전에 여러 이야기를 하시기에 전 그렇다고…….”

제노시아는 잘못 생각했나 싶어서인지 말끝을 흐린다.

저번에 내가 정치 뒷이야기를 조금 했던 걸 말한다는 건 안다. 누구든 그때 그 자리에 있었다면 내가 그를 신뢰하고 있다고 생각했을 테니까.

솔직히 나도 믿을 만한 사람이라 생각하고 있고. 하지만 이상하지.

"이것과 그건 약간 다른 것 같아."

믿고 안 믿고의 문제가 아니다.

누구든 자기 자신이 더 소중한 법.

그러니까 더 좋은 조건, 상대의 협박에 변심하지 않는다는 보장은 없다.

"…그렇습니까?"

제노시아는 더 이상 아무 말도 하지 않았다. 그저 안타까워하는 기색을 보일 뿐.

나도 말은 이렇게 했지만…….

"그래도 한번 떠보기는 하지."

사실대로 말하자면 아무리 생각해 봐도 다른 방법이 없었으니까 어쩔 수 없어서야. 그러니까 제노시아, 그렇게 다행이라는 듯한 표정 짓지 말라고.

혼자 속으로 중얼거리면서 쓰게 웃었다.

정말이지 제노시아는 가끔 자신이 내 보호자라고 생각하는 것 같다니까. 난 이미 성년인데.

결심을 했으면 행동으로 옮겨야 하는 법.

그대로 집무실을 나서서 드레이크가 있을 거라고 생각되는 곳, 서고로 갔다.

"응?"

하지만 예상외로 서고에는 아무도 없었다.

"흐음……."

대략적인 조사는 다 했다며 돌아갈 거라고 하더니, 이제 서고에는 안 오는 모양이다.

그 자리에서 잠시 어디로 갈지 생각하다가 일단은 드레이크가 지내고 있는 외궁으로 향했다.

외궁에서 일하는 시녀에게 드레이크의 위치를 듣고 정원에 가보니 드레이크는 아주 즐거운 시간을 보내고 있는 모양이었다.

"우와! 정말 대단한걸. 여기 시녀들은 다 당신처럼 현명하고 아름다운 겁니까?"

"어머, 무슨 말씀을. 거짓이라도 기분이 좋군요."

"아니오, 진심입니다. 전 이런 거짓말이나 아부는 절대 못한다고요. 믿어도 좋습니다."

"그런가요?"

"그럼 자, 아름다운 아가씨의 성함을 가르쳐 주지 않으시겠습니까?"

"전……."

아무렇지 않은 듯 대꾸하지만 상당한 호감을 가지고―볼이 살짝 붉게 물들어 있었다―대답하는 시녀로 보이는 여성. 그리고 아무렇지 않게 느끼한 말을 하고 있는 드레이크.

"즐거워 보이는군."

"폐, 폐하!"

"어라라?"

자기들만의 세계에 빠져 있다가 갑자기 들려온 내 목소리에 당황한 시녀는 지레 겁을 먹고 바로 그 자리에 엎드려 버렸다. 드레이크는 그 상황을 보면서 당황해 버렸고.

"됐다. 일어나라."

딱히 벌주거나 할 생각은 없었기에 그렇게 말했더니 시녀는 다시 한번 고개를 조아렸다.

"황송합니다."

시녀가 몇 번이나 고개를 조아리고 나서 가버리자 난 드레이크 쪽에 시선을 돌렸다.

드레이크는 헛기침을 몇 번 하더니 멋쩍게 웃었다.

"아하하하하……."

"뭐, 그렇게 반응하지 말고 솔직히 말해도 돼."

하도 뻣뻣하게 웃어서 편한 말투로 한마디 했더니 웃음소리가 딱 그쳤다. 그리고 웃음기 담긴 눈으로 날 보다가 역시 즐거운 듯한 목소리로 말했다.

"예, 그러지요. 솔직히 말씀드리자면, 한창 잘되어가고 있었는데 놓쳐서 좀 아깝다는 생각이 든다고 할까요?"

"흐음… 많이 해본 솜씨더군."

"인생의 즐거움 아니겠습니까. 와하하하하핫!"

호탕하게 웃는 모습을 보니 확실히 많이 해본 솜씨다. 새삼 이 사람에게 실비아를 맡겨도 되는 건지 걱정되었다.

"적당히 하고, 부탁할 일이 있어서 왔는데 말이지."

"부탁 말씀이십니까?"

전혀 모르겠다는 듯이 뚱하게 날 본다.

"여기서는 좀 그렇군. 다른 곳으로 자리를 옮기지."

"어? 어… 예……."

어색한 대답에 피식 웃음이 나왔다.

이왕 여기까지 온 길이니 일부러 서재나 집무실로 가기가 귀찮아 그냥 드레이크가 지내는 방으로 갔다.

들어가는 순간, '여기가 황궁 안이 맞나?' 라는 생각이 들었다.

문 바로 옆의 벽에는 투박해 보이는 창 같은 것이 세 개나 기대어져 있었고, 탁자 위에는 어떤 커다란 돌과 지도, 그리고 창에는 바다 그림이

걸려 있었다. 왜 벽이 아닌 창에 걸어놓은 건지는 모르겠지만 말이다.

하여간 가장 기가 막혔던 건 멀쩡한 침대, 그리고 그 위 침대 기둥에 묶어놓은 그물 침대였다.

"상당히 특이하게 꾸민 방이로군."

내가 그물 침대를 보고 있다는 걸 눈치 챈 드레이크는 황급히 변명을 시도했다.

"아… 저기… 늘 배 위에서 자는 습관이 들어서인지 땅에선 잠이 잘 안 와서… 역시 이상합니까?"

당연한 걸 물어보는군. 내가 가볍게 한숨을 내쉬자 드레이크의 얼굴이 달아올랐다.

어라, 부끄러워하는 건가?

"드……."

"거창이로군요. 직접 다루시는 겁니까?"

내가 막 드레이크를 놀리려고 입을 여는 순간 제노시아가 벽에 세워둔 창에 관심을 보였다. 당연한 순서로 내 말은 제노시아에게 묻혀 버렸고.

"당연한 말 아닙니까? 쓰지도 않는 걸 가지고 다니겠소?"

"호오, 셋 다 말입니까?"

"주로 쓰는 건 하나지만."

"아아, 그렇군요. 이 창은 트라이던트 계열로 보이는데."

그리고 둘만의 세계에 빠져 버렸다.

반도 못 알아들은 나는 그저 멍하니 둘의 말을 들으며 서 있는 수밖에 없었다.

내 눈에는 이거나저거나 다 똑같은 창으로 보이는데 뭐가 다르다는 건지. 무기나 무예에 관심이 없어서 그런지 하나도 못 알아듣겠단 말야.

"그렇군요."

“창에 관심이 많소?”

“일단 무기를 다루는 자로서…….”

뭐라고 계속 말이 이어진다. 내버려 두면 끝이 없겠다는 생각이 들 정도로.

“끝났나?”

대충 틈을 봐서 퉁명스럽게 끼어들자 둘 다 아차 하는 표정을 지으며 고개를 숙였다.

“끝났지?”

“예…….”

“그럼 내가 말해도 되겠지?”

“무, 물론입니다.”

당황해서 어쩔 줄 몰라 하는 모습이 재미있기는 하지만 할 말부터 해야겠다. 또 말도 제대로 못하고 다른 데 정신이 팔리면 안 될 테니까.

“내 부탁이라는 건 그리 큰 건 아니네.”

일단 운을 띄웠다. 내 말에 드레이크가 갑자기 눈에 띄게 불안한 기색을 보였다.

“왜 그러지?”

“아무것도 아닙니다. 그저 걱정이 되어서…….”

“뭐가 말인가?”

드레이크는 아무 말이 없었다.

뭔가 불안하군. 드레이크에게 말해도 되는 건지 모르겠어.

“얼마 후면 다시 떠난다고 하지 않았나. 그래서 그때 누군가를 배에 태워 원하는 곳에 데려다 줬으면 하는 거네.”

갑자기 표정이 밝아진다.

대체 무슨 생각을 하는 건지 모르겠군.

일단 상대의 대답을 기다리며 가만히 있으려니 드레이크는 싱글싱글 웃으면서 고개를 끄덕였다.

"그 정도라면 당연히 가능합니다. 못해 드릴 이유가 없지요. 쉬운 일이니까요."

바로 대답이 나오는군. 하지만 너무 바로 나오는 거 아냐? 생각도 안 해보고.

"정말 괜찮은가?"

"그럼요. 저야 어느 나라에도 소속되지 않아 나라의 이득이니 뭐니 하며 움직이지 않으니 걱정할 것이 없을 겁니다."

생각보다 제대로 사는 사람 같다. 내가 어떤 점을 걱정하고 있는지 한 번에 꿰뚫어 본 걸 보면 말이다.

"생각보다 꽤 제대로 말하는군."

"응? 무슨 뜻이십니까, 그 말씀?"

어린아이처럼 투덜거리더니 이내 털털하게 웃었다.

"한데 대체 누구를 어디로 보내려 하시는 겁니까?"

"글쎄, 그건 다음에 가르쳐 주지. 떠날 때가 되면 이야기해 주게."

지금 다 말할 필요가 없다는 생각에 대충 대답해 주었다. 드레이크는 나름대로 뭔가 생각하는 듯하더니 어깨를 으쓱였을 뿐 더 이상 묻지 않았다.

할 이야기도 끝났고 계속 있어봤자 할 말도 없는지라 대충 인사하고 외궁을 빠져나왔다.

자, 이제 실비아의 문제는 어느 정도 해결되었으니까 본인을 만나서 이야기를 나눠봐야겠다. 저번에 은근히 이런 말을 내비쳤었으니까 실비아에게는 말하기 쉬울 거라는 생각이 들기는 하지만, 글쎄… 그냥 응해 줄 것 같지 않다는 생각도 들었다.

하지만 실비아에게 가기도 전에 가장 마주치고 싶지 않은 사람과 만나

버렸다.

"어디를 다녀오는 길이신지요."

"글쎄… 오랜만이로군, 시르 공작."

시르 공작은 나에게 살짝 목례를 하면서 미소 지었다.

그나저나 한동안 안 보이던 사람이 찾아오니까 어쩐지 불안하군. 특히 시르 공작은 더해.

"무슨 일인가?"

"아아, 아무것도 아닙니다. 그저 약간 좋은 소식이 있을 뿐이지요."

"좋은 소식?"

"예."

어떤 좋은 소식을 말하는 건지는 모르겠지만 스멀스멀 불길하다는 생각이 머리를 지배한다. 일단 시르 공작이 저런 식으로 웃을 땐 나에게 좋았던 적이 한 번도 없었으니까 말이다.

"무슨 일인지 물어도 되겠소?"

"그럼요, 좋은 일이니까요. 후훗."

잠시 내 반응을 살피듯이 가만히 있던 그녀는 한참 만에 입을 열었다.

"아이를 가졌답니다."

"…그런가."

그 '계약'을 실행할 놈이 태어난다는 거로군. 좋아하는 게 이해가 가는걸.

시르 공작은 가볍게 목례를 하고는 어디론가 가버렸다.

분명히 내가 제안했던 건데도 이상하게 씁쓸한 마음이 든다.

"가지."

이런 기분으로 실비아를 만날 생각은 없는지라 다시 집무실로 들어갔다.

집무실 안으로 들어서는 순간 짜증이 치밀어 올랐다.

"기분 나빠."

"예?"

"시르 공작의 존재 그 자체가 기분 나빠."

난 이런 말 할 자격 없다. 제안을 했던 것도 나, 그로 인해 목숨을 보장받은 것도 나니까.

그런데 왜? 왜 이렇게 기분이 나쁜 거지?

다 내가 한 일이고, 지금도 나쁘지는 않다고 생각하는데.

어째서?

짜증을 부리면서 책상에 있던 것들을 내쳐 버리자 제노시아가 내 손을 잡았다.

"폐하."

"후……."

제노시아 덕분에 일단은 진정이 됐다. 하지만 여전히 기분은 안 좋아 집무실 안을 서성이며 돌아다니기 시작했다. 제노시아는 그런 나를 걱정스럽다는 듯이 지켜보고 있었다. 하지만 내 머리 속에는 어떻게든 해야 한다는 생각이 들 뿐이었다.

그런데 뭘? 뭘 어떻게 한다는 거지?

한참 집무실 안을 서성댔다.

"제노시아."

"예."

"난 참 바보 같아. 그렇지?"

제노시아는 한동안 말이 없다가 결국 한숨으로 대답을 대신했다.

그래, 내가 생각해도 말이 안 되는 소리를 물었어. 난 작게 고개를 흔들었다.

멍하니 하늘을 보며 다른 생각들을 지워냈다.

아직은, 아직은 이런 생각들을 해서는 안 돼.

아직은, 아직은 일러.

그리고 시간이 되면 다시 생각해 낼 것이다. 그럴 것이다.

난 아침부터 집무실은 안 가고 실비아를 만나기 위해 정원으로 나갔다. 나가는 길에 만난 시녀에게 실비아를 부르라는 말도 잊지 않았고.

그녀를 기다리며 멍하니 서서 잠시 시간을 보내고 있는데 실비아가 다가오는지 한쪽에서 바스락거리는 소리가 났다.

그리고 곧 모습을 보이는 실비아.

"부르셨습니까, 폐하."

"아아… 그렇게 예의 따질 것 없어."

"그렇습니까?"

실비아가 부드럽게 웃었다.

저 웃음이 편안하기는 하지만 지금은 저렇게 웃어주면 더 말을 못할 것 같다.

난 길게 한숨을 내쉬었다.

"폐하?"

"아니, 아무것도……."

결국 쓴웃음과 함께 말하지 못했다. 하지만 실비아는 내 태도를 보고 대충 눈치 채버린 듯하다.

"저번에… 말씀하신 일 때문이세요?"

전에 시르 공작에게 막 '실비아를 내보내라' 라는 말을 들었을 때 슬쩍 말을 비춘 적이 있었다. 그래서 쉽게 눈치 챌 수 있었던 모양이다.

나로서는 반갑지 않은 일이지만. 아니, 반가운 건가? 내가 먼저 말을 꺼내기는 힘든 일이었으니.

"드레이크에게 부탁했다. 그를 알고 있지?"

실비아의 눈에 슬픔이 비쳤다. 그리고는 이내 억지로 미소 지었다.

"네, 알고 있습니다."

그나마 안다니 다행이다. 아주 모르는 사람을 따라가라고 할 수는 없는 노릇이니 말이다.

"그가 떠날 때 함께 갈 수 있게 부탁했다. 괜찮겠는가?"

"물론이에요. 하지만… 황비님께는 뭐라고 말씀드려야 할지 모르겠네요."

실비아는 뮤리아에게 소속되어 있는 시녀다. 당연히 뮤리아의 허락이 있어야겠지만 지금은 미리 허락받는 것보다 나중에 내가 '홍보' 하는 게 더 나을 듯하다.

"떠나기 전까지는 내 동생에게 가서 지내는 것이 좋을 듯싶은데… 어떻겠느냐?"

궁 안은 위험하니까 신전에 있는 세레나의 보호를 받는 게 좋을 거다. 아직 세레나에게는 말하지 않았지만, 이 정도 부탁은 들어줄 것 같았다.

"전… 괜찮습니다."

망설이듯이 조심스럽게 대답했다.

난 천천히 실비아의 뺨에 손을 가져갔다.

"미안하구나, 이렇게 쫓겨가듯 떠나게 해서."

"전 괜찮습니다."

말은 괜찮다지만 기분이 그렇게 좋을 리가 없는 일이다.

"미안하구나."

다시 한 번 사과하자 실비아는 억지로 미소 지었다.

"정말 괜찮습니다. 그런데 언제쯤 세레나님께 가게 되는지요?"

“글쎄, 일단 먼저 세레나에게 말을 해야지.”

이 말에 실비아가 작게 웃었다.

“쿡, 아직 세레나님께 말씀도 안 하시고 저에게 먼저 말씀하신 거예요?”

“뭐… 어쩌다 보니.”

내가 딴청을 부리자 실비아는 재미있다는 듯이 웃었다. 하지만 그 눈에 살짝 눈물이 비쳤다는 것은 둔한 나라도 알 수 있었다.

실비아와 헤어진 후 우울의 바다에 잠겨 집무실로 돌아오니 서류 더미들이 나를 맞이했다.

보는 순간 짜증이 난 건 당연한 일이었다.

“제대로 대접도 못 받는데 일은 다 해야 된단 말야. 이상하다고 생각 안 해?”

“폐하.”

이런 식으로 투덜거리자 제노시아는 어쩌지도 못하고 내 짜증을 받아주고 있었다.

한동안 투덜거리다 이렇게 있어봤자 내 기운만 빠진다는 것을 깨닫고 한숨을 내쉬며 의자에 기댔다.

“일단 세레나를 불러야겠군.”

한동안 실비아를 돌봐달라고 부탁해야 된다. 그리고 뮤리아에게 시녀 한 명을 빼내간다는 것과 다른 이들에게 안 좋은 말 안 나오게 해달라는 부탁도 해야 되고.

생각보다 할 일이 많군. 다행인 건가.

그래, 먼저 이 서류 더미부터 처리하고 나서 움직여야겠다.

서류들을 다 치우고 나니 거의 점심 무렵이 되어 있었다. 시녀를 시켜 세레나에게 저녁에 오라는 연락도 했으니 먼저 뮤리아와 말을 해봐야겠다.

게다가 지금은 뮤리아를 찾아가기 딱 좋은 시간이 아닌가.

미리 시종을 보내 내가 간다는 말을 한 다음 천천히 뮤리아가 있는 궁으로 걸음을 옮겼다.

"폐하, 황비님께서 언짢아하시지 않게끔……."

"알고 있어."

지금은 내가 부탁하는 입장이다. 일부러 뮤리아의 신경을 긁을 리가 없지 않은가. 그리고 평소에도 그리 나쁜 사이는 아니었는데. 하긴 지금 부탁할 게 좀 미묘한 문제긴 하지.

"오랜만에 뵙습니다, 폐하."

어쩐지 비꼬는 기색으로 날 맞이하는 뮤리아를 보며 오늘 일이 순탄하지 않을 거라는 생각이 들었다.

"그래, 오랜만이로군."

"그렇지요?"

모르는 척 대답하며 웃어주었더니 뮤리아도 살벌한 미소로 답한다.

이거, 말을 꺼낼 수도 없는 분위기로군.

"참, 폐하, 알고 계십니까?"

침묵을 지키던 뮤리아가 먼저 나에게 말을 걸어왔다.

"무엇을?"

"시르 공작께서 아이를 가졌다고 하더군요."

의미심장한 미소를 지으며 한 말에 나도 쓴웃음을 지었다.

그런 내 반응을 웃으며 지켜보던 뮤리아는 차가운 목소리로 시녀들에게 명령했다.

"너희들은 물러가라."

뮤리아는 주변을 조용히 한 다음 다시 나를 마주 보았다.

"그래… 시르 공작과의 일을 다 알고 있었지?"

"저번에 말씀해 주셨지요."

이 제국으로 와 나와 결혼했을 때, 왜 그녀를 비로 맞이했는지 대충 설명을 해주었다.

멋모르고 설치면 곤란하다는 생각도 있었지만 일단 같이 있어야 될 사람이니 알아두는 것도 좋겠다 싶어서. 다행히 뮤리아는 '생각'이라는 걸 할 수 있는 사람이어서인지 쓸데없이 떠들지 않고 조용히 있었다.

"그래서 폐하께서 더 궁지에 몰리신 것 같다고 할까요?"

어쩐지 재미있어하는 기색이다.

성격 한번 멋지군 그래.

"재미있나 보군."

"설마요."

"그렇게 보이는데?"

"절대 아닙니다."

계속 이런 공방전을 할 수는 없는지라 내가 양보하기로 결심했다.

"그럼 일단은 그렇다고 해두지. 하지만 오늘 내가 온 건 그 문제 때문이 아냐."

이 말에 뮤리아는 의아한 표정을 지었지만 아무 말도 않고 나를 보고 있었다. 내 다음 말을 기다리고 있는 거다.

뮤리아는 이런 이야기가 오고 갈 때면 늘 차분한 모습을 보인다. 저절로 믿음이 가는 것 같은 모습이라고 할까. 개인적으로 이럴 때 은근히 짓고 있는 저 미소가 조금 무섭기는 하지만.

"그대의 시녀로 스라트에서 온 사람 중 하나를 밖으로 보내려 한다. 다른 자들이 떠들지 않게 도와주었으면 하는데."

뮤리아는 미간을 살짝 찌푸리며 생각에 잠겼다.

그리고 금방 생각을 정리하고 한숨을 내쉬며 난처한 듯한 미소를 보냈다.

"제가 내보낸 것처럼 하면 되겠군요. 하지만… 왜 그런지 여쭤보면 대답 안 해주실 거지요?"

심각한 듯이, 난처한 듯이 말하다가 중간에 표정을 바꾸어 재미있어하고 있는 듯한 반응을 보여주는 뮤리아.

정말 알고 싶어서라기보다 그저 장난을 걸고 있는 것뿐이라는 걸 잘 안다. 그래서 나도 대답 대신 장난처럼 되받아쳤다.

"알면서 묻지 마."

"어머? 그래도 묻고 싶은데요?"

장난을 걸며 깔깔거리고 있는 뮤리아.

확실히 뮤리아는 너무 편하다. 같이 있으면 즐거워진다고 할까.

그나저나 생각 이상으로 쉽게 받아주는걸.

안 그런 척, 모르는 척하고 있지만 나에 대해서, 그리고 이 황궁의 움직임에 대해 모두 알고 있는 사람이다. 그러니 지금도 내가 이러는 이유를 알고 있을 거다.

그래서 난 뮤리아가 싫어하는 내색을 할까 봐 걱정했는데. 하긴 지금까지의 모습을 봐도 절대 그런 일은 없겠지만 말이다.

"참, 뮤리아."

"예?"

다시 부드러워지는 분위기. 확실히 뮤리아는 분위기를 만드는 법을 잘 알고 있다.

"최근 시에라에 관한 소식을 알고 있나?"

"아아… 그분 말인가요? 주의하라고 하셔서 늘 신경 쓰고 있지요."

알고 있나 싶어 물어봤더니… 역시 알고 있나 보다.

"황태후님과 결국 화해하지 못하고 리랜스 백작가의 영지 중 하나에서 지내고 있으시잖아요. 그런데 그건 왜……?"

"아직도 거기 있는 건가?"

슬슬 움직일 거라 생각했었는데. 내 착각인가? 아니지, 혹시 그 영지에서?

"거기서 사병들을 훈련시킨다고 하던데요."

역시.

그런데 뮤리아는 이런 정보들을 다 어떻게 알아내는지 궁금하군. 이 궁에서 벗어나는 일도 거의 없는데 말야. 그리고 만나는 사람도 하녀인 후작 정도뿐인데. 늘 그렇지만 오늘도 역시 신기해하며 빤히 보니 뮤리아는 멋쩍게 웃었다. 그리고 약간 붉어진 얼굴로 변명처럼,

"그냥 가만히 있어도 온갖 소문이 다 들리니까요. 그래서예요."

이렇게 말은 하지만 아닌 것 같은데. 가끔은 키나이에게서만 얻을 수 있을 듯한 정보들도 다 알고 있으니까.

내가 수상하다는 눈초리를 보내자 당황하던 뮤리아는 갑자기 짓궂은 표정을 지었다.

"아리아 씨가 내일 돌아오지요? 그렇지요?"

"그게 왜?"

갑자기 화제가 바뀌니까 불안한데. 그리고 뮤리아의 표정도 영…

"결혼식 날을 잊으셨었다면서요?"

"음… 알고 있었나?"

"당연히."

뮤리아는 약점을 잡았다고 생각했는지 자신만만한 표정으로 날 몰아붙이기 시작했다.

"하여간 저에게는 누나 같은 분이니 알아두라고 하시고서는 정작 폐하께서는 까맣게 잊으시고."

"그럴 수도 있지."

"절대 그럴 수는 없답니다……."

한쪽에서 시녀가 다가오자 말끝을 흐린다.

"무슨 일이지? 물러가 있으라고 했을 텐데?"

오, 확실히 황비답다고 해야 하나?

차갑고 다소 오만하게 말하는 모습에서 은은하게 기품이 배어 나온다.

나보다 더 나은걸. 익숙해 보여.

"죄송합니다, 황비님. 세레나님께서 뵙기를 청하셨기에… 폐하와 함께 계시다고 하였으나 두 분 모두를 만나셔야겠다고 하셔서……."

당황한 기색도 없이 나불나불.

약간 기분이 나쁜 듯한 뮤리아는 나에게 어쩔 거냐는 시선을 보내왔다.

"모시고 와."

시녀가 목례를 하고 사라지자 뮤리아가 뚱한 표정을 지었다.

"너무하시네요, 오랜만에 이렇게 이야기하는데."

"세레나는 내가 오라고 했다. 이리로 올 줄은 몰랐지만."

변명하듯이 말하자 뮤리아는 노골적으로 한숨을 내쉬었다. 마치 어린 애들이 불만이라고 시위하는 것처럼.

그랬으면서 세레나가 오자 태도가 싹 달라졌다.

"어머, 오셨어요!"

"네에, 잘 지내셨어요?"

"그럼요."

뭐가 재미있는지는 모르겠지만 하여간 깔깔거리고 웃으면서 한동안 이런저런 이야기들을 주고받는다. 내가 끼어들 수도 없을 것 같은 분위기를 조성해 가면서.

한참 동안이나 쓸데없는 이야기로 시간을 보내던 세레나가 드디어 나에게 말을 걸었다.

"그런데 오라버니께서는 무슨 일로 절 보자고 한 건가요?"

"빨리도 물어보는구나."

"그럼, 당연하죠."

할 말 없게 만드는군. 하나 아쉬운 쪽은 나니까 참는다.

"부탁이 있어서."

"어머? 그럼 기부는 얼마나?"

"뭐?"

"세상은 give&take. 설마 동생이라고 해서 무작정 부탁하면 들어줄 거라고 생각하지는 않았겠지요?"

순간 말문이 막혔다. 분명히 신전에 들어가기 전에는 이런 애가 아니었던 것 같은데.

"신전에서 이상한 것만 잔뜩 배운 모양이로구나."

내 말에 세레나는 상쾌하게 웃었다.

"호홋, 요새 신전에 돈이 좀 없어서 말이에요. 힘들거든요."

참으로 당당하게 말한다.

정말이지… 말도 안 되는 소리를 하고 있네.

"네가 있다는 이유로 그 신전에는 다른 신전의 배가 되는 금액을 기부하고 있어."

"그건 그거."

아주 돈독이 올랐군.

난 가볍게 한숨을 내쉬었다.

어쩌다 세레나가 이렇게 변해 버렸을까. 언젠가 날을 잡아 노턴을 잡아야겠다는 생각이 든다.

"내 부탁은 며칠간만 어떤 사람을 데리고 있어달라는 거야."

"며칠? 누구요?"

정확히 말해 보라는 듯이 대꾸하는 세레나.

"실비아. 한 일주일 정도 데리고 있으면 될 거다."

"흠, 그래요?"

잠시 생각하던 세레나는 손가락을 두 개 폈다.

"20골드 헌납."

"세레나!"

"절대 못 깎아요. 오라버니 정도면 힘든 금액도 아니잖아요."

무슨 생각을 하는 건지… 성직자라는 녀석이 '돈' 이라는 항목으로 거래하자고 하는 모습이 썩 유쾌하지는 않았다.

"세레나!"

"하지만……."

내가 화난 기색을 보이자 세레나는 목을 움츠렸다. 그러면서도 뭔가를 중얼중얼.

"세레나, 그 기부라는 거… 네 마음대로 말하는 거냐, 아니면 정해진 거냐?"

"……."

보아하니 멋대로 말한 모양이다. 이제 어린 것도 아닌데 이렇게 생각이 없어서야…… 한숨밖에 안 나오는 상황이다.

"세레나, 분명히 말하는데 나에게는 그나마 괜찮다. 하지만 다른 사람에게 이런 말을 잘못 하면 그 교단 자체가 무너진다는 걸 알아라."

"…알았어요."

그다지 반성한 것 같지는 않지만 여기까지만 하기로 했다.

"부탁은 들어줄 거냐?"

"응……."

잠깐, 아주 잠깐 풀이 죽은 듯한 모습을 보인 세레나는 금방 밝아졌다.

"언제쯤 데려가야 하는데?"

"내일 데려가라. 실비아를 데려다 줄 곳은 내가 말해 두지."

낯선 곳보다는 고향이 좋겠지만… 실비아가 들어 있는 조직이 신경 쓰여서 그리로 보낼 수는 없었다.

"그리고… 무슨 일이 생기면 네가 알아서 임의대로 처리해. 할 수 있지?"

"알았어요. 그런데 드레이크 씨는 정확히 언제 출발한다고 하던가요?"

"글쎄다, 그럼 난 그만 갈 테니……."

"에?"

"가십니까?"

세레나는 당황한 듯 자리에서 일어났지만 뮤리아는 그저 그러려니 하는 반응이다.

"저기……."

"할 일이 많다."

날 잡으려는 세레나를 내버려두고 황비의 궁을 나왔다.

오래 있어봤자 할 말도 없고, 또 괜히 세레나에게 잔소리나 할 것 같아서… 아마 이후는 뮤리아가 잘 달래줄 거라고 믿는다. 그리고 실컷 내 험담을 하겠지.

알긴 알지만 뭐라 할 수가 없다. 뮤리아는 어머니를 닮아서인지… 대하기가 힘들단 말야. 다른 이들에게처럼 함부로 대할 수가 없어.

그래서인지 모르겠지만 세레나도 이상할 정도로 친해졌단 말야. 평소에는 내 주변에 있는 사람들을 잔뜩 경계하기만 하더니, 뮤리아에게만은 싹싹하게 굴다니. 이상해 정말.

속으로 작게 투덜거리며 황비의 궁을 나온 다음 난 바로 내 방으로 돌아갔다. 일은 오전에 다 했고, 또 달리 갈 곳도 없으니까.

정신적으로 많이 피곤한 하루였으니 좀 쉬고 싶다.

오전엔 늘 그렇듯 집무실에 틀어박혀 죽은 듯이 일하고 있는데 드레이크가 날 찾아왔다.

“대충 떠날 날을 정했습니다.”

“아아, 그런가.”

무심히 대답하면서 그를 바라보았다. 그는 순간 멈칫하더니 이내 말을 이었다.

“그런데 그 데려다 줬으면 한다는 사람은 누굽니까?”

“떠나는 날 세레나가 그 사람을 데리고 그대의 배가 있는 곳으로 갈 것이다. 세레나에게 그대가 떠나는 날을 가르쳐 주었으면 하네. 그리고 데려다 줄 곳은, 그 사람이 알고 있다.”

내 말에 드레이크는 눈살을 찌푸렸다. 내 말이 별로 마음에 들지 않는 모양이다.

“날 못 믿으시는 겁니까?”

“믿고 안 믿고의 문제가 아니다.”

드레이크는 잠시 생각하는 듯하더니 꾸벅 목례를 하고 나가 버렸다. 불만이 가득하다는 표정을 하고서.

“불쾌한가 보군.”

드레이크가 집무실을 나가고 나서 내가 중얼거리자 제노시아는 피식 웃었다.

"당연한 일입니다. 드레이크 씨에게 자신을 믿지 못한다는 소리로 들렸을 테니까요."

그렇게 되는 건가? 그런 뜻이 아니긴 했지만 굳이 고쳐 줄 필요는 없겠지. 알아서 생각하라고.

난 가볍게 한숨을 내쉬었다.

이제 내가 나설 문제는 전혀 없을 거다.

그런데… 실비아가 있는 그 조직에게 들키지 않을 수 있을까? 내가 약간은 손을 써뒀지만…

에잇, 몰라. 세레나가 알아서 해주겠지.

어라? 세레나가?

…제대로 할 수 있기는 할까. 갑자기 걱정되는걸?

*　　　　*　　　　*

오라버니가 대체 무슨 생각으로 '부탁' 이라는 말을 쓰나 했더니,

"잘 부탁드리겠습니다."

겨우 이 여자의 보호라니… 한숨만 나오는 상황이다.

"저야말로, 실비아 언니."

생글생글 웃으면서 대답은 했지만 기분이 나빠지기 시작했다.

이 여자는 정말 싫다. 오라버니에겐 절대 안 어울린다고 생각한다. 그리고 난 뮤리아 언니와 친하기도 해서 실비아라는 여자가 더 더욱 싫어진다.

오라버니의 애인이라니. 절대 안 돼. 내 허락을 받기 전엔 안 돼.

그래도 일단 오라버니에게 부탁받은 거니까 할 수 없다고 속으로 중얼

거리며 실비아를 데리고 신전으로 갔다.

"세레나 신관님."

막 신전으로 들어서려는데 나와 꽤 친한 편인 로위나 신관의 목소리가 들려왔다.

"로위나 신관님, 무슨 일이세요?"

"노턴 대신관님께서 찾으십니다만……."

그러면서 슬쩍 실비아 쪽으로 시선을 주며 말끝을 흐렸다.

소개해 달라는 거겠지?

"이쪽은 리나 씨입니다."

"아, 반갑습니다, 리나 씨."

"예… 에."

로위나는 신관 특위의 부드러운 웃음을 띠며 인사했지만 실비아는 얼떨떨해했다. 그리고 로위나 신관이 어디론가 가버리고 나자 돌아보며 의아해하는 표정으로 물었다.

"리나라니요?"

"당연한 일. 본명인 실비아를 쓰면 위험할지도 모르잖아?"

도망칠 때 이름을 바꾸는 건 기본 중의 기본이다.

내가 좋아하는 소설에서 그랬다고.

당당한 내 말에 실비아는 고개를 갸웃거리면서도 더 묻지 않았다. 알아서 납득한 모양이다.

일단 실비아―리나―를 신도들이 다니는 기도실에 있게 하고 노턴의 방으로 갔다.

"노턴 대신관님, 찾으셨습니까?"

"아아, 세레나 신관님, 앉으시지요."

권해주는 대로 맞은편 의자에 앉자 노턴은 자상하게도 차를 한 잔 따라주었다.

"감사합니다."

"그리 솜씨가 좋지 못해 맛있지는 않답니다. 기대하지 마세요."

무슨 말씀을. 노턴이 타주는 차인데 맛이 없을 리가 없잖아요.

노턴이 직접 타준 차라는 데 감격해서 두 손으로 찻잔을 잡았다. 그리고 차를 한 모금 마시고 나자 노턴이 천천히 말을 걸어주었다.

"황성에 나가셨다고 들었는데, 가신 일은 잘되었습니까?"

쳇, 역시 오라버니 이야기인가.

나를 보기 위함이 아니라는 데 조금 실망스럽기는 했지만 미소를 띠며 성심성의껏 대답했다.

"예, 잘되었습니다."

"그래요?"

"참, 어떤 분이 일주일 동안 신전 내에 기거하고 싶다고 하시는데요. 괜찮겠습니까?"

노턴은 가만히 날 응시했다.

이렇게 노턴에게 응시당하면 이상하게 얼굴이 붉어지곤 한다. 너무 매력적이야.

"황제께서 부탁하신 일인가요?"

"예? 예?"

황홀해져서 노턴을 보고 있다가 제대로 못 듣고 반문하자 노턴은 작게 웃었다.

"현 황제, 앨리언 세레시아 펠 아스힌드의 부탁입니까?"

순간 어떻게 대답해야 할지 몰라 입을 다물어 버리고 말았다. 노턴은 이런 내 반응을 보고 알아서 해석하였는지 고개를 끄덕였다.

"그렇다면 머물게 해드려야겠지요. 다른 이들에게는 타국에서 온 수런 신관이라고 해두겠습니다.”

“아… 예, 감사합니다.”

노턴의 방을 나오면서 이상한 생각이 들었다.

대체 노턴은 왜 오라버니의 일에는 저렇게 나서주는 걸까? 내가 신관이 될 수 있었던 것도 노턴의 입김이 작용했다는 소리를 들었다. 또 그것이 오라버니가 날 자유롭게 만날 수 있게 하기 위해서라는 것도.

한데 어째서? 왜? 노턴은 신관인데. 정치와는 전혀 상관없는 분인데. 그리고 오라버니와 오래 알고 지낸 사이도 아닌데. 왜 그 정도로 생각해주고 아껴주는 건지 알 수가 없었다.

이런저런 생각을 하며 기도실로 가니 실비아라는 여자는 졸고 있었다.

세상에! 기도실에서 자다니. 이런 몰상식할 데가!

오라버니는 이런 여자의 어디가 좋은 걸까?

일주일의 시간이 지난 저녁에 난 실비아를 데리러 갔다.

“리나 씨가 어디 있는지 알아요?”

“지금 방에 있을 거예요.”

일주일이라는 짧은 시간 동안 신전에서 ‘리나’를 모르는 사람은 없었다.

그 이유는…

매일 기도실에서 잠이나 자지, 아침, 저녁의 설교 빼먹고 놀러 나가지, 그런데도 노턴은 수련 신관이라며 잘 대해주지…

유명해질 수밖에 없다.

하지만 그것도 이제 오늘로 끝이다, 끝.

그 꼴 보기 싫은 얼굴 안 봐도 되는 거야.

“리나 씨.”

내가 부르는 소리를 듣고 우아한 척—사실 천박해 보일 뿐이다. 오라버닌 왜 이 여자를 좋아하나 몰라—돌아보는 실비아.

"아, 세레나 씨."

여기 와서 날 부르는 호칭이 바뀌었다. '세레나님'에서 '세레나 씨'로.

이제 동등한 관계라 이거야? 기분 나쁘게.

속으로는 투덜거리면서도 입가에 미소를 머금고 실비아에게 다가갔다.

"오늘 떠날 거라는 거, 아시죠?"

"예……."

"오라버니와 헤어지는 거, 슬프지 않아요?"

별로 묻고 싶지는 않지만 호기심이 생겨서 물어봤다. 아무래도 주변에 '연애'를 하는 사람들이 없다 보니—아리아와 디트레이는 예외—그런 게 궁금했던 거다.

그런데 그런 내 질문에 눈가를 촉촉이 하고 하는 말이,

"운명이에요. 어쩔 수 없지요."

였다.

뭐라고오? 운명?!

이 여자, 이제 보니…….

"운명이라고요?"

"그래요. 저와 그분은 슬픈 운명을 타고 태어났어요. 그러니 어쩔 수 없지요."

정말 슬프다는 듯이 말하는 그 모습에 기가 막혔다.

이제 보니 이 여자, 완전 자신이 비극의 여주인공인 줄 착각하고 있잖아?

기가 막힌다.

오라버니는 분명 이 여자의 본성을 모르는 거야. 그러니 빠졌지. 역시 오라버니의 애인은 내가 골라야 돼. 그래야 이런 여자에게 안 걸리지.

"리나 씨, 이제 가지요."

더 이상 이야기하고 싶지가 않았다.

실비아는 조용히 세레나를 따라가면서 속으로 웃었다. 이 귀여운 아가씨의 생각은 눈에 훤히 보였다. '절대 오라버니는 내주지 않아' 라고 온몸으로 말하고 있었으니까. 어쩐지 재미있어서 약간 놀려줄까 하고 멍청한 말을 건네면 팔딱팔딱 뛰며 화내는 모습이 너무 귀여웠다. 세레나 본인은 숨기려 노력하고 있는 모양이지만 말이다. 그래서 계속 그런 태도와 말을 유지하고 있다 보니, 세레나는 자신을 완전 바보 취급하고 있는 것 같았지만 말이다.

속으로 작게 웃던 실비아는 문득 앨리언이 생각나 씁쓸한 기분이 들었다.

실비아는 이 신전에서 지내면서 이미 '조직' 에 연락을 해두었다. 그쪽이 원하던 황궁의 지도와 경비도 넘겨주었다. 그리고 대가로 이후의 안전을 보장받았다.

한마디로 '탈퇴' 를 인정받은 것이다. 다행히 신전에서는 자신을 감시하는 눈이 없어 자유롭게 행동할 수 있기에 가능했던 일이었다. 이제 앞으로 몇 가지 조건만 지키면 자신은 자유라는 생각에 행복했다.

황궁 지도를 넘기면서 앨리언이 마음에 걸리지 않았던 건 아니었다.

'어차피 스라트에서는 황궁 지도 같은 걸 가지고 있어도 쓸 능력이 없으니까 괜찮아.'

그런 생각으로 정보를 넘겨주었다.

하지만 솔직히 불안한 건 사실이었다.

혹시나 앨리언에게 무슨 피해가 갈까 봐 걱정이 되긴 했다.

하지만 지금 실비아는 자신의 일만으로도 머리가 터질 것 같아서 앨리언까지 생각해 줄 수가 없었다.

그쪽에서 '탈퇴' 를 인정하며 내건 조건은 둘.

하나는 다시는 스라트 땅으로 돌아오지 않을 것과 다른 하나는 어떤 요상한 약을 먹는 것이었다.

그 약은 탈퇴 인정과 함께 온 것인데 어쩐지 느낌이 좋지 않아 먹지 않았다.

나름대로 조사해도 알 수가 없어서 노턴 대신관께 약을 우연히 얻게 된 척하며 물었더니 독약이나 다름없는 거라고 했다. 한 모금을 마시면 목에 타는 듯한 고통을 주어 목소리를 잃게 한다고. 그리고 이 병에 들어 있는 전부를 마시면 죽을 거라고.

그렇게 말하면서 자신이 보관하겠다는 노턴 대신관의 말을 정중히 사양하고 품에 넣어두었다.

언제라도 곤란한 지경에 빠졌을 때 죽을 수 있도록.

'혹시라도 그곳에서 내가 살아 있다는 걸 알면 안 되는데. 그렇다고 앨리언이 말한 항구 마을에 숨기는 좀…….'

실비아는 혼자 고민하기 시작했다.

나와 실비아는 조용히 신전을 빠져나와 미리 대기시켜 두었던 마차에 올라탔다.

노턴은 정말 세세한 데까지 잘 신경 써준다니까. 이렇게 마차도 준비해 주고.

마차가 달리는 도중 실비아가 내 눈치를 살피면서 뭔가 하고 싶은 말이 있는지 입을 벙긋거리고 있었다.

"무슨 일이지요?"

"아, 지금 어디로 가는 건가 해서……."

"아자린 강 근처예요. 드레이크 씨가 거기서 출발한다고 하더군요."

간단하게 대답하고 다시 창으로 눈을 돌렸다.

별로 이야기할 것도 없고, 하고 싶지도 않았다.

한동안 말없이 마차가 달렸다.

그리고 어느 정도 시간이 흐르자 마차가 멈춰 섰다.

"여기서부터는 나무가 많아 마차가 달리기 힘듭니다."

걸어가라, 이거로군. 쳇. 아직 꽤 남았는데 말야.

나와 실비아는 마차에서 내려 조심스럽게 숲에 난 작은 길을 따라 걸었다.

한참 동안 걸어가니 달빛을 반사하고 있는, 밤이라 그런지 약간 검은 빛을 띠고 있는 강을 볼 수 있었다. 그리고 그 강 위에 떠 있는 커다란 배도.

"이 배가?"

"그래요."

실비아의 말에 대충 대꾸해 주며 주변을 둘러보았다.

아마도 드레이크가 이 근처에 있을 텐데, 대체 어디 있는 거지?

"세레나 신관님, 절 찾는 겁니까?"

내가 주변을 두리번거리고 있자 한쪽에서 드레이크가 바람둥이 신사 흉내를 내며 말을 걸어왔다.

"드레이크 씨!"

반갑게 이름을 부르자 드레이크는 바람둥이 같은 모습을 치워 버리고 본연의 모습, 즉 호탕한 모험가의 모습으로 돌아왔다.

"오랜만입니다."

"예, 그렇군요."

"잘 지내신 것 같군요."

"그럼요, 신전 안에서 잘못될 일이 뭐 있겠어요. 그보다, 황성 안에서도 별 성과가 없었다고 들었는데요."

"뭐, 어쩔 수 없지요."

"저… 오랜만에 뵙습니다."

우리 둘만의 대화에 참다못한 실비아가 끼어 들었다.

그러고 보니 우리끼리 놀고 있었네. 미안하다고 해야 하나?

실비아는 삐친 표정으로 우리 둘을 빤히 응시했다.

그 모습에 드레이크는 '여어' 하고 아는 척을 해주었다.

"그럼 일단 배 위에 올라가 계시지요."

드레이크의 동료—난 부하라고 생각하지만 드레이크는 모두를 소개할 때 꼭 동료라고 불렀다—한 명이 실비아를 데리고 배 안으로 사라졌다. 그리고 드레이크는 날 보면서 좀 짓궂어 보이는 미소를 지었다.

"자아, 저 아가씨를 어디로 모시면 되지요?"

드레이크는 실비아에게 묻는 대신 세레나에게 물었다. 아무래도 얼굴만 아는 사이인 실비아보다는 세레나가 더 편했기 때문이었다.

"글쎄요, 고향에 돌려보내는 게 제일 무난하다고 생각되네요. 물고기나 짐승들처럼요."

새침데기 아가씨처럼 대꾸해 주자 드레이크는 웃었다.

그리고 잠시 뒤,

"그럼 저 아가씨의 고향은?"

"스라트 국이에요."

잠시 드레이크가 황당하다는 표정을 지었다. 왜 그러는지 몰라 고개를 갸웃거리고 있자 드레이크는 웃음과 함께 설명해 주었다.

"하지만 스라트는 완전 내륙 국가. 큰 강이 흐르지도 않아서 배로 가기에는 무리가 있어요. 고로, 제가 데려다 주기는 힘듭니다."

어라, 그랬던가? 몰랐네.

근데 왜 나한테 가야 될 곳을 묻는 거지? 오라버니가 분명 말해 둔다고 했는데. 어떻게 한다?

그래. 내 임의대로 처리해도 좋다고 했었지? 분명히!

"그럼 계속 데리고 다녀도 돼요."

"하핫, 농담이겠지요?"

"진담요."

잠시 침묵이 흘렀다. 그리고 드레이크는 억지로라는 걸 알 수 있을 정도로 아주 어색하게 큰 소리로 웃기 시작했다.

"와하하하핫! 세레나님 남매의 나쁜 점은 말입니다, 진담과 농담을 구별할 수 없게 말한다는 겁니다."

"솔직히 말해서, 오라버니나 저나 지금까지 남에게 농담 같은 걸 건넨 적이 없을걸요."

다시 침묵을 고수하는 드레이크.

잠시, 아니, 한참 동안 미간을 찌푸리고 생각에 잠겨 있던 그는 조심스럽게 질문을 했다.

"혹시 앨리언 황제, 상황이 많이 나쁩니까?"

"전 잘 몰라요. 워낙 일찍 궁을 나와 버렸으니까요. 하지만 뮤리아님, 그러니까 황비님의 말로는 절대 좋은 상황은 아니라고 했어요."

왜 그런 걸 묻는지는 모르겠지만 일단 솔직하게 대답해 줬다.

이 사람은 믿을 수 있는 사람이니까 말이다. 여행 때 함께 10일이나 항해를 했는걸. 그때 느낀 거다. 믿을 수 있는 좋은 사람이라고.

내가 좀 천방지축이긴 하지만 이런 건 잘 본다고.

"그런가… 그럼 그게 진심이었나? 날 놀리는 게 아니고?"

괜히 심각해져서 혼자 중얼거리기 시작했다. 무슨 말인지는 알 수 없었지만, 전에 오라버니에게 무슨 소리를 들었던 모양이다.

하여간 지금 중요한 건 그게 아니란 말야.

"드레이크 씨, 저 오래 있지 못해요."

"음? 아아… 죄송합니다."

드레이크는 짧게 사과하고 한 걸음 물러섰다.

"그럼 실비아라는 아가씨는 일단 내가 데리고 있도록 하겠습니다."

"그래 주세요. 그리고 짬짬이 시간 내서 저에게 실비아에 대한 상황 좀 가르쳐 주세요."

"응? 왜 그러시는지?"

"그냥 궁금해서요."

드레이크는 미미하게 웃었다.

"그러도록 하지요."

"고마워요."

"아닙니다."

"그럼……."

난 가볍게 인사를 건네고 바로 돌아서서 마차가 기다리고 있는 곳으로 향했다.

헤헤헤, 이제 난 몰라.

난 오라버니가 시키는 대로 다 했다고.

*　　　　*　　　　*

첫눈이 오는 날이었다.

오랜만에 뮤리아와 차를 마시고 있다가 지나가듯이 한 말에 놀라 버렸다.

"뭐?"

"그렇게 놀라실 건……."

내가 놀라자 뮤리아는 난처해하는 미소를 띠었다.

하지만 충분히 놀랄 만한 말이었다. 시르 공작이 출산을 위해 자신의 영지 중 하나로 요양을 갔다는 말에는 놀랄 게 없다. 그 틈에 '준비'를 해야 하지 않겠냐고 한 말도.

하지만 대체 황성 구석에 조용히 있으면서 어떻게 시르 공작이 다른 곳으로 떠났다는 걸 알아내는지 모를 노릇이다. 하도 조용히 사라진 거라서 대부분의 귀족들은—심지어 아주 친하다는 카난 공작까지도—수도 내 저택에서 조용히 있는 거라 생각하고 있는데. 나야 키나이가 말해 줘서 안다지만 뮤리아는 대체 무슨 수를 써서 알아낸 건지 알 수가 없다.

"시르 공작 쪽까지 체크하고 있었나?"

묘한 감탄 섞인 내 말에 뮤리아는 작게 웃었다.

"아니, 그저 필요할 것이라기에 대략적으로만 알아두고 있었던 것뿐입니다."

변명조로 말을 하며 미소 짓는 뮤리아.

그런데 말이 좀 이상한걸.

"'필요한 것이라기에' 라니… 누가 그런 말을 한 건가?"

"예? 아니… 그게……."

"아니지, 그 이전에 대체 어떻게 그런 말이 나오게 된 거지?"

좀 수상하긴 했었어.

정치에 '정' 자도 모르는 상태에서 시집 온 사람이 최근 들어서는 이

런저런 정보를 체크하고 있지 않나, 각 세력에 대해 공부하고 있지를 않
나, 또 지금 상황에 대한 것까지 파악하고 '준비' 라는 말을 꺼낼 정도라
니 말이다.

내 추궁 어린 시선을 피하던 뮤리아는 결국 한숨을 내쉬고는 입을 열
었다.

"언젠가는 아시게 될 일이니까요."

라고 하면서.

그렇게 말하고도 한동안은 말하기 어려운 듯 머뭇거리다가 결심한 듯
날카로운 눈빛으로 날 응시했다.

"그보다 먼저 여쭤보고 싶은 게 있어요. 폐하께서 제가 막 이곳으로
왔을 때 다른 사람이 아닌 하네인 후작을 붙여주셨지요? 어째서 하네인
후작이었는지 여쭤보고 싶어요."

전혀 예상치 못했던 질문에 말문이 막혔다.

잠시 망설이기는 했지만 그냥 솔직하게 대답하기로 결심했다.

'솔직하다' 는 게 위험한 일이 될 수도 있지만 한번 믿어보지 뭐.

"하네인 후작이라면 그대 옆에서 쓸데없는 생각을 품지 않게 만들어
줄 것이라고 생각했지. 그리고 몇 안 되는 믿을 수 있는 사람이기도 했
고. 왜 묻는 거지?"

하네인 후작을 절대적으로 믿을 수 있는 이유는 별거 아니다. 전에 모
든 세력가들을 만나러 다녔을 때 그녀가 한 말 때문이다. 내 제안… 이라
기보다 힘이 되어달라는 말을 듣고 '기본적으로 사람을 믿지 않지만, 내
가 싫어하는 사람이 궁지에 몰리는 건 좋아하죠. 그러니 돕겠어요' 라고
말했었다. 덧붙여서 시에라를 반드시 없애자고도 했고. 거기에 덤으로는
시르 공작과 친하게 지낼 생각은 조금도 없으니 연결해 주지 말라고 했
었다. 그걸 듣고 참 솔직하구나 하고 감탄했었는데.

내 대답을 들은 뮤리아는 만족했다는 듯이 미소를 짓고는 천천히 말을 이었다.

"그럼 그냥 제 말을 들어주세요. 처음에, 결혼식을 한 다음날 하네인 후작이 나에게 해준 말이 있어요. 처음에는 무슨 말인지 전혀 이해 못했지만요. 그녀는 저에게 '지금 황제께서는 아직 쉬고 계십니다. 당신은 그분이 일어나실 때를 위해 많은 공부를 하시고, 모든 것을 세세하게 알아두셔야 할 거예요. 일단은 제가 도와드리지요' 라고 말했어요."

하네인 후작이 뮤리아에게?

설마 하네인 후작은 다 알고 있었던 걸까, 시르 공작과 나의 일을?

"뭔가 오해하실 수도 있어서 말씀드리는 건데, 그녀는 '폐하께서 직접 말씀하시지 않는 한 모르는 척 조용히 숨을 죽이고 있을 수밖에 없다' 고 말했어요. 폐하의 명에 절대적으로 고개를 숙일 분이란 말이에요."

그, 그런가. 그건 그렇고 의심한 게 바로 들켰군. 나, 혹시 생각이 얼굴에 다 나타나는 걸까?

내가 속으로 고민을 하든 말든 뮤리아는 설명을 계속했다.

"그렇게 말하면서 저에게 많은 걸 가르쳐 줬어요. 현재 세력이 어떻게 나눠져 있는지, 그 상관 관계가 어떤지, 그리고 정보를 모으는 방법도 배우게 되었지요."

그런데 말이 조금 이상한 것 같은데?

"미안한 말이긴 하지만 하나 물어보지. 하네인 후작은 그대의 어떤 점을 믿고 그런 걸 모두 가르쳐 준거지?"

"그건… 절 믿었다기보다 제 상황을 본 것이라고 하더군요."

상황? 아, 그렇군.

"폐하께서 잘못되시면 저 역시 무사할 수 없으니 도울 수밖에 없는 관계라고……."

"알고 있어."

뮤리아는 작게 미소 지었다. 그리고 분위기를 바꾸려는 듯 명랑한 목소리로…

"자, 이제 상황 설명 끝입니다. 그럼 이제 어떻게 하실 거예요?"

"어떻게냐니… 뭘?"

갑작스런 말에 얼떨떨해서 되묻자 뮤리아는 답답하다는 듯 소리쳤다.

"당연히 앞으로의 계획이잖아요, 계획!"

그렇게 되나. 하지만 난…….

"별 생각 없다는 말씀은 하지 마세요. 정말로 모든 걸 시르 공작에게 넘길 생각은 아니잖아요."

"아아……."

난 긍정도 부정도 하지 않았다.

하지만 하네인 후작이 아주 확실하게 가르쳤군. 멋져. 안 그래도 이제 슬슬 움직여 볼까 하고 생각하고 있었다. 나 역시 얌전히만 있을 생각은 없으니까.

얼마 전까지야 그저 평온하면 좋다고 생각했지만 뭐, 어쨌든 바람을 일으킬 계획은 생각하고 있다. 이미 여름부터 준비하고 있었고. 이제 적절한 시기를 봐서 실행하면 될 뿐.

한동안 생각에 잠겨 있다가 문득 앞을 보니 뮤리아가 기대에 찬 눈으로 날 보고 있었다. 내 태도를 보고 '계획'이라는 게 세워져 있다고 생각하고 기대하는 모양인데… 하지만.

"지금은 말할 수 없군. 이번에 벌일 일은 앞으로의 일에 대한 연막일 뿐이니 괜히 지금 위험을 감수할 필요는 없겠지."

나름대로 부드럽게 잘 말했다고 생각했는데 뮤리아는 그렇게 느끼지 않았나 보다. 실망한 듯한 표정을 하고 가만히 날 응시했다.

난 그저 난처해서 웃을 뿐이었고.

한참을 그렇게 대치하다가 납득해 주었다.

"알겠습니다. 그럼 그렇게만 알아둘게요. 다만……."

"다만?"

내가 되묻자 뮤리아는 뾰루퉁한 표정으로 단호하게 말했다.

"저와 하네인 후작을 의심해서 말씀 안 하시는 거라면 정말 화낼 겁니다."

뮤리아의 협박을 마지막으로 티타임을 끝내고 집무실로 돌아왔다.

생각없이 집무실 문을 열었더니 키나이가 서 있었다. 그리고 내가 들어오자마자 편지를 건네주고는 다시 돌아갔다.

"흐음……."

리아나 이모님에게서 온 편지로군.

리아나 이모님과 아주 관계를 끊을 수는 없기에 가끔씩 편지를 교환하고 있었다. 최근에는 더 자주 주고받고 있다. 확실히 이모님의 조언은 도움이 되니까.

어디 볼까?

말씀 잘 알았습니다. 역시라는 생각이 들 정도로 거의 확실할 작전입니다.

하지만 이번 일이 '연막'이라고 한다면 '진짜'는 어떨지 궁금합니다. 아마 시르 공작 역시 만만치는 않을 터입니다.

'연막' 역시 너무 가볍다면 후의 일 역시 견제당하겠지요.

그렇다고 이번 일로 인해 견제를 당하게 된다면 앞으로의 일들이 의미가 없어지는 것이니, 주의 깊게 생각하고 움직이시기를 권해 드리겠습니다.

흐음…

리아나 이모는 생각이 꽤 깊은 사람 같다니까.

난 가끔씩 이분이 레비스를 조종하고 있는 게 아닌가 하는 생각이 들곤 한다. 확실히 레비스는 침착하고 현명하기는 하지만 '정치' 라는 단어에는 별로 안 맞는 사람 같으니까 말이다. 남에게 이중적인 태도를 취하지는 못하는 사람이다. 다른 이들처럼 앞에서는 온갖 아부를 하고 뒤에서는 음모를 꾸미는, 그런 사람이 아니다. 반면에 이분은 '정치' 라는 단어처럼 오랫동안 이중 생활 같은 거에 익숙해져 있는 사람 같다는 생각이 든다. 내 생각일 뿐이지만.

뭐, 레비스도 얼마든지 냉정해질 수 있는 사람이다. 다만 남에게 거짓으로 고개 숙일 수 있는 사람은 아니라는 것뿐.

난 촛불로 편지를 태우고 나서 의자에 기대앉았다.

"제노시아."

"예."

"카난 공작에게 자식이 있었던가?"

"……?"

내 말이 의외였는지 의문을 표시한다.

"자식이라면 둘이 있다고 들었습니다만… 왜 그러십니까?"

흐음… 뭔가 필요가 있을지도 모른다는 생각이 들긴 하지만 일단 그쪽은 내버려 둘까? 아무래도 시르 공작의 측근이라 할 수 있는 사람이니 어떻게 손을 써볼까 하긴 했지만, 시간이 그리 넉넉한 것도 아니고…….

레비스야 리아나 이모님이 잘 설득하고 계신 중이고, 다른 세력가들이야 알아서 하게 내버려 두는 게 더 속 편하고. 카난 공작만 잘 처리하면 되는데…….

간단하게 끝낼 방법을 알아둬야겠군.

"어쌔신 길드라는 거, 신뢰할 수 있는 걸까?"

"경우에 따라서는… 이겠지요. 하지만 저번에 키나이 씨가……."

"그래, 이제 기억나."

말을 하고 나서야 기억났다. 키나이가 시르 공작에 대해 조사하며 가르쳐 줬던 일.

수도 내에 가장 큰 영향력을 가지고 있는 어쌔신 길드는 시르 공작의 소유라는 것을. 이걸 듣고 꽤 놀랐었는데 금방 잊어버렸군.

아우우… 그럼 어떻게 해야… 대체 어떻게 해서 카난 공작을 잠시 수도에서 나가 있게 할 수 있을까?

방법을 생각해 내야 하는데. 방법을…

"생각 좀 해주지 그래?"

난 머리에서 열이 날 정도로 생각에 잠겨 있는데 눈앞의 제노시아는 너어~무 한가해 보여서 한마디 했다.

"제가 끼어들 일이 아니라고 생각됩니다만."

그렇게 대답하면 할 말이 없어진다.

확실히 제노시아의 일과 전혀 관계없기는 하지만 그래도…….

"그래, 너와 의논하느니 세레나와 의논하는 게 낫겠지."

"세레나님… 말씀이십니까?"

물론 세레나도 전혀 도움이 안 되는 녀석이기는 하지만.

"너무 고민만 하시면 안 좋습니다."

제노시아가 날 달래듯이 부드럽게 말했다.

그래, 나도 안다고. 하지만 시간이 별로 안 남았어. 적어도, 적어도 시르 공작이 진심으로 나서기 전까지는 대략적인 준비를 끝내야 해.

눈이 오던 날, 키나이가 짧은 말을 전했다.

"시르 공작이 출산을 했습니다."

"그런가…… 성별은?"

"여아입니다."

간단한 대화를 끝으로 키나이는 돌아갔다.

난 길게 한숨을 내쉬었다.

그 아이가 내 후계자가 될 거라 이거지? 남자 아이가 아니라 그나마 다행이군. 여자 아이라면 후계자로 입양할 때 너무 안 좋은 소리는 안 나올 테니까.

하지만 이제 시르 공작이 본격적으로 나에게 압박을 넣겠구나.

"무슨 일로 먼저 날 찾았는지 모르겠군."

"호호, 꼭 일이 있어야만 찾겠습니까? 저희는 부부가 아니었는지요."

아무렇지 않은 듯 얼렁뚱땅 말하며 미소 짓는 뮤리아를 보자 나도 허탈한 웃음을 지을 수밖에 없었다

이거, 나날이 성격이 변하는군.

내가 예전에 '어머니를 닮은 것 같다' 고 말한 게 화근이었는지, 그 말을 한 날 이후로 나날이 변하고 있다.

왜 그런지 모르겠단 말이야.

"호오, 그런가? 협박까지 해가면서 부르기에 무슨 특별한 이유가 있을 거라 생각했는데 말이지."

"어머나, 제가 그랬습니까? 전 기억이 없는데요."

기억이 없기는 무슨…

평소처럼 집무실에서 일 잘하고 있는데 갑자기 시녀를 보내서 '재미

있는 이야깃거리가 있어요. 빨리 와주세요' 라고 했었다.

귀찮기도 하고 별일 아니려니 하고 안 가겠다고 하자 심부름 온 시녀가 그 자리에서 훌쩍이기 시작하는 거다. 시녀들이 이런 식으로 나오는 건 처음 보는지라 약간 황당해하고 있는데 한다는 말이, 자신은 스라트에서 뮤리아를 따라온 시녀이며, 지금 모셔가지 않으면 자신은 물론이고 가족을 모두 죽이겠다고 했다는 거다.

이 정도면 훌륭한 협박이 아니고 뭐겠는가. 장난이었다며 깔깔거리면 할 말 없어지겠지만.

"별로 그랬던 것 같지 않던데."

"저같이 여린 소녀… 아니, 이제 여인이라고 하지요. 저같이 여린 여자가 무슨 그런 흉악한 짓을 하겠어요? 그 심부름했던 아이에게 물어볼까요?"

나날이 능청이 느는군.

적어도 그 시녀에게는 진담이었고, 협박이었을 거다. 그리고 내가 거기까지 신경 써줄 필요는 없는 문제다. 하지만! 뮤리아의 반응을 보면 왠지 한번 찔러보고 싶어진다고 할까. 하여간 그래서 매번 말을 꺼내고 만다.

"그래, 그랬다고 생각하지."

"예."

또 매일 이런 패턴이 이어진다. 끝까지 말꼬리 잡고 장난칠 수도 없는 노릇이라 대충 넘어가게 되는 거다.

"그래, 무슨 할 말이 있는 것 같던데."

"예, 실은 드릴 말씀이 있답니다."

뮤리아는 장난스럽게 윙크하며 뒤에 서 있던 시녀를 시켜 무언가를 가져왔다. 슬쩍 보니 편지인 것 같은데…….

내가 그 편지를 빤히 보고 있다는 걸 안 뮤리아는 그걸 받아 요염한 고양이 같은 미소를 지으며 편지를 손으로 쓸었다.

"……."

"어머, 재미없어라. 그렇게 질렸다는 표정 짓지 마세요."

하지만 내 반응이 기대에 못 미쳤는지 금방 그만두고 투덜거렸다. 그리고 편지를 탁자에 올려놓고 내 쪽으로 밀었다.

"읽어보세요. 제가 말로 전하는 것보다 직접 보시는 것이 나을 것 같다는 생각이 들어서요."

자신은 전혀 관심없다는 표정이었다.

편지를 보니 뮤리아의 오라버니라고 하는 레이르가 보낸 것 같았다.

"별 내용은 없어요."

뮤리아가 한마디 덧붙이는 걸 들으면서 천천히 편지를 읽었다. 확실히 별 내용은 없었다.

뻔하디뻔한 내용. '친애하는 나의 동생, 아린드의 황비 뮤리아'로 시작한 편지는 결국 그라딘인가 하는 친족이 자신을 노리고 있으니—정확히는 왕의 자리다—도와달라는 내용이었다. 뮤리아는 아린드의 황비이니 가능하지 않냐고.

"확실히 별거없군."

"그렇죠?"

뮤리아는 관심없다는 태도로 대답하며 차를 한 모금 마셨다. 그리고 장난기 어린 눈으로 그 편지를 다시 받아 들며,

"나름대로 날 믿고 보낸 모양인데 불쌍하긴 하지요?"

"흐음?"

"그래서 조금 도와줄까 하는데요."

뮤리아가? 어조를 보건대 진심으로, 제대로 된 의미로 도와주겠다는 말이 아닌 것 같은데… 어쩐지 재미있겠다는 생각이 드는걸.

"호오……."

내가 흥미를 나타내자 뮤리아는 키득거리며 웃었다.

"무슨 생각을 하고 계신지 모르겠네요. 전 진심으로……."

혼자 진지한 척하는 뮤리아에게 한마디.

"눈이 웃고 있어."

"어라, 그런가요? 조심해야겠군요."

"장난은 여기까지 하고. 정말 도울 생각인가?"

진지한 어투에 뮤리아도 아까까지의 장난기를 지우고 부드러운 미소를 띠었다.

"절대 도울 필요가 없다고 생각해요. 그렇지 않나요?"

"확실히."

"쓸데없이 저희들만 힘을 빼게 될 일이죠."

맞는 말이었다.

내가 고개를 끄덕이자 뮤리아는 다음 말을 이어갔다.

"하지만… 이용 가치가 있을지도 모른다는 생각도 들어요. 솔직히 말씀드려서, 전 어떻게 해야 할지 잘 모르겠어요. 아직 미숙한 모양이에요."

조금 멋쩍어하는 웃음에 나도 따라 미소 지었다.

나름대로 공부하고 노력하고 있지만 아직은 잘 모르는 모양이다. 지금까지 뭐든지 아는 척 다 해놓고 '모르겠다'는 말을 해서 쑥스러운지 뺨에 약간 홍조를 띠고 있었다.

"솔직히 말하자면, 어떤 방법이 더 좋을지는 나도 모르겠군."

내 말에 멍한 표정을 지은 뮤리아는 이내 웃음을 터뜨렸다.

"후훗! 저희 둘 다 초보로군요?"

"그렇다기보다 워낙 사람이라는 건 예측이 불가능한 생물이라……."

"변명은."

"아아……."

또 분위기가 ‘장난’ 으로 흘러간다.

이러면 안 되는데 하면서도 재미있는 걸 어떡하리.

“그래서, 스라트를 어떻게 하고 싶은 거지?”

“글쎄요… 제가 무슨 힘이 있나요.”

전혀 관심없다는 말투. 자신의 고향인데, 자신의 조국인데 망하든 말든 관심이 없나 보다. 기가 막혀서 보고 있자 내 시선을 눈치 챈 뮤리아는 귀엽게 웃었다.

“망하지는 않을 거잖아요? 왕만 바뀔 뿐. 아린드에서 개입해 망하지는 않게 할 거 아닌가요? 지금까지 그래 왔듯이 말입니다.”

확실히 그랬다. 지금까지 스라트나 세튼, 네라파, 즉 속국들이 망할 것 같으면 손을 써서 도와주었다.

정확히 나라가 없어지지 않을 정도로만. 그리고 그 이상은 절대 간섭하지 않았다. 그게 우리 아린드와 속국들의 관계였다. 마치 국내의 어떤 영지가 타인의 침입에 의해 위험하다고 생각되면 도와주는 것처럼 말이다.

“그렇기는 하지.”

“그러니 상관없지 않나요?”

그래도 고향에서 내전이 일어날지도 모른다는데 지나치게 태연하다.

처음의 나약해 보이던 사람이 아닌 것처럼 말이다.

“스라트의 일은 그대에게 맡기지.”

“정말이십니까?”

의외인지 눈을 동그랗게 떴다. 그리고 아내 피식 웃어버린다.

“농담도…….”

“아니, 진심이다.”

“하지만……!”

멍한 표정을 짓는 뮤리아.

뭐, 내가 말도 안 되는 소리를 했다는 거 나도 안다. 내가 허락하네 마네 할 수 있는 문제가 아니다. 그리고 뮤리아가 어떻게 행동할지도 알 수 없는 문제고.

하지만 스라트가 망하지는 않게 누군가가 지켜보고 있어야 한다. 그 역할을 맡기는 것뿐이라고 생각하면 되겠지.

조금 불안하긴 하지만.

"수업이라 생각하고 잘해보라고. 눈에 보일 정도로 나설 수는 없겠지만."

"그렇군요. 이론만으로는 힘든 법이니까요. 열심히 공부하겠습니다."

그리고 생긋이 웃는다.

위험할 수도 있다는 말은 절대 입에 담지 않고.

"어떻게 할 생각인지 들어도 될까?"

"예, 물론입니다. 앞으로도 계속 상황을 말씀드릴게요."

내가 말하고 싶었던 걸 잘 알고 있는지 알아서 보고하겠다고 한다. 하지만 나도 나름대로 조사해야겠지. 거짓말할 수도 있는 거니까.

"하여튼 레이르는 귀가 얇으니까 쉽게 말을 들을 겁니다. 생각보다 쉽게 조종할 수 있을 거예요."

꽤 자신만만하게 말한다. 할 수 있을 거라면서.

뭐, 이걸로 한동안 내 일에는 신경 쓰지 않겠지.

그걸 위해서라면 스라트가 좀 복잡해지는 것쯤이야… 어차피 내가 신경 쓸 일도 아닐 테니. 이제 한동안 가끔씩 이야기만 들어주면 되겠지. 다행이다, 정말 다행이야. 나날이 상대하기 힘들어지고 있다니까, 뮤리아는.

난 키나이가 가져온 정보를 보며 상당히 복잡한 기분이 들었다.

쓰여 있는 건 한 사람의 신상 명세.

이름은 '카이스란 피오드 엘레하 쉐른 에이라이너'라는 아주아주 긴 이름이고, 위치는 에이윈의 제4황자.

그리고 나와의 관계는…

"그러니까, 이 황자의 대부가 바로 리스튼 황제라고?"

"예."

대부라는 건 에이윈에 있는, 에이윈 황족에게만 있는 제도다. 황족이 태어나면 황제나 그 비—태어난 아이의 어머니—가 아닌 다른 사람이 이름을 지어주는데, 그 황자는 자신의 이름을 지어준 사람을 대부나 대모로 칭해 친부모처럼 생각한다. 그리고 그 집안의 권력이나 그런 것도 기대할 수 있다. 물론 그 대부나 대모도 그 황자를 도와주고.

한마디로 친족이나 다름없이 생각하는 것이다. 이름을 준 사람 역시 피를 나눈 사람과 마찬가지로 생각하니까.

그런 고로…

"이 카이스란 녀석이 생각하기에는… 내가 형제나 다름없겠군 그래."

"예, 그럴 겁니다. 확실히 지금도 저희 쪽에 유난히 관심을 보이고 있지요."

에이윈 쪽의 지배 계층 중에서 '여러 가지 의미에서 은밀한' 연락을 취할 수 있는 사람을 찾아보라고 했더니 이자의 이름을 가져온 거다.

확실히 나와의 관계를 생각할 때 가장 쉽게 연락을 취해볼 만하긴 한데.

"황위에는 관심이 없다고 되어 있군."

"정확히 말씀드리자면 '국내의 세력이 없어 황제가 되지 못하니 포기했다'입니다. 나름대로의 야망은 있는 모양입니다."

그나마 다행이로군. 황위에 아주 관심이 없다면 연락을 취해봤자 소용없는 일이니.

"흐음……."

“다른 이들을 찾아볼까요?”

“아니, 됐다.”

그냥 나가지 뭐. 솔직히 말하자면 그다지 중요한 일도 아니니까.

키나이에게 가보라는 손짓을 하며 카이스란에 대해 적힌 종이를 들어 자세히 읽었다.

“그다지 눈에 띄는 건 없군.”

“그렇습니까?”

취미, 특기도 없고… 군주로서의 자질 역시 그럭저럭. 지지 세력은 없다고 보면 되겠고. 확실히 황제가 될 사람은 아닌 듯하다. 욕심 부릴 처지도 아닌 것 같고.

키나이가 말한 ‘나름대로의 야망’ 이 뭔지는 모르겠지만, 일단 편지라도 써볼까?

목적이 일치해야 될 텐데 말야. 그렇지 않다면 아무 소용 없으니 일단 보류해 둘까, 아니면 슬쩍 떠보기라도 할까? 고민되는걸.

에라, 일단 편지나 보내보자. 해보고 아니라면 관두면 될 일이니.

“어떻게 써야 될지 모르겠군.”

“폐하께서는 편지를 잘 쓰지 않으시니까요.”

내가 잘 못 쓴다는 말을 살짝 돌려 말하는 제노시아.

그렇다고 이런 일을 다른 자에게 대신 써달라고 할 수도 없고.

도전해 봐야지.

어쨌거나 ‘나의 아버님 되시는 리스튼 황제께서 그대의 대부라는 사실을 알았기에 늦으나마 이리 연락을 하는 바이오’ 를 시작으로 약간의 형식을 넣어서 안부 편지를 보내면 되는 거겠지?

한참을 끙끙거려서 편지를 완성하고 나자 또 다른 문제에 봉착했다.

“이걸 어떻게 전한다…….”

사신을 보낼 수는 없다. 은밀하게 이루어져야 하는 거니까 말이다.

그렇다고 해서 너무 슬쩍 만나면 상대 쪽에서 정말 내가 보낸 건지 의심하고 모른 척할 수 있으니 그렇게 해서도 안 된다.

꼭 상대가 보고 믿어줄 방법, 그리고 조용히 진행시킬 수 있는 방법.

이렇게 되면 하나뿐이로군.

"제노시아."

"예."

"키나이를 좀 불러줘."

갑자기 왜 부르는 건지 이해를 못한 듯하긴 했지만—방금 왔다 갔으니 말이다—어쨌든 내 말에 따라 키나이를 불러주었다.

그리고 잠시 후 불려온—왜 와야 되는 건지 이해를 못하는 듯한—키나이에게 난 방긋이 웃으며 편지를 내밀었다.

"전해줘."

"예?"

무슨 말을 하는 건지 전혀 모르겠다는 반응에 난 다시 한 번 말했다.

"이 편지, 그 카이스란 황자에게 전해달라고."

그제야 무슨 말을 한 건지 이해한 키나이는 살짝 미간을 모았다.

"제가 왜 그래야 합니까? 이런 건 제 일이 아닐 텐데요."

"할 사람이 없어서 말이지."

천천히 손가락을 꼽아가며 설명해 주었다. 아주 친절하게.

"아리아는 이런 일을 맡길 수 없어. 상대에게 조심할 줄 모르는 사람이니 위험할 것 같다고 할까. 그렇다고 제노시아를 보낼 수도 없지. 얼마나 걸릴지 모르는데 그동안 그가 자리를 비우면 곤란하잖아. 어쌔신이 올 수도 있는 일이니. 안 그래?"

빙글빙글 웃으며 한마디를 덧붙여 주었다.

“그래서 키나이 당첨.”

“말도 안 되는 소리 하지 마십시오!”

장난스러운 말에 키나이는 버럭 소리를 질렀다.

놀라라. 키나이가 자기 페이스를 잃는 건 오랜만에 보는데?

소리를 지르고 나서 ‘아차’ 하는 표정을 짓더니 이내 평소의 무표정으로 돌아갔다. 하지만 절대 편지를 전해주는 일은 하기 싫은지 뚱한 표정이었다.

“그렇게 싫은가?”

“전 정보 요원이지 편지 배달부가 아닙니다.”

“외무대신들은 배달부가 아니라도 자주 하는데.”

일부러 유들유들하게 말을 받아쳤다.

예전에는 내가 키나이에게 휘둘렸지만 요즘은 다루는 방법을 확실하게 알게 되었다. 진지하게 응수하는 것보다 장난치듯이 말을 돌리는 편이 훨씬 낫다는 걸 말이다.

“제 일은 정보 수집이 아닙니까?”

“그럼 하나 시키지. 에이윈 내에서 카이스란 황자의 입지 좀 자. 세. 히. 알아봐. 그리고 이왕 가는 길에 편지도 전해주고.”

“폐하아…….”

지옥에서 막 올라온 듯한 목소리로 으르렁거리는 키나이를 보자 슬쩍 웃음이 나온다. 하지만 지금 웃으면 절대 안 되지. 키나이가 자신을 놀린다며 도망가 버릴 게 뻔해.

“그렇게 안 불러도 알아듣네. 내 귀는 정상이거든.”

“정상이시라면 다른 분께 시키심이…….”

“키나이, 그대에게 시키는 게 가장 빠르고 정확하다고 생각하는데. 아닌가?”

키나이는 어쩔 수 없다는 걸 알고 체념했다.

“알겠습니다, 전해 드리지요. 하지만……”

“아, 그래. 앞으로도 카이스란 황자와의 연락을 책임질 거지?”

난 키나이가 ‘앞으로는 절대 안 한다’ 는 말을 하기 전에 말을 가로챘다.

“예?”

“할 수 있지?”

“읍… 알겠습니다. 하지만 카이스란 황자와의 연락뿐입니다.”

“알았어.”

나중에 필요하면 또 설득시키면 될 일이니까.

여기까지는 말해 줄 필요가 없는지라 속으로 삼키면서 고개를 끄덕였다.

약간 의심스러운 눈초리로 날 보던 키나이는 조용히 편지를 받아 들고 사라졌다.

“완전히 키나이 씨 다루는 방법을 익히셨군요.”

제노시아가 묘하게 감동한 어조로 말했다.

한두 해 겪다 보니 자연스럽게 익히게 된 거지. 키나이의 반응에 익숙해진 거라고 할까.

난 남은 일을 해치우고 나서 곧바로 일어났다.

집무실에서 오래 시간을 보내고 싶지는 않았다. 같은 일을 해도 집무실에서 하면 어쩐지 다 늙은 사람이 골골거리면서 희미한 한줄기 햇살을 받고 있는 회색 빛 풍경 같다는 생각이 든다고 할까. 한마디로, 똑같은 일을 해도 집무실에서 하면 재미도 없고, 따분하고, 시시한 듯한 느낌이 든다는 말이다.

난 혼자 망상에 젖어 있다가 낮게 혀를 찼다.

지금 내가 무슨 소리를 하는 건지 원…….

혼자서 뭔가 중얼거리다가 고개를 젓고 있는 모습을 보며 제노시아가 이상하다는 눈빛으로 날 봤지만 난 대답 대신 희미하게 웃어주었다.

다음날, 정무 회의가 끝나자마자 난 뮤리아의 궁으로 갔다.

이곳에서 사람을 만나기로 했는데 내가 조금 일찍 온 모양이다.

"폐하, 그분은 좀 늦으시네요."

어쩐지 초조한 기분이 드는 나와 달리 느긋한 뮤리아는 부채로 얼굴을 가리며 웃었다.

"즐거운 듯하군."

"그럴 수밖에요."

지금 만나려는 사람은 리아나 이모님이다.

이런저런 상황도 있고 지금 토론할 일도, 그리고 이모님을 만나는 것도 되도록이면 눈에 띄고 싶지 않아 이곳을 택했다. 아무래도 뮤리아는 '정치에 간섭 안 한다'고 본인이 말했던 차에 그리 경계하고 있지 않으니까 조용히 만나기 좋을 것 같아서 이곳으로 정한 것이다.

상황을 설명하고 난 후 뮤리아가 이상하게 즐거워하는 것 같다는 느낌이 들어 기분이 이상하다. 그렇게 좋아할 일 같지도 않은데 뭐가 저렇게 재미있는 건지.

"호호호."

상당히 기대하고 있는 듯 시종들을 물리고 직접 찻잔을 늘어놓으며 웃고 있었다.

대체 뭘 기대하고 있는 건지…….

"정말 기대돼요. 폐하께서 '믿을 수 있는 친족'이라고 말씀하신 분이 어떤 분인지."

아아, 그래서 저렇게 들떠 있는 건가.

"정말이지, 이런 분께 미리 인사를 드렸어야 하는데, 폐하께서 소개를 안 해주시니 누군지 알아야죠. 그나저나 다행이로군요. 황족에게는 친족

디란 서로 목숨을 노리는 사이나 다름없는데 믿을 수 있는 분이 있다니 갈이에요."

그리고 계속 뭐라고 종알거리는 뮤리아의 말을 다 받아주기가 힘들어 슬며시 고개를 돌렸다. 다 들어주다가는 이모님을 만나기도 전에 진이 빠져 버릴 것 같았다.

한숨을 내쉬고 멍하니 하늘을 보고 있는데 시녀의 리아나 이모님이 오셨음을 알리는 소리가 들렸다.

"리아나 프 리튼, 제국의 빛이신 황제 폐하를 뵙습니다."

이모님은 시종들의 눈을 의식해서인지 아주 우아하게 인사를 했다.

"오랜만이오."

"반갑습니다."

난 얼렁뚱땅 대답하며 넘겼고 뮤리아는 목례로 인사를 받았다. 그리고 뮤리아가 시종들을 모두 물리고 나서 이모님께 자리를 권했다.

"앉으시지요."

대충 자리를 잡자마자 뮤리아는 부채로 얼굴을 가렸다. 마치 자신은 나서지 않겠다는 듯이.

"황비님과 사이가 무척 좋아 보이는군요."

"하아?"

"좋은 일입니다."

리아나님 혼자 납득한 듯 고개를 끄덕거리더니 평안한 미소를 지었다.

그 말에 뮤리아는 부채로 입가를 가린 채 키득거리며 웃었고, 난 웃지도 못하고 황당한 표정으로 리아나 이모님을 보고 있을 뿐이었다.

마치 '부부간에 사이가 좋아 보인다' 는 듯한 말이었기 때문이다.

나나 뮤리아나 서로를 친구라고는 생각해도, '반려' 라고는 생각하지 않으니까.

이모님은 분위기가 어떻든지 간에 할 말을 하기 시작했다.

"절 부르신 이유가 무엇인지 여쭈어도 되겠는지요."

"아시리라 생각합니다만."

"아니오, 전혀 모르겠답니다. 레비스에 관한 일이라면 서신으로 주고 받아도 될 터인데 부르실 이유가 없지 않습니까."

맞다. 꼭 만나서 이야기할 이유는 없다. 오히려 만나서 이야기하면 위험할 수도 있으니 피하는 편이 좋다고 할까.

"특별한 이유는 없습니다. 다만 다시 마주 보고 싶었다고 할까요."

"폐하께서 저 같은 여인에게 존대하심이 불편합니다만."

내 말에 이모님은 전혀 다른 대답을 하셨다.

그때 약속한 대로 남처럼 지내자는 의미거니 하는 생각이 들었다. 아무리 대귀족, 공작 부인이라지만 황제인 내가 존칭을 써주는 건 어색한 일이고. 인척 관계가 아닌 한 말이다.

"그렇다면 편하게 말하도록 하지."

"예."

하지만 이모님께서 이러신다 해도 바로 평대하는 나도 참…

"우선 레비스는… 재상은 이런 '안쪽'의 일에 참견하지 않겠다고 했습니다. 폐하께서 의도하신 바대로, 시르 공작과의 일은 중립을 지키겠다는 의사를 표명했다고 봅니다만."

부드러운 어조.

역시 레비스는 중립을 택했군. 하긴 쓸데없이 끼어들다가 다치고 싶지는 않겠지.

"도와주어서 고맙군."

"아닙니다. 어차피 레비스 역시 그럴 생각이었던 모양입니다."

별거 아닌 듯, 전혀 도움이 안 되는 듯이 말하기는 하지만 잘된 일이다.

나로서는 직접적으로 레비스의 생각을 알아낼 수가 없으니까. 혹여 시르 공작 쪽으로 가버릴까 봐 신경 쓰지 않아도 되고, 적도 하나 줄어드는 셈이고. 좋은 일이야.

"뭐, 그건 그렇고… 그대는 일에 관여하지 않을 생각인가?"

나로서는 이모님이 날 좀 도와주면 좋겠지만.

"안 하는 게 아니라 못할 것 같습니다. 아무래도 시집 올 때 리튼 가와 한 약속이 있기에……."

"약속?"

그 '약속' 이란 게 뭔지 모르는 뮤리아가 자신도 모르게 되묻고는 이내 실수했다는 표정으로 부채로 입가를 가렸다. 난 그 '약속' 이란 게 뭔지 들었지만.

"호호호, 별거 아니랍니다. 아무래도 리튼 가에서는 자식이 레비스 하나뿐이었거든요. 그래서 이런 제한이 생긴 거죠."

한마디로 말하자면, 리튼 가에서는 그 핏줄을 이은 자가 앞으로 나서길 바랬지 그 반려가 나서길 바라지 않았던 것이다. 그래서 옆에서 도와는 주되 절대 밖의 일에 관여하지 않는다는 약속을 받아낸 거다. 하지만…

"그런 약속쯤 무시해도 될 텐데."

뮤리아가 작게 혼잣말로 중얼거렸다.

나 역시 그렇게 생각하기에 맞다는 듯 고개를 끄덕이자 리아나 이모님은 쓰게 웃었다.

"그래도 약속이니까요."

"그런가……."

조금 안타깝다.

이모님이 도와주시면 좀 편할 텐데 하는 생각이 있어서일까.

이런저런 생각이 교차되면서 잠시 침묵이 내려앉았다.

자신의 말 때문에 어색한 침묵이 생겼다고 생각했는지, 완전히 당황한 뮤리아는 허둥거리며 화젯거리를 찾다가 명랑한 어조—억지로 꾸민 티가 확 나는—로 입을 열었다.

"그런데 왜 다른 이들에게는 비밀로 만나시는 건가요?"

이런… 하필 그런 걸 묻다니.

내가 '다른 이들이 알아서는 안 된다' 라고 말했던 게 궁금했던 모양이다. 하지만 대답하기 좀 곤란한데.

"그건……."

리아나 이모님은 난처하게 웃을 뿐 제대로 대답하지 않으셨다.

나 역시 솔직히 말을 해야 할지, 아니면 대충 꾸며서 말을 할지 결정을 못 내렸다.

"……?"

뮤리아는 그저 그런 단순한 질문이라고 생각했는지 우리가 제대로 답을 못하고 당황하는 모습을 의아하다는 표정으로 보고 있었다.

"혹시… 곤란한 질문이었나요?"

"보면 알 수 있지 않은가?"

"그런가요… 죄송합니다. 잊어주세요."

뒤늦게 수습을 하고는 다시 부채로 입을 가렸다. 이제 정말 더 이상은 말하지 않을 생각인 모양이다.

"괜히 곤란하게 한 것 같군."

"아닙니다, 폐하. 그보다 언제쯤 시행할 생각이십니까?"

"글쎄."

"시르 공작이 수도로 돌아오기 전에 틀을 잡는 것이 좋다고 생각합니다만."

고개를 끄덕여 주었다.

맞는 말이었다. 나 역시 그럴 생각이고. 하지만…

“언제쯤 돌아올지 알 수가 있어야지.”

“1주쯤 전에 출산했으니 최소한 3, 4주 후일 거라고 생각합니다.”

그런가? 그런데 아이를 낳고 한 달씩이나 요양을 해야 되는 걸까? 난 내일이라도 돌아올 것 같은데 말야.

“출산이라는 건 쉬운 일이 아니랍니다.”

리아나 이모님께서는 마치 내 생각을 읽은 듯 엷은 웃음을 지으며 말씀하셨다.

“흐음… 그렇습니까.”

“한 달 정도로 생각하는 것은 시르 공작이 오래 수도를 비울 것 같지가 않아서입니다. 보통은 2, 3개월 정도 쉬곤 하지요.”

이모님의 보충 설명에도 난 그저 그런가 보다 하면서 듣고 있을 뿐이었다.

솔직히 출산이 어쩌고 해도 전혀 실감나는 일이 아니니까.

부드럽게 미소 짓고 계시던 이모님은 문득 뭔가 생각난 듯이,

“너무 오래 있었군요.”

“아…….”

그러고 보니 생각 이상으로 말이 길어졌다. 오래 있게 되면 그만큼 눈에 띌 확률도 높아지는 것. 짧게 대화만 하고 헤어질 생각이었는데.

“그럼 전 물러가겠습니다.”

“아아…….”

리아나 이모님이 조용히 가버리고 나자 뮤리아는 한숨을 내쉬었다.

“믿을 수 있다는 친족 분을 만나시는 것치고는 이상하게 공기가 무거웠어요. 사이가 좋으신 거 아니었나요?”

나와 이모님 사이의 분위기가 어색해서 힘들었던 듯 장식용 부채를 접

으며 불평을 늘어놓았다.

"글쎄, 나도 잘 모르겠군."

"예에?"

"사이가 좋은 건지 아닌지 모르겠어. 실제로 만난 건 이번이 겨우 두 번째니까."

솔직한 내 대답에 뮤리아는 질린다는 표정을 지었다.

"말도 안 돼. 그런데 어떻게 믿을 수 있다고 단정 지으신 거예요?"

"글쎄."

"어휴, '글쎄' 라고만 하지 마시고 대답 좀 해주세요."

"음……."

"그것도 대답은 아니잖아요."

계속 추궁하는 뮤리아의 말을 적당히 넘겼다.

사실을 전부 말해 줄 수는 없고, 또 나도 다 알지는 못하니까 대답할 수가 없다.

사실 난 저분에 대해 알지도 못하고 나의 어머니와 리아나 이모님과의 관계를 어설프게 말할 수도 없는 일이니… 하지만 뮤리아는 내가 대충 대답을 넘기는 게 어지간히 마음에 안 든 듯했다.

"좋아요. 다시는 이 문제에 대해 안 물을게요. 대신!"

"대신?"

"저에게 노래를 좀 가르쳐 주세요."

"하아?"

순간 이게 무슨 소린가 싶어서 황당했다. 멀뚱히 뮤리아를 보고 있으려니 그녀는 방긋이 웃으면서 말을 이었다.

"여기서는 귀족들도 노래를 즐긴다면서요? 저도 배워보고 싶어요. 그런데 나서서 배우는 건 좀 꺼려지는지라……."

이 정도로 더 이상 추궁하지 않는다면 꽤 좋은 일이겠지 하는 생각에 고개를 끄덕여 주었다.

"좋아."

"그럼 약속하셨어요?"

"그래, 이왕 내친 거 내일부터 가르쳐 주지."

자랑은 아니지만, 가희셨던 어머니를 둔 덕에 나도 꽤 노래를 잘한다. 아는 노래도 많고. 그중 하나만 대충 가르쳐 주면 되는 일.

아주 쉬운 일인 셈이다. 며칠 뮤리아에게 '리아나 프 리튼이 누구냐'고 시달리는 것보다 훨씬 나은 일이고.

하지만 이 생각은 '노래 강습' 첫날 뮤리아가 스라트의 동요라며 부른 노래를 듣고 내 착각이었음을 뼈저리게 깨달았다.

리아나 이모님을 만난 다음부터는 일이 꽤 쉬웠다.

시르 공작이 수장인 어쌔신 길드와 적대하는 조직을 찾고 또 그들과의 협상을 준비하고… 생각보다 시르 공작은 스스로 자신의 적을 만드는 타입 같았다.

전대 시르 공작까지는 이렇다 할 적대 조직이 없었다고 하는데, '루이 네 켈 시르'가 공작 위를 잇고 얼마 안 되어서부터 적대 조직이 생겨나기 시작했다고 하는 걸 보면 말이다.

덕분에 난 쉽게 일하는 셈이지만.

시르 공작이 가지고 있는 어쌔신 길드의 이름은 희한하게도 '무지개의 사랑'이란다. 나와 제노시아가 그 소리를 듣고 어쌔신 길드답지 않은 이름이라고 어찌나 웃었던지.

하여간 언밸런스한 이름과는 다르게 아주 탄탄한 조직이고, 역사도 오래되었단다. 건국 때부터 이어진 곳이라고 하니까. 초대 시르 공작이 어쌔신으로서 태황제를 지켰다고 하던가? 여기까지 자세히 조사할 필요는 없는지라 무시했지만 대충 그런 것 같았다.

그리고 시르 공작이 수도를 향해 출발했다는 연락을 받은 날 저녁, 키나이가 카이스란 황자의 답장을 가지고 날 찾아왔다. 아주 퉁퉁 부은 얼굴로.

"다. 녀. 왔. 습. 니. 다."

"끊어 말하지 않아도 무슨 소리인지 알아들어."

"그렇습니까."

자신을 배달부로 부려먹은 게 상당히 불만인지 아직 기분이 안 풀린 듯했다.

카이스란 황자의 답장은 생각 이상으로 간결했다.

'연락을 주어 감사하며 앞으로도 계속 좋은 관계 유지할 수 있기를 바란다. 그리고 이렇게 연락을 주고받았으면 한다' 라는 내용이었는데 뉘앙스가 좀 이상했다. 마치 '지금까지 나 몰라라 하고 있다가 필요해지니 연락하는군. 하여간 나도 지금은 아쉬우니 계속 연락하자고' 라고 하는 것 같았다고 할까.

하여간 그쪽은 이미 날 잘 알고 있는 듯했다.

"카이스란 황자는 날 알고 있는 듯하군."

"예, 아무래도 자신의 대부와 관계된 일이라 어느 정도까지는 알고 있는 모양입니다."

"그런가."

그래서 편지를 받고 바로 답장도 쓴 거로군.

"그곳의 분위기는 어떻던가?"

"그리 좋은 편은 아니었습니다. 현 에이윈 황제는 저희가 알고 있는 것보다 병이 깊더군요. 그리고 아직 다음 계승자를 결정하지 않은 듯했습니다."

"호오, 꽤 복잡한 상황이 벌어질 수도 있겠는걸."

"예, 그래서 카이스란 황자는 자신을 도와줄 자를 찾고 있는 듯했습니다."

의미심장한 말인데.

"흐음… 결국 그런 건가?"

"예, 그런 것 같습니다."

결국 그자도 황제가 되고 싶은 거로군.

키나이는 오랜만에―그녀의 기준에서―아주 흥미있는 이야깃거리가 생긴 덕분에 방금 전까지 기분이 나빴다는 걸 잊어버린 듯했다.

어떻게 보면 정말 단순한 사고 회로를 지닌 사람 같다는 생각이 들었다.

"그럼 그쪽도 앞으로 조금 유의해서 지켜보게."

"예."

그리고 몸을 돌려 나가려다 뭔가 생각난 듯 다시 내 쪽으로 걸어왔다.

"응? 뭐지?"

"시르 공작이 자신의 영지에서 출발했습니다. 아이는 아직 그 영지 내에 있다고 합니다. 갓난아이를 데리고 다닐 수 없어서라고 생각됩니다."

오늘 아침에 뮤리아에게 들은 그대로로군.

"아아, 시르 공작이 오고 있다는 소리는 들었네."

"뮤리아 황비가 알려준 겁니까?"

"그래."

"흐음……."

잠시 뭔가 생각하던 키나이는 살짝 미간을 모으며 말했다.

"그 황비, 궁 안에서만 지내는 것치고는 이상하게 정보를 많이 알고 있는 것 같습니다. 제가 조사할 수 있게 허락해 주시겠습니까?"

확실히 이상할 정도로 자세히 많은 걸 알고 있기는 하지만 새삼 키나이가 나에게 허락받고 조사할 필요는 없을 것 같은데. 늘 허락 같은 거 안 받고 움직이더니 말이다.

"언제부터 '허락' 받고 한 건지 모르겠군."

"일단 이제 황족의 일원이 된 자이니 허락을 받아야 되는 것 아니겠습니까."

느긋하게 말을 하는 모습을 보니 어쩐지 얄미워 보이는걸.

"알아서 하게."

조사해서 나쁠 건 없지.

"하여간 시르 공작이 지금 온다고는 하지만 한동안 자택에서 더 쉴 거라고 하더군."

"예, 그렇다고 들었습니다."

그럼 그동안은 카난 공작만 조심하면 되겠군.

그 말을 끝으로 키나이는 나에게 목례를 하고 사라져 버렸다. 그리고 나는 고민의 바다에서 허우적거리기 시작했다.

뮤리아를 조사하는 것까지는 좋다. 그런데 난 이미 뮤리아에게 할 말 안 할 말 다 해버린 것 같은데… 괜찮을지 모르겠군.

그리고 지금은 그런 문제보다… 다시 카이스란 황자에게 편지라는 걸 보내야 한다는 것이다.

"편지라는 건 역시 어렵다니까."

뮤리아나 다른 사람에게 대신 써달라고 할까 하는 생각이 들 정도로 난감하다. 이렇게 어려운 일을 다른 사람들은 잘도 한단 말야.

아니, 세레나도 편지는 꽤나 못 쓰던데. 날 닮은 걸까? 아니면 나와 세레나가 받은 교육이 잘못된 걸까? 아, 그럴 수도 있겠군. 그래, 교육이 잘못된 거야.

"폐하."

고민이라기보다 망상에 잠겨 있다가 제노시아가 부르는 소리에 정신을 차리니 누군가가 집무실로 들어오고 있었다.

"오랜만이군, 아리아."

"예에, 돌아왔습니다."

아리아는 우아하게 인사를 한 다음 서류를 내밀었다.

"시키신 일, 제대로 했습니다."

"생각보다 오래 걸렸군."

6대 세력가의 수장을 만난다고 해도 대부분 수도 내에서 지내는 데다 내가 시켰다고 하면 만나기 어렵지도 않았을 텐데. 게다가 늘 외곽에서 지내는 루이스 자작의 경우는 이제 밀려났으니 안 만나도 될 터인데 왜 이렇게 오래 걸린 건지?

"사아라 후작님을 찾는 데 시간이 많이 걸려 생각보다 빨리 하지 못했습니다. 죄송합니다."

아아, 아직 그 유적지에서 돌아오지 않았었나 보군.

"그리고 말씀하신 대로 리랜스 백작에게는 가지 않았습니다. 다른 분들께도 조용히 해주실 것을 부탁드렸고요."

"이번 일에 대해 다른 말들은 없던가?"

"다른 분들은 별 반응이 없으셨습니다만 사아라 후작님께서는 부디 자신의 일에 영향이 오지 않게 해달라고 하셨습니다."

사아라 후작다운 말이로군.

"아, 루이스 자작의 빈자리에 대해 말들을 하시던데요. 어떻게 하실 겁니까?"

"하네인 후작이 어울리겠지. 시르 공작 쪽 사람도 아니고 세력도 꽤 크고."

"그럼 그렇게 전할까요?"

“아니, 그럴 필요까지는 없을 거야. 어차피 내가 손을 쓰지 않아도 시간이 흐르면서 자연스럽게 그렇게 될 거니까.”

6대 세력가들과 4대 공작들은 좋은 관계가 아니다. 서로 간에 칼부림만 간신히 면하고 있는 관계라고나 할까. 6대 세력가들로서는 아무 일도 하지 않으면서 자신들과 동등한 대우를 받는 그 공작들을 싫어하고, 공작들은 또 건국 때부터 내려온 가문이 아닌, 시르 공작의 말을 빌리자면 ‘어쩌다 출세한’ 가문과 같은 취급을 받는 게 싫은 거다.

그러니 각 세력가들이 이번 일에 중립을 해주겠다고 한 건 당연하다. 내가 아리아를 보내 다짐을 받아내지 않더라도 그랬을 거고. 하지만 이왕에 하는 거 확실한 게 좋으니까 다짐을 받아오게 한 거지만 아무리 그래도 그렇지…….

아리아가 내민 서류—각기 가문의 문장이 찍힌 서약서—를 보며 난 복잡한 기분에 잠겼다.

어쨌거나 사이가 나쁘다면 도와줘도 될 텐데 중립이라니… 한숨 나오는 일이다.

“휴우…….”

“역시 도와달라고 할 걸 그랬다 생각하시는 거예요?”

“설마.”

아리아의 말을 쓴웃음과 함께 부정하긴 했지만 사실 도와주었으면 하는 마음도 없지는 않다. 하지만 내 입으로 ‘중립이나 지켜’ 라고 했는데 번복할 수는 없지 않은가.

그래도 역시… 아쉬워.

“하지만 리랜스 백작가도 잘못되면 망하겠던데요. 시에라님이 그곳에 계시잖아요.”

아리아가 태연히 웃으며 말했다.

"글쎄, 리랜스 백작과 그 두 딸, 리아스와 루나리네스라고 했던가? 꽤 무섭던데? 아마 시에라에게 등 돌리는 한이 있어도 잘 살아남을 사람들이야."

"그 딸들… 요? 잘 아시나 보네요?"

의외라는 표정이다.

바보같이. 조금만 생각해 보면 알 수 있는 일인데 말야.

"그들도 황족이라고 할 수 있기 때문에 신년 축제 때 만나지. 이야기해 본 건 딱 두 번뿐이지만."

"아, 그렇죠."

그러면서 배시시 웃는 아리아.

왠지 미안하다. 이런 일에 잘 지내는 아리아를 끌어들인 것 같아서.

물론 내 옆에 있으니 싫어도 휘말리게 되어 있는 거였지만, 그래도 어쩐지… 미안하다. 되도록이면 안 좋은 일 안 보고 지내게 해주고 싶었는데. 어릴 때부터 날 지켜주겠답시고 날 휘두르더니, 결국 끝까지 옆에 있겠단다.

그 마음이 고맙기는 하지만… 미안하다.

"이제 시르 공작만 돌아오면 시행인가요?"

"좀 더 시간이 지나봐야 알지."

나야 안 오면 더 좋다. 안 올 리가 없겠지만 말이다.

시르 공작이 돌아온 건 딱 일주일이 지나서였다. 그리고 수도로 돌아와서 제일 먼저 한 일은 날 만나러 오는 거였다.

"오랜만이로군."

"예. 오랜만에 뵙습니다, 폐하."

깊숙이 고개를 숙이며 인사하지만 저 사람의 진짜 생각은 모른다.

"그래, 소식은 들었네."

앞뒤 말 다 잘라먹고 안부 인사 겸 말을 건네자 시르 공작은 낮게 미소 지었다.

"그렇습니까?"

저 미소가 정말 기분 나쁘다. 꼭 내 심장을 움켜쥐고서 '내 말만 듣는 다면 살려줄 수도 있다'며 미소 짓고 있는 악마 같은 느낌.

말하고 보니 사실 그대로군. 내 상황과 딱 맞아.

"몸을 생각해서 자택에서 쉴 것 같다고들 하던데."

"어느 분이 그러시던가요?"

뭔가 독이 서려 있는 말이다. 꼭 '나에 대해 조사했나요?'라고 묻는 듯한 말.

"다들 그러더군. 출산 후에는 쉬는 게 당연하다고. 그래서 나도 그럴 줄 알았는데."

속으로는 움찔했지만 태연히 말을 이었다.

시르 공작은 납득한 듯 웃었다.

"예, 그럴 생각입니다. 아무래도 지금부터 움직이기는 무리가 있겠지요."

"그런데 왜 이렇게 온 건가?"

"오랫동안 자리를 비워서 죄송하다는 인사를 드리러 왔습니다."

그런가. 하지만 전혀 미안하다는 표정이 아닌데.

시르 공작이 웃으며 돌아간 뒤 아리아가 잽싸게 차를 내어왔다.

"시르 공작은 여전하시군요."

내가 시르 공작을 싫어한다는 걸 안 이후로 '님' 자는 떼어버린 아리 아였다.

"그렇지 뭐. 달라질 이유가 없는 거겠지."

달라진 건 아무것도 없다, 아직까지는.

"예……."

한숨처럼 대답하는 아리아. 아무래도 이 상황이 마음에 안 드는 모양이다.

"그보다, 제노시아?"

"예."

"그 어쌔신 길드와 적대하고 있는 곳, 이름이 뭐였지?"

차마 '무지개…' 라고 말은 못하겠다. 누구의 센스로 지은 이름인지 모르겠지만 정말 안 어울려. 절대 안 어울려. 부르기도 민망해.

"아마도… '루시아' 일 겁니다. 그자들과 접촉해 보실 겁니까?"

"그래. 키나이와 같이 준비해 주게."

"알겠습니다."

*　　　*　　　*

시르 공작은 황제를 만나고 나서 바로 수도 내의 자택으로 돌아왔다.

애써 태연한 척하고 있기는 하지만 출산한 지 5일 만에 여행한 것이 무리가 되었는지 온몸이 아파왔다.

'역시 좀 더 쉬다 올 것을 그랬나?'

푹신한 마차로 가는 거니까 일주일 정도 여행하는 일이 무리가 될 리 없다고 단순히 생각하고 실행해 버린 자신이 한심스러웠다.

여행 중반부터 몸이 좋지 않았었다. 그때라도 여행을 중지하고 쉬었어야 하는 건데, 되도록 빨리 가야 한다는 생각 때문에 무리해 버린 거다.

"공작님, 괜찮으십니까?"

"괜찮네."

집사가 걱정스러운 듯 물었지만 시르 공작은 태연히 대답하며 마차에서 내렸다. 하지만 얼굴에는 조금씩 식은땀이 나기 시작했다.

"아아, 루이네."

마차에서 내린 시르 공작을 본 아스티안이 그녀에게 달려오기 시작했다.

가뜩이나 몸이 안 좋을 때 저런 '짐덩어리'를 상대해야 한다는 사실에 시르 공작은 머리가 아파오기 시작했다.

"아스티안님."

"어서 와. 그런데 우리 딸은? 안 데려왔어?"

이 멍청한 남자는 태어난 지 5일 정도 된 아이도 여행이 가능하다고 생각했던 모양이다. 안 그래도 이 남자가 난리를 피우는 통에 안 좋은 몸을 추슬러 억지로 돌아왔는데 말이다.

시르 공작은 문득 화가 치밀어올랐다. 모든 고생이 이자 탓이라는 생각 때문에. 하지만 그런 감정을 나타낼 수는 없는지라 억지로 미소 지었다.

"아직 어려서 여행은 무리인지라 나중에 오기로 했습니다."

"그런 거야?"

바로 풀이 죽은 모습을 보이는 아스티안을 보며 시르 공작은 몰래 한숨을 내쉬었다. 그 아이는 앞으로 1년은 지나야 수도로 돌아올 수 있을 것이다. 막 태어난 아이를 떼어놓는 게 불안하지 않다면 거짓말이겠지만, 아무래도 아이가 옆에 있으면 자유롭게 움직일 수 없을 것 같아 일부러 먼 영지에서 출산한 것이다.

일단 아스티안을 달래며 저택 안으로 걸음을 옮겼다.

대충 달래주고, 힘들여 자신의 방으로 돌아와 침대에 막 누웠을 때 노크 소리가 들렸다.

"누구지?"

목소리에 짜증이 묻어났다.

평소 대외 관리가 철저한 시르 공작으로서는 있을 수 없는 일이었지만, 지금은 너무 힘들어서인지 그런 데까지 생각이 미치지 않았다. 다만 짜증이 날 뿐.

"공작님, 카난 공작께서 오셨습니다만, 어떻게 할까요?"

"카난 공작이?"

카난 공작은 자신을 잘 따르는 꼬마였다.

나이는 비슷함에도 불구하고 어리석은 그 꼬마는 자신을 정말 잘 믿고 따랐다. 정말 '꼬마'라고 부를 수밖에 없을 정도로. 바보같이 자신을 '언니'라며 따르기는 하지만 다른 부분에서는 꽤 머리가 좋은 아이였다. 그 카난 공작이라면 이렇게 미리 연락도 없이 찾아올 사람이 아니었다. 게다가 아이를 낳아본 적도 있는 사람이고. 그런 그녀가 자신의 상태를 모를 거라는 생각은 들지 않는다.

그런데도 지금 찾아왔다는 것은…….

시르 공작은 침대에서 일어났다.

"이리로 오게 해라."

아마 무슨 중요한 할 이야기가 있어서일 것이다. 아주 은밀하게 이야기해야 할지도 모를 일 말이다.

잠시 후 카난 공작이 방으로 들어왔다, 꽃을 한 다발 들고서.

"카난 공작?"

카난 공작이 꽃다발을 건네곤 이게 뭐냐는 듯한 눈빛인 시르 공작에게 생긋이 웃으면서 말했다.

"출산 축하요, 언니. 그리고 둘뿐일 때만이라도 예전처럼 이름으로 불러달라고요, 딱딱하게 그러지 말고."

시르 공작은 순간 두통이 나는 듯했지만 이내 평정을 되찾으며 작게 미소 지었다.

"하지만… 이런 건 집사에게 맡겨두지 그랬니."

"제가 직접 드리고 싶어서요."

그러면서 다시 시르 공작에게 꽃을 받아 침대 옆의 사이드 테이블에 올려두었다.

"그런데… 무슨 일로 찾아왔니?"

"어머? 순수하게 축하를 위해 찾아왔다고 생각해 주시면 좋을 텐데."

"뭐?"

순간 시르 공작은 '이 녀석도 아무 생각이 없는 아스티안과 같은 부류였나' 하는 생각이 들었다. 그런 녀석이 둘이면 정말 끔찍할 거라는 생각과 함께. 하지만 이내 뭔가 숨기는 듯한 카난 공작의 태도를 눈치 채고 미소 지을 수 있었다.

"그럼 그렇게 알아둘까?"

"예. 꼭 일이 있을 때만 찾아오는 것 같잖아요, 그렇게 말씀하시면."

잠시 입을 삐죽이며 말한 카난 공작은 이내 웃음을 터뜨렸다.

상당히 기분이 좋은 모양이다.

시르 공작도 억지로 같이 웃어주면서 카난 공작이 다음 말을 꺼내길 기다렸다.

"그런데… 루이네 언니, 황제와 무슨 안 좋은 일이 있나요?"

"음? 그건 왜 묻는 거지?"

"글쎄요…….."

카난 공작은 시르 공작이 대답해 주기 전까지는 자신이 알고 있는 걸 말할 생각이 없었다. 늘 시르 공작의 편이라는 듯, 시르 공작의 신하 같은 태도를 보이고는 있지만 어디까지나 자신은 시르 공작과 동등한 힘을 가지고 있었다. 그러니 무작정 시르 공작에게 꼬리를 흔들 이유는 없었다. 가끔은 그 사실을 상기시켜 줄 필요가 있는 법이다. 지금은 그런 이유가 아니라 그저 운을 떼우기 위해 대답을 기다리는 것뿐이지만 말이다.

시르 공작은 그런 카난 공작의 생각을 알 리가 없었지만 대답을 기다린다는 것 정도는 알고 있었다. 그래서 한숨처럼 대답을 했다.

"좋지도 나쁘지도 않지. 원래 군주와 신하의 관계가 그런 것 아니겠니?"

사실 제대로 된 대답은 아니었지만 카난 공작은 나름대로 납득했는지 그개를 끄덕였다. 그리고 자신이 알고 있는 사실을 이야기하기 위해 입을 열었다.

"이건… 리나이트 상단 덕에 알게 된 일이에요. 그러니까 아마 다른 사람들은 모를 거라고 생각되네요. 꽤나 은밀히 움직이더라고요."

황제가 잠시 맡긴다며 그녀에게 경영하게 한 상단. 자신은 '상업'이란 천하다는 생각을 하는 귀족이기에 귀찮고 짜증나는 일이었다. 하지만 생각과는 다르게 상단이라는 곳은 꽤 쓸모가 있었다. 우선 상단이라는 곳은 그 어떤 곳보다 '정보'라는 데 민감해서 여러 가지 일이 귀에 들어오는 것이다.

자신도 상단이라는 데가 이렇게 정보에 민감한 곳인 줄은 미처 몰랐었다. 이렇게 도움이 될 줄 알았다면 자신도 진작에 상단을 하나 만들었을 거라고 생각하게 될 정도로 도움이 되고 있다… 라고 부연 설명을 한 카난 공작은 천천히 본론으로 들어갔다.

"황제께서… '무지개의 사랑'이라는 어쌔신 길드를 조사하고 있다고 하더군요."

"황제가 나의 길드를?"

"예, 그것도 적대 조직까지 조사하고 있는 모양이에요."

"확실해?"

일단 확인이 필요했다.

"글쎄요, 황제가 조사한다는 것까지는 잘 몰라도 누군가가 조사하고 있다는 건 확실하죠."

"그럼 확실하지 않다는……."

“끝까지 들어요, 언니.”

카난 공작은 자신이 가져온 꽃다발의 꽃을 손으로 쓸어 내리며 이 상황을 즐기는 듯 느긋하게 말을 이었다.

“간단한 추리예요. 꽤 큰 어쌔신 길드인 ‘무지개의 사랑’을 그 길드원들에게 알려지지 않게 조사할 수 있는 곳은 어디일까요? 그리고 그 조직을 움직일 수 있는 사람은?”

“…그렇군.”

카난 공작의 말대로였다.

어떤 조직을 그렇게 은밀하게 조사할 수 있는 곳은 드물다. 그것도 그 조직이 어쌔신들의 집단일 경우에는 특히.

그런데 그게 가능한 곳이라면…

“황제 직속의 정보 조직.”

“예, 그렇답니다. 그래서 황제와 관련이 있을 거라는 생각을 했지요.”

어쩐지 즐거운 기색이 역력하다.

잠시 머리가 아파 몸을 기대려던 시르 공작은 한 가지 생각이 머리에 스쳤다.

“어떻게 알아낸 거지?”

“예?”

“어쌔신 길드조차 눈치 못 챌 정도로 은밀하게 조사가 이루어지고 있다고 하지 않았어? 그런데 어떻게 알게 된 거지?”

“그건 방금 말했듯이…….”

“아무리 상단이라는 게 정보에 민감하다 해도 그 정도까지는 아닐 텐데? 뭔가 숨기고 있군.”

카난 공작은 속으로 혀를 찼다. 생각 이상으로 시르 공작은 날카로웠다. 자신이 쉽게 속일 수 있는 상대가 아니라고 생각은 했지만 이렇게 추궁당할 줄은 몰랐다. 그나마 자신은 믿고 있다고 생각했는데 말이다. 아니, 시르 공작 쪽에서 일방적으로 '자신만 믿을 바보' 취급을 하고 있는 것이긴 하지만 말이다.

카난 공작은 우아하게 미소 지었다, 안에 든 거짓을 감추기 위해.

"글쎄요, 저도 우연히 얻은 거랍니다. 솔직히 말하자면, 거창하게 말했지만 사실인지 아닌지는 아직 몰라요."

결국 자신이 한 말을 약간 수정할 수밖에 없었다. 시르 공작에게 숨기기 위해서 말이다.

그 말에 시르 공작은 더 이상 추궁하지 않고 한숨을 내쉬었다.

"그럼 모두가 가정일 뿐인 거니?"

"그렇다고 할까⋯ 제가 얻을 수 있는 정보는 이 정도뿐이라서 언니가 더 자세히 알아보시라는 말을 전하려고요. 상단에서 얻을 수 있는 정보는 한정되어 있거든요."

어깨를 으쓱하면서 명랑하게 말한다. 그리고 시르 공작을 똑바로 응시하며 웃었다.

'확실히 어쎄신 길드 내에서 정보를 수집하는 게 훨씬 나을 거다. 하지만⋯⋯.'

시르 공작은 눈앞에서 방긋거리고 웃고 있는 카난 공작을 빤히 보았다.

'설마⋯ 내 지나친 생각이야. 이런 녀석이 날 배신하고 있을 리가 없지.'

생각을 정리한 시르 공작은 허탈한 미소를 지었다.

"그럼 굳이 나에게 말할 필요가 없잖니."

"조심하라는 뜻에서 말씀드리는 거예요."

역시 의심할 필요가 없는 아이라고 시르 공작은 생각했다.

카난 공작이 '편히 쉬세요' 라고 말하면서 돌아간 후, 시르 공작은 집사를 불렀다.

"집사! 키에르!!"

목소리를 들은 키에르 집사가 허둥거리며 방으로 들어왔다. 이 조용해 보이는 주인은 의외로 성격이 급해서 부른 즉각 나타나지 않으면 히스테리를 일으키는 것이다. 그것도 검까지 휘두르면서 말이다.

"부르셨습니까."

"당장 '무지개'의 길드장에게 가서 빨리 내 눈앞에 나타나라고 해!"

"예."

허둥거리며 물러난 집사는 저택에서 부리는 아이에게 심부름을 시켰다. 그리고 얼마 지나지 않아 싸늘한 인상의 한 남자가 시르 공작 저택을 다녀갔다.

그리고 시르 공작은 남편을 비롯한 모든 집안 식구들에게 한 달간 쉴 것이며, 다른 이들도 되도록 황성에 가지 말라는 말을 전했다.

"왜?"

아무것도 모르는 아스티안이 종알거리는 건 눈빛 한 번으로 제압해 버리고.

확신은 없지만 가능성이 있으니 몸을 사려야 한다. 그리고 조만간 확신이 들면 움직일 것이다.

시르 공작은 머리 속으로 앞으로의 계획을 세우다가 조용히 잠이 들었다.

*　　　*　　　*

시르 공작이 다시 복귀할 때가 다가오고 있다는 생각에 난 집무실에서 아리아와 제노시아와 함께 열심히 토론을 하고 있었다.

그런데 갑자기 집무실 문이 벌컥 열리면서 키나이가 들어와서는 불쑥 편지를 내밀었다.

“…편지.”

늘 자신을 배달부로 쓰는 게 기분 나쁜지 편지를 내미는 모습에선 나날이 박력이 늘고 있다.

“고맙군.”

“…….”

아무 말 없이 키나이가 나가자 아리아는 메마른 웃음을 지었다.

“호호, 여전하시군요.”

“그런 셈이지.”

한숨을 내쉬며 카이스란이 보낸 편지를 펼쳤다.

앨리언 황제.

그대가 처한 상황을 잘은 모르나 나 역시 그리 좋은 상황은 아니라고 생각하오.

형제나 다를 바 없는 우리니…….

편지를 쭉 훑고 나서 먼저 든 생각은 '이제 움직이는군' 이었다.

내 생각을 은근히 떠보겠다는 마음으로 보낸 모양인데, 순순히 대답할 수는 없지. 내 쪽이 아쉬운 티를 낼 수는 없는 거니까.

“어떻게 생각해?”

제노시아에게 편지를 넘겨주며 싱긋이 웃었다.

제노시아는 편지를 읽고 나서 자신의 의견을 말하기 전에 먼저 그 편지를 아리아에게 넘겼다.

“음… 전 잘 모르겠어요.”

편지를 다 읽은 아리아는 탁자에 편지를 올려놓으며 배시시 웃었다. 아무래도 자신이 보기에는 별다를 것 없어 보이는 모양이다.

하지만 제노시아는 대충 파악한 모양이다.

"저쪽에서 먼저 말을 꺼내게 된 겁니까?"

"그런 셈이지. 어지간히도 다급한가 보지."

나에겐 잘된 일이지만.

"그나저나 시르 공작이 뭔가 눈치 챈 건 아닌지 모르겠어요. 은근히 걱정돼요."

"설마. 아직 본격적으로 움직인 적은 한 번도 없는걸."

하지만 너무 조용한 게 거슬리는 건 사실이다.

내가 아는 시르 공작이라면 수도로 돌아오자마자 자신이 자리를 비운 동안 '별일' 없었는지 철저하게 조사하고 다닐 텐데 이상하게 조용하단 말야. 마치 뭔가를 기다리듯이, 뭔가를 준비하는 것같이.

불안해…….

"뭐, 키나이가 조사하고 있으니 괜찮을 거야."

아리아를 달래듯이 말했지만, 실은 나 자신에게 하는 말이었다.

이런 일로 움츠러들 수는 없는 거니까. 힘내라고.

"어쨌든 이 편지에 대한 답을 해야겠지? 아리아, 도와줘."

"예."

어쨌든 이걸로 간신히 본론으로 들어갈 수 있게 된 셈이다.

이 카이스란이라는 녀석, 괜찮을까 모르겠네. 좀 소심한 것 같던데 말야.

"참, 오늘은 황비님께 안 가보셔도 되나요?"

막 편지를 쓰려는데 아리아가 멍한 표정으로 물어왔다.

"오늘은 됐어."

"하지만 요새 노래 가르쳐 주신다고 매일 가셨잖아요."

"그랬지. 하지만 이제 슬슬 뮤리아도 포기하는 눈치야."

음치도 그런 음치는 없을 거다. 음정, 박자 다 무시하고 저 하고 싶은 대로 불러대는데 정말 못 들어준다.

그게 또 딴에는 열심히 한다고 하는 거라서 뭐라고 그러지도 못하고. 게다가 뮤리아가 쉽게 포기하는 성격이 아닌지라… 벌써 그 노래 강습이 보름이 다 되어간다. 아니지, 딱 17일 됐구나. 시르 공작이 수도로 온다는 연락을 받은 다음날부터 시작했으니까.

그런데 발전이 없다. 여전히 자기 맘대로 불러대고 있다. 그래도 강습의 효과가 있어서 요새는 가사 정도는 알아듣게 부를 수 있게 되었지만 음치인 건 여전하다.

"그러게 왜 가르쳐 주겠다고 약속을 하셨어요."

아리아가 한심하다는 듯이 말했다. 하지만 나도 그때는 이 정도인 줄은 몰랐다고.

"나도 몰라."

차라리 한 며칠 질문에 시달리는 게 훨씬 나았을 거다. 하나라도 제대로 부를 수 있을 때까지 도와주기로 했는데, 언제쯤 제대로 부를 수 있게 되려나 몰라.

뮤리아가 노래를 제대로 부르기 전에 내가 먼저 지쳐 나가떨어질 것 같다는 생각이 들 정도다.

힘들다, 힘들어. 그래도 요새는 본인도 힘든지 매일 올 필요 없다고도 말하고, 가면 그냥 이런저런 이야기만 하다 오는 일도 많아졌다.

빨리 포기하는 게 모두를 돕는 길인데 말야.

"하지만 그걸 계기로 두 분이 무척 친해지셔서 다행입니다."

"그런가?"

그전부터 이 정도 관계는 유지했다고 생각했는데 남들이 보기에는 아니었던가 보다.

"하여튼 지금은 그게 문제가 아니잖아?"

난 잽싸게 화제를 바꾸었다. 계속 이 문제에 대해 이야기하다가는 별의별 소리가 다 나올 것 같아서.

"예."

"일단은 그 무지개의……."

"잠깐. 그 길드 이름은 말 안 해도 돼."

그 괴상한 이름을 계속 듣고 싶은 생각은 없는지라 제노시아의 말을 중간에 잘라 버렸다.

도대체가 말이지, 어떻게 다른 길드도 아니고 어째신 길드에 그런 '무지개의 사랑' 이니 하는 이름을 붙일 수가 있냔 말이야.

제노시아나 아리아도 이해한다는 눈빛을 보내더니 이내 말을 바꾸어 다시 보고를 했다.

"시르 공작이 가진 어째신 길드의 내부 사정을 조금 조사했습니다만 제대로 하지는 못했습니다. 아무래도 '어째신' 들의 집단이라 그런지 정보를 빼내기가 무척 어려운 모양입니다."

"하긴 어째신들은 예민하니까요."

아리아가 남의 일인 양 말하며 웃었다.

"예, 그래서인지 키나이 씨가 말하길 믿지는 말고 그냥 알아만 두라고 하더군요."

"헤에, 그런가."

키나이가 그렇게 말할 정도라면 정말 자신없나 보군.

언제는 '제가 말하는 건 절대적으로 맞는 겁니다. 틀릴 리가 없는 정보이니 절대적으로 믿으십시오' 라고 하더니 이번에는 믿지 말고 알아만 두라니… 그 말 하면서 꽤나 자존심 상했겠는걸.

"다른 것들은 모두 보통 어째신 길드와 다를 것이 없었지만, 시르 공작의 개인적인 일에만 움직이는 거나 다름없는 곳이라 자금난이 심각한 것 같다고 합니다."

"불쌍한걸."

자금난이라… 제일 불쌍한 일이지. 돈없는 게 얼마나 서럽고 힘든 일인데.

"앗! 시르 공작과 카난 공작은 친하니까 혹시 리나이트 상단의 자금을 빼돌려서 그 길드를 도와주지 않을까요?"

의외의 부분에서 예리하게 구는 아리아였다.

난 아리아의 말에 피식 웃었다.

"그럴 수는 없어. 카난 공작은 그저 '대표' 일 뿐으로, 실질적인 일은 모두 다른 사람들이 하고 있으니까."

"그렇군요."

납득한 듯 고개를 끄덕인다.

"제노시아, 그게 다야?"

"예. 그리고 이제 그쪽에서 눈치 채기 시작했기에 더 이상의 조사는 힘들 거라고 하는군요."

"흐음……."

눈치 챘다라…….

그렇다면 시르 공작도 알게 되었을까? 그렇다면 조금 위험할지도 모르겠는데.

"그럼 이제 그쪽 길드는 손 떼. '루시아' 만 신경 쓰도록."

"예, 그렇게 전하겠습니다."

그 '루시아' 라는 곳이 어쌔신 길드와 적대라고는 하지만 믿을 수 있을지 모르겠다. 적의 적이 꼭 한편이라고 볼 수는 없는 거니까 말이다. 쓸 수 있는 패라면 좋겠는데…….

아침에 일어나니 황비가 보내서 왔다는 시녀 한 명이 기다리고 있었다.

"무슨 일로?"

"그게… 이유는 말씀해 주시지 않고 그저 모셔오라고만……."

별로 가고 싶지는 않지만… 혹시나 안 간다고 할까 봐 내 눈치를 살피며 오들오들 떨고 있는 시녀를 보니 안 간다고 할 수도 없을 것 같다.

꼭 날 부를 때는 스라트 출신의 시녀들을 쓴단 말야. 평소에는 소심한 모습에 짜증난다는 등의 핑계를 대면서 옆에 안 두면서 말이다(스라트에서 온 시녀의 절반은 스파이나 다름없다).

"알았다."

뭔가 또 이상한 소리를 할 것 같은 예감이 들기는 하지만 일단은 황비궁으로 걸음을 옮겼다.

뮤리아는 기분이 꽤 좋은지 생글생글 웃는 얼굴로 날 맞이하였다.

"무슨 일이지?"

"글쎄요, 그것보다 같이 식사하시겠어요? 아침 아직 안 드시고 오셨을 텐데."

"그러지."

시녀들이 분주하게 오가고 꽤 조용한 분위기에서 아침 식사를 마쳤다. 그리고 차 한 잔을 마시면서 그제야 날 부른 용건을 얘기했다.

"참, 제가 왜 갑자기 오시라 연락을 드렸는지 궁금하시죠?"

"그래."

이제야 본론이 나온다는 생각에 안심하며 대답했더니 뮤리아는 깔깔 대고 웃었다. 그리고 다시 조용히 차를 마실 뿐 아무 말도 하지 않았다. 한동안 다음 말을 기다리다 결국 내가 지쳐서 입을 열었다.

"말을 해야 할 거 아냐."

"뭘요?"

"날 부른 이유."

"어머, 그거요?"

그러더니 별거 아니라는 듯이 가벼운 어조로 입을 열었다.

"지금 이 상황 자체가 이유인데요."

"…그거, 무슨 뜻?"

무슨 말을 하려는 건지 알 수가 없어서 미간을 모으며 묻자 뮤리아는 다시 웃었다.

"그저 함께 식사하고 싶었을 뿐이랍니다. 일단은 부부잖아요?"

정말 별거 아닌 이유다.

"뮤리아……."

"화내지 마세요. 사실은 말씀드릴 것이 있었어요."

내가 기분 나빠하든 말든 태연히 말을 잇는 모습을 보아하니 정말로 하네인 후작에게 교육을 잘 받은 모양이다. 그것도 나쁜 쪽으로만.

속으로 한숨을 내쉬며 뮤리아의 말을 기다렸다.

이제 날 놀릴 생각은 없는지 이번에는 제대로 말해 주었다.

"사이라 후작의 문제 때문이에요. 유적에서 꽤 시간을 보내고 있는 모양이던데, 언제쯤 돌아올 건가 싶어서 여쭤보려고요."

"조사가 끝나면 돌아오겠지."

"하지만 조사는 이미 다 끝났는걸요."

"뭐?"

이게 무슨 소리지?

"제가 알기로는 한 2주쯤 전에 조사가 완료된 모양이던데요. 보고가 올라오지 않았나요?"

아, 그러고 보니 보름 전쯤에 '유적 조사'에 관한 보고가 하나 올라왔었다. 결국은 그저 그런 고대 유적일 뿐으로 아무 효용 가치가 없다는 보고가.

그리고 사이라 후작 자신은 좀 더 연구하고 싶으니 공식적으로는 연구가 완료되지 않았다고 해달라는 부탁의 편지도 왔었다.

좀 아깝기는 했지만 이런 걸 볼 때 아직 발견 안 된 유적이 더 있을 수도 있다고 긍정적으로 생각하고 넘어갔었는데… 하여간 뮤리아가 지금 무슨 말을 하고 싶은 건지는 짐작이 간다.

"왜 돌아오지 않는 걸까요? 이상하다는 생각이 들지 않아요?"

뮤리아가 고개를 갸웃거리면서 살짝 미소 짓는다.

확실히 좀 이상한 상황이긴 하지만…….

"사이라 후작은 다른 생각 할 사람이 아냐."

"어머나, 사람의 마음은 모르는 거라고 말씀하셔 놓고는."

핀잔을 주듯이 말하면서 내 반응을 살핀다.

전에 내가 했던 말이다. 아무리 친하다 해도 그 사람의 마음을 전부 이해하고 알 수는 없다고. 그렇긴 하지만 사이라 후작은… 좀 예외적인 케이스라고 할까.

"다른 생각이 있다면 아마 유적에 대해 더 알고 싶다는 것뿐일 거다. '마법' 과 '고대 유적' 외에는 아무것도 관심없는 사람이니까."

너무 관심없어서 탈이다 싶을 정도로 말이다.

아, 그런 것 말고 가족에게도 관심이 있었군.

"그런가요?"

"그래."

"흐음… 그렇게 생각하신다면 어쩔 수 없지만."

그렇게 납득한 듯이 말하면서도 약간 수상하다고 한마디 덧붙인다.

"정히 이상해 보이면 그대가 조사해 보든지. 하지만 난 의심하지 않아."

"그러지요."

마치 그렇게 말할 줄 알았다는 듯이 받아들인다.

뭔가 뮤리아의 페이스대로 흘러가는 듯한 느낌이 드는데.

속으로 투덜거리면서 차를 마시다가 문득 전에 한 이야기가 생각났다.

"참, 스라트 일은 어찌 되어가고 있지?"

내 말에 뮤리아는 아주 즐거워하는 표정으로 신나서 말을 했다.

"그라딘이라는 자, 그러니까 레이르의 숙부 되는 사람이 인재를 모으고 있다나 봐요. 굉장히 불안해하면서 나에게 연락을 했어요."

"호오……."

레이르라는 녀석, 제 무덤을 파는군. 자기가 혼자 알아서 했다면 오래 왕 노릇 했을지도 모르는데.

불쌍하게도 어쩌다가 뮤리아의 장난감이 되어서는…….

내 생각을 전혀 모르는 뮤리아는 즐겁게 계속 말을 이었다.

"그래서 그라딘에게도 편지를 보냈죠. 레이르가 아린드에 기대려고 하니 아린드에서 나서기 전에 해치우는 게 좋을 거라고."

좀 섬뜩한 말이로군.

"그러니 아마 조만간 일이 벌어질 것 같아요."

자랑스럽다는 듯이 말하고는 소위 세간에서 말하는 '꿈꾸는 소녀' 모드로 돌입해 버렸다.

"아아, 난 정말 운이 좋아요. 이렇게 쉬운 실습의 기회가 있다니 말이에요. 이런 계층에서 혈육이라는 것 하나만으로 모든 걸 믿어주는 어리석은 사람이 진짜로 있다니. 이것 역시 드문 일이잖아요? 정말 즐거운 실습인 것 같아요."

그 '꿈'이라는 게 좀 이상한 것 같지만.

"그… 래?"

"예, 정말 스라트는 제 마음대로 해도 되는 거죠?"

다시 한 번 다짐을 받으려는 뮤리아의 눈이 빛나고 있다.

"나에게 철저히 보고하고, 또 망하지 않게만 하면."

"물론이죠. 설마 제 모국인데 망하게야 하겠어요?"

지금 모습을 보면 믿을 만하지가 않다고.

그렇게 말하던 뮤리아는 좀 묘한 미소를 띠었다.

"왜 그러지?"

"실은 말이에요. 전 레이르를 무척 무서워했어요."

"응?"

알 수가 없는 말이다.

무서워했다면서 지금 마치 장난감을 다루듯 하고 있지 않은가.

"그런데요, 여기서 스라트 국을 내려다보는 입장이 되니까 레이르가 무척 우스운 거 있죠? 게다가 레이르 자신이 태도가 싹 변해서 내 눈치를 보는 모습을 보자니… 내가 왜 이런 녀석을 그렇게 무서워했을까, 하는 생각이 들었어요."

나에게 들려주기 위해 말을 한다기보다 혼잣말에 가까웠다.

잠깐 옛일을 회상하는 듯이 말을 끊었던 뮤리아는 깊게 한숨을 내쉬더니 말을 이었다.

"그동안 레이르를 무서워했던 게 너무 억울할 정도로 레이르는 한심했어요."

그 녀석도 불쌍하군.

만약 뮤리아가 나와 결혼하고 나서도 태도를 바꾸지 않았더라면, 아마도 뮤리아는 계속 레이르를 무서워하고 있었을 거다.

"그래서인지 이상하게 화가 나더라고요. 그리고 결심했어요. 지금까지 오만한 태도로 날 지배했던 만큼 갚아주겠다고요. 참 사소한 이야기죠?"

라면서 생긋이 웃는 뮤리아를 보자 약간 무섭다는 생각도 든다.

"성격이 상당히 멋지군."

"제 원래 성격은 이게 아니었어요."

"하아?"

내가 보기에는 본색이 드러나는 거 같은데 말이지.

"아아, 정말 내가 어쩌다 이렇게 변했을까."

하면서 한숨을 폭 내쉰다.

그 모습이 마치 연극 같다는 느낌이 들었다.

난 작게 한숨을 쉬면서 잔을 내려놓았다. 슬슬 정무 회의에 가봐야 할 시간인지라 더 있는 건 무리인 것 같았다.

"가시게요?"

"당연하지."

걸음을 옮기려는 나에게 뮤리아는 일어서서 가볍게 목례를 하고 다시 자리에 앉았다. 하는 모습을 보니 차를 마시면서 좀 더 나른한 시간을 보낼 모양이다. 부럽게도 말이다.

느긋한 뮤리아와 달리 회의가 있는 난 걸음을 좀 더 빨리해서 움직여야 했다.

그건 그렇고, 뮤리아는 권력에 잘 취하는 사람인지도 모르겠군. 힘이 있는 자리에 올라서자마자 생각이 바뀌었다니 말이야. 어쩌면 뮤리아도 조심해야 될지도 모르겠는걸.

하여간 아침부터 그렇게 뮤리아에게 시달린 것을 제외하면 평소와 같았다.

집무실로 가자 꽤나 의외의 인물이 날 기다리고 있었다. 분명 오전에는 기도나 신도들 문제로 못 온다고 하던 세레나가 와 있는 것이다.

"세레나?"

"좀 늦으셨네요."

뭔가 불만있어 보이는 내 동생은 퉁명스럽게 인사를 건네더니 불쑥 하얀 종이를 내밀었다.

"이건?"

"보면 몰라요? 편지잖아요."

얘가 왜 이렇게 기분 나빠하는 거지? 아주 퉁퉁 부었네.

왜 세레나가 기분 나빠하는 건지 몰라 얼떨떨해하며 편지를 받아 들었다.

일단 앞뒤로 살펴봤지만 봉투에는 아무것도 쓰여 있지 않았다.

묘한 기분을 느끼며 편지를 꺼내 한 줄 읽자 누가 썼는지 알 수 있었다.

드레이크였다.

여어, 잘 지내십니까.

음… 그게 말입니다.

당신께서 맡기신 여인, 그러니까 실비아라는 여자에 대해 말씀드리려고…

그게, 고향으로 보내야겠지만 그 고향이라는 곳이 '스라트'더군요.

스라트는 내륙 지방인지라 갈 수가 없어 일단 함께 다니기로 결정을 내렸습니다. 아, 실비아 씨에게도 물어보고 결정한 겁니다. 너무 안 좋게 생각하지는 마세요.

선원이 되었다고 할 것까지는 없으니 그다지 힘들게 지내진 않을 겁니다. 요리 정도나 할거니까요. 그러니 걱정 마시길. 어쩔 수 없었다고는 해도 부탁을 제대로 들어드린 것 같지 않아 죄송스럽습니다만, 어쩔 수 없었다는 걸 이해해 주십시오.

뭔가 횡설수설하는 느낌이 드는 편지였지만 무슨 소린지는 대충 알 것 같았다. 한마디로, 실비아는 고향에 가지 않고 드레이크의 배에서 지낸다는 것.

군이 고향이 아니더라도 어지간한 마을에서 지내면 될 것을 왜 거기서 지내자는 말이 나오게 되었는진 모르겠지만. 어쨌든 실비아도 찬성했다 하고, 또 드레이크가 있으니까 보호해 주겠지라는 생각에 조금은 안심이 된다.

하지만 드레이크가 하는 일은 '섬'을 찾는 것이다 보니 대부분의 시간을 바다에서 보내게 될 텐데 괜찮을까 하는 걱정도 든다. 바다에서 지낸다는 건 굉장히 힘든 일이라서 어지간한 사람은 못 버텨낸다고 하던데 말이다.

그나저나, 왜 내가 가라고 한 '에이원' 쪽으로는 안 간 거지? 알 수가 없군.

"흐음……."

"뭐래요?"

세레나가 약간의 호기심과 의무감으로 질문을 했다.

"그냥. 실비아가 어디 있는가 하는 이야기."

"어디 있는데요?"

"드레이크와 같이 지낸다는군."

“흐음… 그래요?”

전혀 관심없다는 듯이 말하고는 자리에서 일어나 버렸다.

“가게?”

왔으니 또 한동안 놀다 갈 줄 알았는데 바로 일어나는 걸 보고 놀라서 묻자 세레나는 당연하다는 듯이 대답했다.

“네. 편지만 전해주러 온 거니까요. 저도 바쁘다고요.”

“그러냐.”

“뭐예요, 그 어투는?”

상당히 불만인 듯한 표정으로 날 돌아봤다.

“뭐, 그냥.”

“저도 신관이에요. 바쁠 땐 바빠요.”

누가 뭐라고 했니. 솔직히 신관이면서 그렇게 놀러만 다니는 건 너밖에 없을 거란다, 동생아. 어쩔 땐 신관으로서 일이나 제대로 하는 건지 걱정된다니까.

“으씨, 갈래요.”

“그래.”

손까지 흔들어주었더니 그게 더 불만인지 집무실 문을 ‘쾅’ 소리나게 닫고 나가 버렸다.

“쿡쿡.”

“세레나님은 여전하시군요.”

“그러게. 아직 어려.”

딴에는 어른이랍시고 설치지만 아직 어리다. 행동하는 거 하나하나가 아직 ‘어린애’ 라는 걸 말해 준다.

“그건 그렇고… 이 편지는 소각해야겠지?”

“예.”

알아서 소각하라는 뜻으로 편지를 제노시아에게 넘겨주고 책상으로 가서 일을 시작했다. 그리고 서류를 다 처리해 갈 무렵 아리아가 키나이와 함께 들어왔다.

"아리아, 늦었네."

아리아는 요즘 집무실에서 내 옆에만 붙어 있는 게 아니라 내 명령에 따라 여기저기 돌아다니고 있다. 어제도 상당히 멀리까지 다녀오게 했던지라 그 때문에 늦어졌을 거라고 생각하면서 한마디 하자 아리아는 상당히 쑥스러운 표정을 했다.

"예. 폐하께서 시키신 일을 마친 후, 키나이님께서 간단한 테스트 좀 도와달라고 하셔서…… 죄송합니다. 시간에 맞추어 올 수 있을 거라 생각했었는데……."

"테스트?"

대체 무슨 소린가 해서 키나이를 돌아봤더니 슬며시 시선을 외면한다. 계속 빤히 쳐다봤더니 헛기침을 하며 화제 전환을 시도했다.

"흠, 흠, 지금 중요한 건 그게 아니지 않습니까?"

"안 중요해도 궁금한데."

"……."

잠시의 망설임도 없이 대답하자 키나이는 난처한 듯이 아리아 쪽으로 시선을 보냈다. 마치 도와달라는 것처럼.

하지만 그 시선을 받는 아리아는 무슨 뜻이 담긴 시선인지 전혀 눈치 채지 못했는지, 아니면 다른 뜻으로 받아들였는지 술술 설명해 주었다.

"시르 공작이 가지고 있는 어쌔신 길드 문제였어요. 우리 쪽을 눈치 채고 있는 건지 아닌지 알아봐야겠다고 해서 도와드렸지요. 별거 아니었어요. 그저 길드의 건물 안으로 가서 의뢰하러 온 척, 한 바퀴 돌아보는 것뿐이었어요."

“뭐?”

그거, 위험한 거 아냐?

내가 살짝 눈살을 찌푸리자 내가 불쾌해한다는 걸 느낀 키나이는 황급히 변명을 했다.

“화내지 마십시오. 그저 저희들의 행동에 그 길드가 어떻게 반응하는지 본 것뿐입니다.”

뭐, 멀쩡하게 돌아왔으니 넘어가지. 아리아의 표정을 보니 무서웠거나 위험했던 것 같지는 않으니까 말이야.

“그런데… 아리아야 일하는 장소가 여기니까 당연히 오는 거지만… 키나이, 자네는 어쩐 일인가?”

내가 화제를 돌리자 그제야 안심한 듯 키나이는 감정없는 어조로 보고를 시작했다.

“저번에 말씀드렸던 뮤리아 황비에 대한 조사 때문입니다.”

“뭔가 이상한 점이 있었나?”

심드렁한 내 어조에 키나이는 감시 눈썹을 모으더니 이내 평이한 어조로 말을 계속 이었다.

“별다른 사항은 없습니다. 정보는 대부분 시녀들을 활용해서 얻는다는 것을 알아냈습니다. 그리고 하네인 후작이 가져오는 정보도 꽤 많은 모양이었습니다.”

“하네인 후작은 뮤리아의 교육 담당이니까.”

난 당연하다는 생각에 심드렁하게 대답했지만 키나이에게는 그렇지 않은 모양이었다.

“그렇다고 보기엔 너무 친한 것 같습니다. 조심하셔야 할지도 모릅니다.”

그 말에 난 씩 웃으면서 키나이를 올려다보았다.

“자네는 하네인 후작을 의심하나?”

내 생각에 하네인 후작은 절대 내 편이 되어줄 사람이다.

다른 의미가 있어서는 아니다. 시르 공작을 무척 싫어하니까, 증오한다고 봐도 좋을 만큼 싫어하니까 날 도와주는 사람이랄까? 어쨌거나 절대 시르 공작 쪽에 붙을 사람은 아니다.

"잊지 마십시오. 현재의 하네인 후작은 '적이 아닐 뿐' 입니다."

"아아, 머리 속에 확실히 박아두도록 하지."

이 말에는 아리아가 얼굴을 살짝 찌푸렸다.

"폐하, 말씀이 좀……."

"경박하다고?"

"예, 자중해 주세요."

잔소리를 듣고 있는 내 모습이 재미있었던지 제노시아가 미소 짓는다. 그 모습에 난 어쩐지 기분이 나빠졌다. 꼭 어린애 취급받는 것 같아서.

"그것보다… 그럼 뮤리아 쪽은 믿어도 된다는 말?"

확인을 위해 묻자 키나이는 천천히 고개를 끄덕였다.

"예, 저를 믿으시는 만큼만 믿으시면 될 겁니다."

순간 움찔했다. 역시 키나이는 내 생각을 어느 정도 알고 있구나 싶어서.

난 키나이를 완벽하게 믿고 있는 게 아니다. 그저 다른 곳에서 오는 정보보다 확실하니 믿어주고 있을 뿐. 언제든지 거짓 정보가 올 수 있다는 걸 염두에 두고 행동한다. 키나이가 나에게 절대적인 충성을 보인다는 증거는 없으니까 말이다.

말과 생각이 이렇긴 해도… 솔직히 이성이 아닌 감정으로는 꽤나 믿고 있는 사람이다.

"그렇게 하도록 하지."

"이왕이면 저는 확실하게 믿어주셨으면 합니다만."

혼잣말처럼 중얼거리더니 꾸벅 목례를 하고 가버렸다.

그리고 난 쓰게 웃을 뿐.

"이거, 미안한걸."

"왜요?"

아리아가 순진한 눈을 하고 물어왔다.

난 대답 대신 쓴웃음을 지으며 다시 서류 쪽으로 눈을 돌렸다.

"폐하?"

대답해 달라는 듯 다시 날 부른다.

난 고개를 들어 아리아를 보고 웃으며 말했다.

"아리아, 나 차나 한 잔 줘. 늦게 온 벌이야."

별로 차를 좋아하지도 않고 마시고 싶은 생각도 없지만, 어쨌든 이렇게 뭔가 시키는 게 말 돌리기 제일 쉬운 방법이다.

"예에."

투덜거리면서도 다과를 준비하기 위해 밖으로 나가는 아리아를 보고 난 작게 키득거렸다.

저 '누님' 은 세월이 흘러도 변하지 않을 모양이다. 어릴 때처럼 늘 투덜거리면서도 내가 하자는 대로 다 해준다.

너무 고마운 사람.

잠시 후 서류 정리가 다 끝나자 아리아가 다과를 들고 들어왔다.

차를 즐길 때만큼은 아주 가벼운 이야기를 좋아하는지라 별의별 소리가 다 오갔다.

"그거 아세요? 리튼 가 말이에요. 이상한 풍습이 있다니까요."

"이상한 풍습?"

"예. 가주의 반려자는 절대 가주의 일에 간섭할 수 없대요. 그러니까 나도 이제 조심하라고 하던걸요."

그건 나도 아는 일이다. 그래서 리아나 이모님께서 직접 나서서 날 도

외주지 못하고 있는 거니까.

"아아… 디트레이가 후계자인가? 누나나 여동생은 없었어?"

"여동생이 한 명 있어요. 그런데 집안 잇기 싫다고 모험가가 되겠다며 가출했다나 봐요."

"그래?"

한동안 그 '리튼 가'의 흉을 보던 아리아는 얼굴이 빨개지면서 고개를 숙였다.

"죄송해요, 이런 이야기는 하는 게 아닌데."

"갑자기 왜?"

"그렇잖아요. 황제께 자기 집안일들……."

점점 목소리가 작아지더니 결국 '죄송해요'라고 말하며 고개를 푹 숙인다.

언제부터 그런 걸 따졌다고 사과하는지 모르겠다는 생각도 들긴 하지만, 이런 일로 레비스나 다른 사람에게 잔소리를 들었던 모양이라고 생각하며 피식 웃었다.

아리아도 배운 대로 사과는 했지만, 그다지 큰 잘못은 아니라고 생각하는 듯 이내 웃으면서 쿠키를 한입 물었다.

그래도 일단은 괜찮다고 말해 줘야 할 것 같다는 생각에 아리아가 들을 수 있을 정도의 목소리로,

"뭐, 차 마실 때만큼은 잡다한 일상 이야기가 더 좋으니까 상관없는데."

라고 중얼거리곤 자리에서 일어났다. 그리고 아리아를 향해 방긋이 웃어 보였다.

"그냥 그런 가벼운 이야기가 더 좋아."

매일 음침한 정치 이야기만 하면 성격 파탄자가 될지도 모른다고.

"예, 감사합니다."

아리아는 밝게 웃으며 대답하고는 빈 찻잔들을 챙기기 시작했다.

일도 다 했으니 난 산책이나 나가볼까 하는 생각으로 집무실을 빠져나왔다.

매일 어두운 건물 안에서—실제적으로는 별로 어둡지 않지만, 느낌이 그렇다—서류만 보고 있으려니 나날이 기운이 쭉 빠지는 것 같아서 햇볕이나 쬐어야겠다는 생각이 드는 것이다.

"우움……."

그런 생각으로 오랜만에 정원에 나온 것까지는 좋았지만…

"안 추우십니까?"

"추워."

한 가지를 잊고 있었다. 지금은 겨울이고, 거기다 오늘은 바람까지 꽤 부는 날이라는 것을. 게다가 지금은 집무실에서 바로 나온 터라 외투 같은 것도 입지 않았다.

한마디로 엄청나게 춥다.

하지만 나오자마자 들어가는 건 싫은지라 억지로 '산책'을 시작했다.

"……."

"……."

제노시아는 아무 말도 하지 않았지만 그 시선이 꼭 '고집 부리지 말고 들어가시죠' 라고 말하는 듯했다. 그에 오기가 생겨 계속 정원을 돌아다녔다.

"감기 걸리십니다."

"안 걸려."

"날이 꽤 추운데요."

바보 같은 대화를 나누면서 한참을 걸었다. 그리고 몸이 꽁꽁 언 것 같다는 느낌이 들어서야 다시 건물 안으로 들어왔다. 바로 집무실로 갔더니 아리아가 무슨 책을 읽고 있다가 날 보곤 황당하다는 표정을 지었다.

“춥다아……..”

내 말에 아리아는 더 기가 막히다는 표정이었다.

“이 차림으로, 이 날씨에 밖으로 나가셨어요?”

“음……..”

제대로 대답이 안 나온다.

완전 몸이 얼어버린 듯한 느낌.

“세상에… 우리 제국이 따뜻한 편이기는 하지만 지금은 겨울입니다, 겨울!”

“알고 있어.”

“아시는 분이……..”

아리아는 투덜거리면서도 몸을 녹일 따뜻한 차를 가져오겠노라며 집무실을 나갔다.

“그러게 고집 부리지 말고 들어가셨으면 좋았을 텐데……..”

“우……..”

할 말이 없다.

곧 아리아가 차를 가져왔고, 오늘 두 번째 차를 마셨다. 평소라면 별로 달갑지 않은 일, 하지만 오늘은 따뜻해져서 기분이 좋았다.

“참, 아까 여쭤보고 싶었는데… 여쭤봐도 되나요?”

“뭘?”

뭘 묻고 싶은 건지 말도 안 하고 괜찮냐고 물어보면 대답해 줄 수가 없지.

“아까 키나이님께서 황비님을 조사했다고 말씀하시는 것 같아서요.”

“아아, 그거? 별거 아냐.”

“하지만 황비님께서 알게 되시면 기분이 안 좋으실 텐데요. 사과의 편지라도 쓰시는 게 좋지 않나요?”

순간 불쾌해졌다.

내가 뭐 하러? 왜 사과해야 된다는 소리인지.

"왜?"

나도 되도록 뮤리아와 좋은 관계를 유지하고 싶다. 내 어머니를 닮은 만큼. 그분께 못했던 걸 해주고 싶은 마음도 있으니까.

하지만!! 내가 왜 이딴 일에 사과를 해야 한다는 건지.

"그야… 자신 몰래 이것저것 조사하고 평가하는 거, 그다지 유쾌한 일이 아니잖아요. 하물며 부부이신 폐하께서 그러셨으니… 분명 상심하고 계실 거예요."

그 말에 난 미간을 모으며 잠시 생각에 잠겼다.

키나이는 허술한 사람이 아니다. 아리아가 생각하는 것만큼 그렇게 간단하게 '조사했다' 는 사실을 들키지는 않을 거다. 하지만…….

뮤리아도 이런저런 정보를 잘 모으는 사람이니까 어쩌면 알아낼 수도 있을 거다. 들키기 전에 미리 말하는 게 나을지도 모른다.

"그런가……."

"폐하께서 싫으시다면 어쩔 수 없지만……."

말은 그렇게 하면서도 은근히 내가 뮤리아를 만나러 가길 바라는 눈치다.

난 한숨을 푹 내쉬었다. 그리고 찻잔을 내려놓았다.

"흠."

솔직히 아침부터 뮤리아를 만나 시달렸으니 또 가서 시달리고 싶은 생각은 없다. 다른 날 가고 싶다는 생각이 들기는 하지만… 역시 생각난 김에 하는 게 좋겠지.

난 자리에서 일어났다. 아리아의 말대로 뮤리아를 만나봐야 할 것 같다.

황비 궁으로 가니 뮤리아는 책을 읽고 있었다.

“무슨 책을 읽고 있는 거지?”

“음, 신화에 관련된 책인데 별로 재미가 없군요. 어쩐 일로 오셨는지요?”

놀란 기색도 없이 책을 덮으며 담담하게 대답한다.

“그냥 오면 안 되는가?”

“그럴 리가요. 하지만 평소에 용건이 없으면 오시지 않아 여쭙는 겁니다.”

할 말 없군.

난처하다는 생각이 들어 손가락으로 뺨을 긁었다. 그런 날 빤히 보던 뮤리아는 옆에 있던 시녀에게 차를 가져오게 시켰다.

그리고 시녀가 차를 가져오자 모두 물러가게 한 다음 빤히 날 바라보았다.

“왜?”

“말씀하세요.”

“…그러지.”

일단 차를 한 모금 마시며 생각을 정리한 후 입을 열었다.

“일단… 계속 비밀로 두는 건 미안하다는 생각이 들어서 말이야.”

“무엇 때문에 이러시는지는 모르겠지만 ‘사과를 받아들인다’ 라고 해야 하나요?”

장난치듯이 말하는 뮤리아지만 눈동자는 꽤나 진지했다.

“글쎄. 음… 키나이가, 그러니까 ‘그림자’ 의 수장이 얼마 전부터 그대에 대해 조사했었다. 그대가 너무 많이 아는 것이 이상하다고 말이야.”

“그렇군요.”

자신도 모르는 사이 조사당하고 감시받았다는데도 전혀 기분 나빠하는 기색이 아니었다. 오히려 재미있어하는 것 같다고 할까.

내가 예상했던 반응과 너무 달라서 멍하니 뮤리아를 보자 그녀는 계속

하라는 듯이 미소 지었다.

"화를 낼 줄 알았는데."

"기분은 나빠요. 하지만 화낼 일은 아니라고 생각해요."

"그런가."

"지금 저에게 이렇게 말씀하신다는 건 조사해서 아무것도 안 나왔다는 의미 아닌가요? 무슨 잘못된 일이 있다면 이렇게 이야기해 주시는 것보다 병사들이 먼저 맞이하러 왔겠지요. 그리고 하나 더. 그냥 말 안 하고 평소처럼 지내면 될 텐데 굳이 말씀하시는 이유는 저에게 미안해서겠지요? 그럼 그냥 받아들일 수 있다고 생각해요."

정말 말 잘한다. 전부 맞는 말이긴 하지만… 한 가지는 틀렸다. 아니, 틀렸다기보다는 모르는 셈이다.

굳이 일부러 말하러 온 이유는 미안한 것도 있지만 나중에 본인이 알게 되면 난리가 날 것 같아서 미리 신고하는 거다. 나중에 화내지 않도록.

"하지만 역시 기분은 나빠요. 절 못 믿으셨다는 거잖아요."

그렇게 말하면서도 웃었다. 그리고는 뭔가 골똘히 생각하는 듯한 모습을 보이더니 좋은 생각이 난 듯 활짝 웃었다.

뭔가 안 좋은 일을 생각해 낸 듯한데… 불안해.

"벌로 노래 불러주세요."

그나마 다행이로군. …그런데 뭐?

"노래?"

"예. 이왕이면 러브 송으로."

"왜?"

갑자기 웬 노래인가 싶어서 황당하기도 하고 이상하다는 생각도 들어서 되묻자 뮤리아는 볼을 붉혔다.

"글쎄요, 제가 노래를 못 부르니까 그런지 갑자기 듣고 싶네요."

못 부를 이유는 없다. 하지만…

"여기서?"

노골적으로 '싫다'는 표정을 띠고 묻자 뮤리아는 단호하게 고개를 끄덕였다.

"여, 여기서. 벌이잖아요."

즐거운 기색이다. 하지만……

"싫어."

"돼요?"

"조사한 일에 대해서는 사과해. 하지만 노래는 싫어."

약간 실망한 눈치더니 이내 포기한 듯이 노골적으로 한숨을 내쉬었다. 그리고 눈을 모로하고 날 보면서 투덜거리기 시작했다.

"남을 이용해 먹을 대로 이용해 먹고 버릴 타입이에요. 너무해."

"무슨 뜻이야?"

"말 그대로의 의미예요."

라면서 입을 삐죽 내민다. 뮤리아는 의외로 꽤 어린애 같은 성격을 지니고 있구나 하는 생각에 약간 허탈해졌다.

내가 이런 생각을 하는 중에도 뮤리아는 끝없이 뭔가를 투덜거리고 있었다.

"속 좁게… 노래 좀 불러주면 어때서. 너무하잖아요. 그래도 부부랍시고 사는 사람한테 러브 송 하나 못 불러주겠다 하시고. 평소에는 자주 흥얼거리신다고 하던데 왜 내 앞에서만은 안 된다고 하시는 거예요. 너무해요."

종알종알종알.

내버려 두면 끝도 없이 중얼거리겠다는 생각이 든다.

"적당히 하지?"

"…우……."

뭔가 불만인 듯이 시위하는 소리를 한동안 내다 입을 다물었다.

그리고 한숨을 한 번.

"알겠어요. 어쨌거나 말씀해 주신 것 고맙습니다."

"하아?"

별로 고마워할 일이 아닌 것 같은데 '고맙다' 고 말하는 게 의아했다. 하지만 뮤리아는 당연하다는 듯이 웃으며 대답했다.

"이제 절 어느 정도 믿으시니까 말씀해 주신 거잖아요."

그건 좀 오해인데. 나중에 잔소리 듣기 싫었던 것뿐인데. 뭐… 나한테 나쁜 오해도 아니니까 그냥 넘어가자. 그게 좋을 거야. 또 쓸데없이 솔직히 말하면 별소리를 다 들어야 할 것 같으니까 말야. 그나저나 오늘은 하루 종일 뮤리아에게 시달린 것 같군. 아침에도 그렇고 지금도 그렇고.

다음날.

집무실로 들어오자마자 어쩐지 기운이 빠진다.

이유도 모르겠다. 어제 시르 공작으로부터 '일주일 후에 복귀하겠습니다' 라는 전갈을 받아서 그런지, 아니면 계속 이런저런 일들에 신경을 써서 피로가 누적된 건지, 그도 아니면 그저 기분이 안 좋을 뿐인지. 하여간 힘이 하나도 없다.

책상에 앉아 멍하니 있으려니 곧 아리아가 집무실로 들어왔다.

그리고 내 상태를 보더니 웃으며 농담 같은 말을 던졌다.

"어머? 햇볕 쬐고 계신 거예요?"

"건물 안에서 무슨……."

힘없이 대꾸하자 아리아는 고개를 갸웃거리더니 다가와서 내 이마를 짚어본다.

"어디 아프세요?"

"아니."

"그런데 왜……."

그러면서 제노시아 쪽으로 시선을 돌린다.

뭐 아는 거 없냐는 거겠지. 하지만 제노시아도 짐작 가는 것이 없다는 뜻으로 고개를 가볍게 저었다.

난 깊게 한숨을 내쉬고 자세를 바로했다.

어쨌거나 내 상태보다 서류 처리가 먼저였다.

"일하지."

"아뇨, 그전에… 아프신 거면 말씀하세요."

하지만 아리아에게는 일보다 내 상태가 먼저였던 듯 드물게 강한 어조로 말했다.

"아프진 않아."

"그러면요?"

"그냥……."

할 말이 없다. 어떻게든 말을 돌려야 할 텐데… 솔직히 상태를 말하고 싶어도 나도 지금 내가 왜 이러고 있는 건지 모르니까 대답할 수가 없다.

이리저리 시선이 배회하다가 머문 곳은 파아란 하늘.

"날씨가 좋아서 말이지."

말도 안 되는 소리긴 하지만 아마 아리아에게는 통할 거다.

"놀러 가고 싶으신 거예요?"

빙고! 정말 다루기 쉬운 사람이라니까.

"일하자."

"예."

이번에는 다른 소리 없이 응해준다.

처리해야 할 서류들을 전부 해치우고 나서 함께 차를 마시는 시간은 꽤 평화롭다.

"음, 이제 슬슬 봄이 오려나 보군."

오늘도 꽤 따뜻하다.

"그러게요. 날씨가 너무 좋아요."

그렇게 대답하면서 '피크닉 가기 좋은 날씨'라고 중얼거린다.

아직 피크닉 가기에는 좀 추울 텐데. 하지만 뭐 어떠리. 좀 이르게 봄을 느껴보는 것도 좋겠지.

"봄이 오려면 한참은 더 있어야 할 겁니다. 지금 나가면 감기만 걸릴 거라고 생각합니다만."

한가롭게 차를 마시며 멍하니 있는데 키나이가 불쑥 나타났다.

"…키나이, 늘 말하는 거지만 그렇게 갑자기 나타나지 말라고."

"이제 익숙해지신 줄 알았습니다만."

태연히 대꾸하는 키나이를 보자 맥이 빠진다.

"용건은?"

아무 이유 없이 찾아올 사람이 아니다. 무슨 용건이 있으니 왔을 거라는 생각에 묻자 키나이는 여전한 무표정으로 보고를 시작했다.

"시에라가 뭔가 꾸미고 있는 것 같습니다."

"시에라가?"

하필 이럴 때 그 여자까지 움직일 게 뭐람.

내가 혀를 차자 키나이는 태연하게 말을 이어갔다.

"아직은 추측일 뿐이지만 황태후에게 서신을 보냈다고 합니다. 서로 돕지 않겠냐는 내용으로 말입니다."

그럼 아직 움직인다는 건 아니로군. 사전 작업 중일 뿐. 안심이 된다. 하지만 아주 마음 놓을 수도 없는 일.

"황태후의 반응은?"

“여전합니다. 하지만 믿고 있던 아스티안도 없으니 힘을 합칠 가능성
도 꽤 크다고 생각합니다.”

그래, 아스티안은 시르 공작과 결혼하면서 ‘황위 계승권’을 포기했으
니까. 이제 황태후가 믿을 사람은 시에라밖에 없을 거다. 시에라가 순순
히 당해주지는 않겠지만 말이다.

“둘이서 꽤 티격태격하겠군.”

“예. 그래서 전 둘의 의견이 맞을 때까지는 안전할 거라고 생각합니다.”

그건 나도 마찬가지다. 하지만 일단은 신경을 써두는 편이 좋을 것이다.

“계속 주시해.”

“예.”

“그리고 다른 건?”

그러자 키나이는 품에서 주섬주섬 뭔가를 꺼내 건네주었다.

편지.

키나이가 전하는 편지라면 그 카이스란 황자의 편지겠지.

어이원에서 내가 보낸 편지의 답신이 온 것이다.

키나이의 표정이 평소처럼 불만에 찬 게 아니라 꽤나 진지한 걸로 볼
때, 아마 내가 원하는 답이 들어 있을 거다.

“생각보다 일찍 왔군.”

확실한 건 아닌지라 태연하게 말하면서 천천히 편지를 펼쳐 읽었다.
내용은 아주 간단했다.

‘도와주십시오.’

그게 전부였다.

말을 비비 꼬고 우아한 척해놨지만 결국 요지는 이거다, 도와달라는 것.

어지간히 살고 싶은 모양이다.

뭐, 나도 남 말 할 수 있는 처지는 아니지만.

한때는, 그리고 지금도 이 한목숨 부지하는 데 모든 걸 걸었으니까 말이다.

"흐음… 키나이, 에이윈 황실의 분위기는 어떻던가?"

"그리 좋지는 않았습니다. 드디어 에이윈의 황제가 쓰러져 버려 꽤 복잡합니다. 게다가 후계자를 발표하기도 전에 쓰러져 더 심한 상태입니다."

"그런가."

확실히 꽤 혼란스러울 상황이로군. 아주 잘되었어.

"일단 답신을 보내야 되겠지."

희미하게 미소 지으며 말하자 아리아도 생긋이 웃었다.

난 서랍을 뒤적여 편지지를 꺼내 '동맹 성립' 에 대해 적기 시작했다.

카이스란 황자, 그대가 원하는 바를 알고는 있소.

하지만 이쪽 역시 그리 좋은 상황은 아니오.

그런 이유로 큰 도움은 드릴 수 없을 것이나……

거창하게 시작해서 적었지만 내용은 그저 그런 '도울 수 있을지도 모르고 없을지도 몰라. 알아서 하라고. 하지만 댁이 날 도와주면 나도 성심성의껏 도와주겠어' 라는 내용이다.

종이를 잘 접은 뒤 봉인하고, 기다리고 있던 키나이에게 건넸다.

키나이는 편지를 받자마자 나가 버렸고, 난 기분이 좋아져서 의자에 기댔다.

"잘되어가고 있어."

"예. 하지만… 곧 시르 공작이 복귀하지 않나요?"

아리아가 꽤나 날카롭게 문제점을 집어냈다.

"그렇긴 하지."

심드렁하게 대꾸하면서 다시 몸을 바로했다.

확실히 다음 주에 시르 공작이 복귀하고 나면 움직이기가 곤란해진다. 그전에 나머지 일들에 대해서도 틀을 잡아두지 않으면 안 되는데.

조금 초조해지는걸.

"그래, 어쌔신 길드 쪽은 어떻게 되어가?"

어쌔신들이란 귀찮은 존재다. 특히 난 누군가가 옆에 있으면 제대로 못 자기 때문에 침실에 호위 기사도 없는 형편. 이럴 때 누군가가 어쌔신을 보낸다면 그 자리에서 죽을 것이다. 그러니 조심해야지.

"일단은… 묶어둘 준비를 해두긴 했지만 그렇게 믿을 만한 건 아니라고 생각합니다."

"그렇겠지."

애초에 우리는 그 '루시아' 라는 길드와 전혀 연관성이 없다. 다만 적의 적인 관계로 지금은 약간 협력해 주고 있다지만 언제 변할지 모르는 상태인 것이다.

"어쌔신 길드를 잡아두는 게 제일 중요한 건데."

"시르 공작의 사병들 수도 꽤 되지 않나요?"

아리아가 아무것도 모른다는 순진한 얼굴로 핵심을 찔렀다.

"으윽… 아리아……."

"예? 왜 그러세요?"

모르겠다는 듯이 반문하는 모습에 힘이 빠진다.

확실히 시르 공작의 사병들은 대단하다. 자택뿐 아니라 자신의 영지 내에 있는 사병 수까지 합치면 수도에 있는 군사 수와 비슷할 정도니까. 수뿐만이 아니라 수련 정도도 군인들과 다를 바 없을 정도로, 아니, 그보다 더 힘들다고 한다. 또 그런 만큼 실력자들이 모여 있다고.

그것 때문에 늘 돈이 꽤 많이 든다고 한다. 하지만 시르 공작은 영지가 꽤 크니까 그 정도 인원을 유지할 수 있는 거겠지. 정말 사병 늘리는 것도 아무나 할 수 있는 게 아니다.

어라?

"분명 시르 공작의 어쌔신 길드는 자금난에 시달리고 있다고 했지?"

"예, 그렇습니다만."

제노시아가 어리둥절한 표정으로 대답했다.

하지만 나에게는 꽤 엄청난 소식이었다.

혹시 시르 공작의 재산이 내가 알고 있는 것만큼 많지 않은 게 아닐까? 생각보다 가난할지도 몰라. 그래서 사병들을 아주 간신히 유지하고 있어서 길드 쪽까지 신경을 못 쓰는 걸지도. 그렇다면…….

"재미있는 생각이 떠오르는군."

내 생각이 맞는지는 조사해 봐야겠지만 일단 맞다면 이번 일은 꽤나 쉽게 풀릴지도 모르겠다. 특히 지금 나에게는 상단이 하나 있으니까. 비록 지금은 카난 공작이 관리하고 있어서 곤란하지만, 그거야 아리아나 제노시아, 뮤리아가 관리하게 하면 되는 일이니까… 키나이에게 조사를 시켜봐야겠다. 분명히 좋은 결과가 있을 거야.

내가 슬며시 미소 짓자 아리아가 이상한 표정을 하고는 주춤거렸다.

"……?"

"뭔가 이상한 생각을 하고 계시죠? 표정이 아주 기묘했어요."

"기묘해?"

무슨 소리냐고 되묻자 아리아는 잠시 표현할 말을 생각하는 듯하더니 손바닥을 마주치며,

"아, 그러니까 꼭 맛있는 걸 발견한 괴수처럼."

라고 말하는 것이었다.

"괴수우?"

맛있는 걸 발견했다는 말은 넘어갈 수 있다, 비슷하니까. 하지만 괴수라니! 정말이지, 아리아는 무슨 생각으로 사는 걸까? 나보다 나이 많은 거 맞아?

자신의 말에 주변의 반응이 너무 조용하자 목을 움츠린 아리아는 이내 '하하' 웃어넘기면서 빈 찻잔과 접시들을 챙겨 들었다.

"그, 그럼 전 이것들을 정리하고 올게요."

"나참."

도망치듯 나가는 그녀의 뒷모습을 보며 한숨 쉬듯 말하자 필사적으로 웃음을 참고 있던 제노시아가 끝내 웃음소릴 내고 말았다.

"두후후후훗… 크큭……."

"웃으려면 제대로 웃어."

웃음을 참는 듯이 저러는 건 비웃는 것 같아서 싫다. 하지만…

"하하하하하!"

"웃지 마!!"

그렇다고 정말 웃는 건 더 싫어! 좀 제멋대로인 소리이기는 하지만.

"아아… 두 분 다 여전하시군요."

"무슨 의미?"

"말 그대로의 의미입니다."

정확히는 무슨 뜻일까? 뭔가 말하고 싶은 듯하면서도 얼렁뚱땅 넘어가는 것 같은데.

내가 눈을 모로하고 보든지 말든지 제노시아는 유쾌한 모양이다.

오랜만의 평화로운 분위기였다.

뭐, 당장 내일이 불안하긴 하지만 말이다.

아, 잊어버리기 전에 키나이를 불러서 조사시켜 놔야겠다.

7장

전쟁 아닌 전쟁

아린드 국이 자신들의 속국을 두고 있는 것은 이 나라의 특이한 '통치 시스템' 이라고 할 수 있다. 그 배경을 설명하자면 건국 초부터의 일들과 아린드 국의 국토에 관한 이해가 필요하다.

아린드 국의 국토는 작지 않지만 실제로 식량을 재배할 수 있는 영토는 그렇게 많은 편이 아니다. 이 아린드를 건국한 엘리자벳 태황제 시절에는 지금의 아린드보다 국토가 훨씬 컸다. 지금의 속국들 영토가 모두 아린드에 속해 있었기 때문이다.

하지만 당시 국토가 너무 넓어 모든 곳에 지배력이 미치지 않는다고 판단한—실제적으로도 그랬다—엘리자벳 태황제는 자신의 수하나 친족들에게 일정한 영토를 맡겼다. 그리고 자신 대신 그 영토를 다스리게 했다. 이른바 대리 통치, 즉 봉건 제도 같은 것이었다.

그리하여 아린드의 속국들이 생기게 된 것이다. 고로, 이 속국들은 원래부터 아린드에 속한 곳이며 아린드의 지배를 받는 것이 당연한 곳이라고 할 수 있다.

엘리자벳 태황제는 당시 국토를 몇 가지 기준으로 분류하여 자신이 신뢰하는 신하에게 맡겼다.

―「나라별 통치 방법의 차이」

집무실 의자에 느긋하게 기대앉았다.

아리아와 제노시아 역시 그다지 긴장하거나 초조해하지는 않는 듯 느긋한 모습이었다.

"폐하, 정말 그건 실수였어요."

배시시 웃으며 남 일 이야기하듯 가볍게 말하는 아리아를 보니 피식 웃음이 나온다.

"그래, 그래."

"어머, 못 믿으시는 거예요?"

"믿어줄게."

농담처럼 가볍게 말을 주고받으며 기다렸다.

올 사람이 있는 것이다. 약속을 한 건 아니지만, 분명히 얼마 뒤에 집무실 문을 열고 나타나리라.

그리 시간이 오래 지나지 않아 기다리고 있던 사람이 집무실 문을 열고 들어왔다.

"기다리고 있었네, 시르 공작."

내가 미소 지으며 말하자 평소 같지 않게 미간을 찌푸리고 있던 시르 공작은 이내 평소의 차가운 표정으로 돌아왔다.

평상시의 여유를 되찾았다는 의미일까.

"그렇다면 제가 온 이유도 알고 계시겠군요."

"당연히."

이 상황을 조금 즐거워하는 듯한 내 반응이 의외였던지 살짝 미간을 좁혔다.

그렇게 잠시 날 응시하던 시르 공작은 작게 미소 지었다. 그리고 천천히 입을 열었다.

"어째서 그러셨는지 이유는 듣고 싶습니다만."

한 달 전.

시르 공작이 오랜만에 황성으로 나에게 인사를 왔다.

"오랜만에 뵙습니다, 제국의……."

"거기까지만 하지."

평소처럼 인사를 중간에 잘라 버리면서 웃었다.

"여전하시군요."

"당연히."

그 '제국의 빛이신…' 어쩌고저쩌고 하는 인사는 정말 싫다.

내 말에 시르 공작은 백치미가 돋보이는 듯한 미소(그 미소가 어쩐지 기분 나빴다)를 보이더니 주위를 둘러보았다. 그리고 이상하다는 듯이,

"아리아 씨는 안 보이는군요. 어디 가셨습니까?"

라고 물었다.

평소에는 누가 있든지 말든지 신경도 안 쓰더니 왜 묻는 건가 싶었지만 일단 대답해 주었다.

"별로. 다과 준비하러 갔을걸."

사실은 어쌔신 길드 문제로 밖에 나갔지만 어차피 올 때 차를 준비해서 올 거니까.

태연히 대답하며 다 처리한 서류들을 정리해 놓고 시르 공작을 빤히 바라보았다.

"왜 그러시죠?"

"아무것도."

좀 이상하다는 생각이 들었다. 아무리 오랜만이라고는 하지만 일부러 나에게 와서 인사할 사람이라고는 생각되지 않는데, 왜 황성에 오자마자 여길 온 걸까?

"…폐하?"

"음? 아아… 왜 그러지?"

"평소와는 약간 다른 모습이시로군요."

"이상한가?"

난 미소 지었다.

"그래, 무슨 일로 왔는가?"

어디까지나 여유를 잃지 않은 듯한 모습을 보이면서 묻자 시르 공작은 차게 미소 지었다.

"제 길드에 유별난 관심을 보이시더군요. 의외였습니다."

"길드라… 그 어쌔신 길드 말인가?"

"그렇습니다."

시르 공작의 말에 난 웃었다.

"대귀족이 어쌔신 길드를 가지고 있다는 점이 워낙 이상해 보여서 말이지. 불쾌했다면 사과하지."

"…그렇다고 생각해 두겠습니다."

상당히 삐딱한 말투다.

이미 다 알고 왔다는 듯한 태도.

"그럼 전 물러가겠습니다."

시르 공작이 나가고 나자 난 한숨을 내쉬었다.

시르 공작은 지금 경고를 하러 온 것이다.

'계약을 어기려 들지 말라'고.

키나이도 참. 처음에는 절대 눈치 못 채게 할 수 있다고 자신하더니만.

아, 어쌔신 길드끼리의 일로 눈치 챘다면 문제가 생길지도 모르겠는걸. 우리 쪽에서 포섭해 놓은 '루시아' 길드 일도 알아냈을지 모르니까. 길드끼리 싸움나게 될지도. 게다가 지금 어쌔신 쪽을 살피고 있는 건 아리아다. 잘못하다가는 큰일 날지도.

"그런……."

머리가 복잡해졌다.

내가 한숨을 내쉬자 제노시아는 걱정스럽다는 듯 바라보았다.

"일단 아리아가 오고 나서 다시 생각하지."

어쩌면 시르 공작은 어쌔신 길드 쪽에서 알게 된 게 아닌지도 몰라. 다른 데서 눈치 채게 된 걸지도. 그래서 날 떠본 건지도 모르지. 좋게 생각하자.

이런저런 생각으로 나 자신을 위로하고 있을 때 아리아가 돌아왔다.

"어머?"

집무실 분위기가 이상했는지 고개를 갸웃하던 아리아는 이내 방긋이 웃으면서 차를 따라주었다.

“차 드세요.”

“아아…….”

일단 차를 한 모금 마시고 나서 상황을 물었다.

“나갔던 일은?”

“에에… 전 잘 모르겠지만 키나이님께서 말씀 전하라고 하셨어요.”

“뭐라고?”

“아무래도 눈치 챈 것 같으니까 길드 쪽의 일은 포기하시는 게 좋겠다고 전하라고 했어요. 그리고 ‘루시아’ 길드 문제로 저녁때 뵙겠다고도요.”

흐음, 역시 시르 공작이 알아챘군. 굉장한걸. 아니, 생각보다 늦게 알아챘다고 비웃어야 할 일인가? 내 쪽에서 너무 노골적으로 움직였으니까 말야.

“알았어.”

일단 저녁때 얘기해 봐야 알 수 있는 문제가 많다. 지금 지레짐작으로 대비하기에는 조금…….

“아아, 이렇게 되면 전 저녁에 시간 외 근무를 하게 되는 건가요?”

가라앉은 분위기 속에서도 가벼운 말을 잘도 하는 아리아를 보니 피식 웃음이 나온다.

“시간 외 근무라니? 원래 가디언들은 근무 시간이 없어.”

“그런가요?”

“늘 집으로 돌아가는 아리아가 이상한 거라고.”

가볍게 장난을 치며 놀다가 문득 머리를 스치는 게 있었다.

이번 일, 하네인 후작도 어느 정도 알고 있을 터, 뮤리아를 통해서 말을 좀 전하는 게 좋을지도 모르겠다.

갑자기 내가 자리에서 일어나자 아리아가 의아한 시선을 보냈다.

"큐리아에게 갈 거야. 아리아는 여기 있어."

"예."

아리아를 떼어놓고 뮤리아에게 향했다.

뮤리아는 봄이라곤 하지만 아직 쌀쌀한데도 정원에서 느긋하게 책을 읽고 있었다.

"안 추운 모양이로군."

"스라트는 날씨가 더 추우니까요. 이 정도는 별로 춥다고 느끼지 않아요."

책을 덮으면서 날 보고 미소 지었다. 그 미소가 꼭 '또 무슨 일로?' 라고 묻는 것 같았다. 그리고 시녀들에게 손짓해서 물러가게 만들고 내 말을 얌전히 기다렸다.

일단 의자에 앉아서 말을 꺼내려다가 문득 뮤리아가 읽고 있던 책으로 눈길이 갔다.

"뭐야, 이거?"

책 제목 한번 멋지군. '신을 찬양하라' ? 이런 책은 어디서 구한 거지? 우리 황실에서는 특정 종교가 있는 사람이 거의 없어서 이런 책도 거의 없는데 말야.

"서재 한구석에서 발견했어요. 생각보다 재미있더군요."

정말 재미있는 걸까 싶어서 책장을 뒤적이다가 이어지는 뮤리아의 말을 듣고 다시 얌전히 덮어서 놓아두었다.

"신학자가 쓴 책인데, 좀 정신이 특이한 것 같더군요. '신을 위해 모든 생명을 바쳐야 하며 피 한 방울마저도 신의 것이니 우리는 살아 있지 않은 거나 다름없다' 라는 게 그 사람의 주장이죠. 그리고 그 실천을 위해 노력했다고 하던데요? 이 책은 평소의 자기 생각을 서술해 놓은 거예요. 결국 이교도로 몰려 죽은 모양이지만요."

그거, 생글거리면서 할 말이 아닌 것 같은데.

"그런데 재미있다고?"

순간 뮤리아의 정신 상태가 의심스러워져서 묻자 뮤리아는 태연자약하게 대답했다.

"가끔은 이상한 걸 읽어야 '아아… 난 역시 정상이구나' 라는 생각이 든다고 할까요. 아, 책이 나름대로 재미있는 건 사실이에요. 굉장히 독창적인 세계관을 지닌 사람이 쓴 거니까요."

정말 특이한 정신 상태다. 옆에 있다가 나까지 이상해지는 게 아닐까 하는 생각이 들 정도로.

"흠, 간단히 용건만 말하지."

"예."

용건이라고 해도 그렇게 굳이 말하러 올 정도는 아니다. 다만 하네인 후작에게 이 말이 들어갔으면 해서 왔을 뿐. 일단은 본론으로 들어가기 전에 슬쩍 운을 띄웠다.

"시르 공작이 꽤나 빨리 눈치 챘더군."

"그렇습니까? 한동안 자택에만 있었다던데 어떻게 안 걸까요? 그것도 집안 식구들 모두 출입이 거의 없었는데 말입니다."

고개를 갸웃하면서 의아함을 표시했다. 평소와 같은 모습이기는 하지만 전혀 웃음기를 찾아볼 수 없는 걸 보니 심각하다고 생각하긴 하는 모양이다.

"어차피 언젠가는 알게 될 일이었으니 큰 문제는 아니지. 다만……."

일부러 말끝을 흐리자 뮤리아는 흥미있는 표정으로 변했다.

"다만?"

"어떻게 알아냈느냐 하는 게 문제겠지. 하네인 후작은 뭐라던가?"

"예? 그걸 왜 저에게……."

눈 하나 깜짝 안 하고 다른 소리를 한다. 언제는 친하니 어쩌니 하더니만.

"하네인 후작과 자주 이야기를 나누니까 알고 있을 거라고 생각했는데… 아닌가?"

이 말에 움찔한 뮤리아는 멋쩍은 미소를 지었다.

"알고 계셨군요."

"그대가 말하는 그 '정보'의 대부분도 하네인 후작이 가르쳐 준 거라고 생각하는데, 아닌가?"

잠시 난처하다는 표정을 지은 뮤리아는 이내 평상시의 모습으로 돌아왔다. 그리고 틀린 것도 있다는 듯이 뽐내면서 말했다.

"그렇긴 하지만… 제가 시녀들을 움직여서 모으는 정보도 상당하다고 말씀드리고 싶네요."

"그렇게 알아두지."

뮤리아는 날 빤히 보더니 한숨을 내쉬었다. 그리고는.

"그럼, 하네인 후작에게 뭐라고 전해 드릴까요?"

확실히 눈치가 빠르다. 하네인 후작의 이름을 꺼낸 것만으로도 무슨 말을 하려는지 알아내다니 말이다.

"아아, 카난 공작과의 일은 어떻게 되어가냐고. 그렇게만 전해주면 알아들을 거야."

전에 아리아를 시켜 부탁했던 일이니까 말이다.

"무슨 뜻인지 모르겠군요. 저 몰래 뭔가를 꾸미시는 건가요?"

뭔가 비밀스러운 말에 수상하다는 눈빛을 감추지 않으며 물어온다. 당연하게도 내가 대답해 줄 리는 없고.

나 쪽을 빤히 보던 뮤리아는 고개를 설레설레 저었다. 대답 듣는 걸 포기한 모양이라고 생각했는데, 이상한 소리를 늘어놓았다.

"아무리 그래도 하네인 후작과는 불륜이라고요."

"…뮤리아."

그만 불쾌해져서 낮은 소리로 꾸짖었다. 하지만 뮤리아는 전혀 반성하는 기색 없이 태연하게 말했다.

"어머, 죄송해요. 하지만 너무 대답을 안 해주시니까 장난 좀 쳤어요."

"아무리 그래도 그런 말은……."

"하지만 말입니다, 이런 말장난과 남을 노골적으로 젖혀두는 것 중 어느 쪽이 더 불쾌할 것 같아요?"

설교하려다 오히려 내 쪽이 한소리 들었다. 차분한 어조로 말하는 것과 달리 눈에서는 불이 난다고 할까. 그동안 쌓인 게 많았던가 보다.

알고 있다. 불쾌하겠지. 자신에게는 아무것도 말 안 해주고, 타인 취급하는 게 유쾌할 리가 없다. 하지만 어쩌겠는가, 어쩔 수 없는 것을.

"…사과하지."

"사과하신다는 건 혹시 앞으로도 달라질 건 없다는 뜻인가요?"

이럴 때는 눈치 빠른 게 별로 달갑지가 않다.

무겁게 고개를 끄덕이자 뮤리아는 한숨을 내쉬었다. 그리고 기분을 바꾸려는 듯 밝게 웃었다.

"그럼 전 지금까지처럼 그저 재미있게 지내면 된다는 건가요?"

"……."

더 말했다가는 또 뭔가 더 나올 것 같다. 빨리 일어나는 게 상책일 것 같아 일어나니 뮤리아는 잘 가라는 듯 손을 흔들어주고는 다시 책을 들었다.

다시 집무실로 돌아오자 아리아는 이상하다는 듯한 표정을 지었다.

"폐하, 안색이 안 좋으십니다만."

"그래?"

아마 뮤리아에게 시달려서 그런 걸 거야.

키나이는 해가 지고 나서 한참의 시간이 흐른 후에야 모습을 나타냈다.

"늦었군."

"어쩔 수 없었습니다."

뭐가 어쩔 수 없었다는 건지는 모르겠지만, 하여간 모두 자리 잡고 앉아서 이야기를 시작했다.

"시르 공작이 아직 행동을 하지 않는 걸 보면 잘 모르고 있는 건지도 모르잖아요?"

낙관적인 말을 하는 아리아에게 키나이는 한심하다는 눈길을 보냈다.

"안다고 해서 바로 행동으로 옮기지는 않는 법입니다. 이쪽은 아무래도 황제이니 더 하겠지요."

"그, 그런가요?"

뭐, 시르 공작은 날 별로 황제라고 생각하는 것 같지 않지만, 어쨌거나 키나이의 말처럼 그런 직함이 있으니 조금 조심스러운 건 당연할 거다.

"하여튼, 문제는 그 어쌔신 길드로군. 아무래도 성가셔."

"아예 없앨 수는 없는 건가요?"

"그게 가능하면 뭐 하러 이렇게 고민하고 있겠는가, 없애 버리지."

"그런가요? 그럼 왜 다른 길드를 포섭해 놓은 거예요? 그걸로 없애려고 한 거 아니었어요?"

"견제다, 견제. 그리고 그쪽에서 폐하를 암살하지 못하게 하기 위함이지."

"그럼……."

난 짧게 한숨을 내쉬었다.

이래서야 토론이 아니라 어린애 가르치기가 될 것 같았다. 키나이도 귀찮아하는 기색이 보이고.

"아리아, 일단 궁금한 건 나중에 물어."

"아, 예."

일단 아리아를 조용히 시키고 나서 키나이 쪽으로 시선을 보냈다.

"내가 조사해 보라고 한 건 기억나나?"

"예, 보고서로 올릴 생각이었습니다만."

"그럼 그건 내일 보고서로 보고… 오늘 하겠다는 말은 뭐지?"

먼저 찾아오겠다고 한 쪽은 키나이다. 그러니 할 말이 있겠지.

"먼저 말씀드릴 것은 아스티안에 관한 일입니다. 최근 안색이 안 좋고 성격이 약간 변한 것 같습니다. 그리고 손을 너무 떨어 찻잔을 못 쥐거나 하는 일도 있다고 합니다."

"그게 왜요?"

아리아는 무슨 말인지 전혀 모르겠다는 듯이 되물었다. 하지만 난 짐작 가는 바가 있었다.

"독… 인가……?"

전형적인 중독 현상이다. 아마 아주 조금씩 음식 같은 데 섞어 그렇게 천천히 독에 중독되었을 것이다. 아스티안 자신도 모르게 조금씩 독을 먹게끔. 요 한 달 사이에 말이다.

"아마도 그럴 거라 생각됩니다. 시르 공작 측에서는 이미 이용 가치가 다했다고 생각하고 있는 거라고 봅니다만, 어떻게 할까요?"

"뭘?"

나보고 뭘 어쩌라고.

"막아볼까요?"

"아니, 그럴 필요가 있을까?"

"그럼 흘러가는 대로 내버려 두겠습니다."

아스티안이 어떻게 되든 나와는 상관없다. 아니, 오히려 없어지면 편하겠지. 쓸데없이 시에라와 황태후의 사이를 조율할 일도 없어질 테니.

"다른 건? 설마 그 정도로 저녁때까지 기다리라고 한 건 아니겠지?"

정말 그런 거라면 가만 안 둔다. 하지만 다행히 그런 건 아니었던지 바로 다음 말로 넘어갔다.

"그건 아닙니다. 시에라가 황태후에게 화해를 요청했습니다. 아마 조만간 예전 같은 관계로 돌아갈 것이라 생각됩니다. 그리고 시르 공작의 일은… 더 이상 조사가 불가능합니다. 물론 먼저 말씀하셨던 영지에서 나는 수익은 조사해 두었지만 어쌔신 길드에서 몇 명을 파견시켜 두었기 때문에 더 이상의 정보 수집은 무리일 것 같습니다."

"시에라가 먼저 숙이는 건가?"

"그런 것 같습니다. 아무래도 시에라 편이 좀 더 아쉬웠던 모양입니다."

난 황태후가 먼저 손 벌릴 줄 알았는데. 아무래도 황태후는 내가 설치는 걸 눈 뜨고 못 보는 사람이니까 말이다. 하지만 시에라가 먼저 손을 벌리다니… 아까운걸. 난 내가 난처해지는 한이 있어도 황태후가 비굴해지는 모습을 구경하고 싶었는데 말야.

"정말 아깝군."

내 말에 아리아는 이상하다는 시선을 보냈지만 제노시아나 키나이는 태연했다.

전에 키나이가 말하길, 자신들이 이런 반응을 보이는 이유는 내 생각을 읽어서라기보다 내 사고를 이해하길 포기한 거라고 말했다. 그 말을 듣고 어쩐지 기분이 나빠서 히스테리를 부렸더니 그 후 더 저러는 것 같다.

"아… 그런데."

"예."

"그럼 이제 시르 공작 쪽의 정보를 알아내는 건 불가능한가?"

"시르 공작 주변 사람들을 이용하면 아주 불가능하진 않을 겁니다. 하지만 그만큼 정보에 의심이 들겠지요."

맞는 말이로군. 자신이 직접 조사해도 거짓 정보가 아닐까 의심스러울 판에, 남이 말하는 걸 어떻게 믿겠는가. 일부러 거짓 정보를 흘리는 걸 수도 있는데.

난 한숨을 내쉬었다.

"그렇다면 이제 아주 포기하는 게 더 낫겠군."

"예."

거짓 정보를 믿느니 차라리 그때그때 대응하는 게 나을 수도 있다.

"그럼 이제 시르 공작 쪽은 포기하게. 다른 건 없나?"

분명 일부러 저녁까지 기다리게 한 이유가 있을 거다. 이런 정보들 말고.

"다른 거라면, 카이스란 황자의 편지뿐입니다."

"이리 주게."

키나이에게 편지를 받아서 쭉 읽어 내려갔다.

자신은 지위가 없어 정규군을 보낼 수는 없겠지만, 자신이 기른 자신의 사병들을 보내주겠다고 하는 내용이다.

이렇게 위험을 무릅쓸 필요가 있는 걸까. 정확한 약속이나 계약도 하지 않은 이 마당에 먼저 돕겠답시고 손을 내밀다니… 어지간히도 다급한 모양이다. 제대로 확인도 안 하고 도와줄 세력을 찾는 걸 보니.

"폐하, 앞으로도 전 이 시간 무렵에 오겠습니다."

"아? 그건 왜지?"

"낮에는 시르 공작이 풀어놓은 자들이 엿들을 우려가 있습니다."

그래서 오늘도 저녁에 만나자고 한 건가?

"그렇게 하지."

키나이는 더는 할 말이 없는 듯 자리에서 일어나 한 걸음 물러섰다. 돌아가 보겠다는 의미.

"그래, 잘 가."

가볍게 목례한 후 키나이가 사라지자 아리아가 나에게 고개를 휙 돌리더니 이것저것 묻기 시작했다.

"대체 시르 공작은 왜 남편인 아스티안님을 죽이시려는 거예요? 왜 알고도 막을 필요가 없다는 거죠? 또……."

"하나씩 물어."

내 말에 아리아는 아차 싶은 듯 입을 다물었다. 그리고 잠시 생각을 정리하는 듯하더니 조심스럽게 질문을 했다.

"아스티안님을 왜 죽이려는 거지요?"

"죽이려는 건 시르 공작이야. 이제 필요없다는 거겠지. 자신에게 필요한 건, 얼마 전에 낳은 황위 계승 서열이 아주 가까운 자의 핏줄이자 자신의 핏줄인 그 아이였을 뿐일 테니."

"잔인한 일이로군요."

피식 웃음이 나왔다. 아리아는 벌써 10년 가까이, 아니지, 나와 함께 태어날 때부터 이런 상황을 보며 자랐는데도 저렇게 순진하게 말할 수 있다니… 굉장한 능력인걸.

"폐하!"

내 웃음을 비웃음으로 생각했는지 아리아가 좀 불쾌한 표정으로 날 바라본다.

솔직히 조금 비웃음이 담겨 있던 건 사실이니 뭐라고 말을 못하겠다.

"아아… 하지만 아리아도 짐작 못했을 일은 아니라고 생각하는데."

"그야… 필요없으면 처분할 수도 있다고는 생각했지만, 그래도 부부 잖아요."

역시 아리아도 아주 모르고 하는 말은 아니었다. 다만 약간 감상에 젖었던 것뿐이라고 할까. 아스티안이 불쌍한 모양이다.

"아리아, 이제부터 날 따라오려면 그런 감상들은 모두 죽여놔야 할 거야."

잠시 멈칫하던 아리아는 기운 빠진 모습으로 미소 지었다.

"노력하겠습니다."

난 고개를 끄덕여 주고 의자에 기댔다.

"아리아, 부탁할 게 있는데."

"예?"

"하네인 후작의 저택으로 심부름 좀 해줘."

종이와 펜을 찾아 짤막하게 말을 적었다. 간단히 용건만.

"이걸 하네인 후작 본인에게 전해, 지금 리튼 가로 돌아가는 길에."

"알겠습니다."

알겠다며 전갈을 받아 들긴 했지만 의아한 표정을 감추지 않았다.

당연한 일이다. 보통은 제대로 편지를 적어 보내지만 지금은 아무 종이에 휘갈겨 적은 것이니까. 하지만 급한 걸 어쩌리.

아리아가 인사하고 나가자 난 제노시아를 돌아보았다.

"나도 이제 쉬겠어."

이제 잘 거니까 나가라는 뜻으로 말했더니 제노시아는 고개를 끄덕일 뿐 꿈쩍도 안 한다.

"제노시아?"

지금까지 이런 경우가 없어 어리둥절하기는 했지만 살짝 눈살을 찌푸리자 제노시아는 태연히 대답했다.

"이제부터는 침실에서도 같이 있어야 할 것 같습니다. 안전을 위해서 말입니다."

순간 오늘 왜 이러는 건가 싶었지만 잠시 생각하니 짐작 가는 바가 없지는 않았다.

"어쎄신 때문인가?"

이제 어쎄신 길드를 감시할 수가 없으니까, 그러니 이제 내 생명 보장을 위해 침실에서도 지키겠다는 말인 듯했다.

하지만…

"난 누가 있으면 잠이 잘 안 오는데."

"평소부터 그림자처럼 따라다니지 않습니까. 그냥 그림자라고 생각하시죠."

몰랐는데… 제노시아, 너도 날 웃기는 재주가 있구나.

"말이 되는 소리를 해."

허탈하게 대꾸하자 제노시아는 쑥스러운 듯이 미소 지었다. 그러면서도 양보할 마음은 없는 듯 단호하게 서 있었다. 제노시아는 평소에 입을 다물고 있던 것에 비해 의외로 말싸움을 잘해서 결국 같이 있게 되어버렸다.

덕분에 깊이 못 잔 건 당연한 일이었다.

그런 이유로 아침에 집무실에서 하품을 하고 있는 날 보더니 아리아가 작게 웃었다.

"폐하께서도 이러실 때가 있군요."

그렇게 말하면서 내민 것은 어떤 서류 뭉치.

"이건?"

"아침에 키나이님이 조용히 절 찾아오셔서 '그 보고서'라며 건네주신 겁니다. 자신이 황성에 가는 건 눈에 띄니까 제가 전해 드리라고."

어제 말한 대로 시르 공작의 눈을 피하겠다는 건가? 굉장히 몸을 사리는군. 의외로 생명에 대한 집착이 강한 사람일지도.

보고서에 쓰여 있는 내용은 시르 공작의 영지에서 나는 한 해의 수익과 다른 곳에서 들어오는 수익들, 그리고 사병들을 유지하는 데 쓰이는 비용, 또 어쌔신 길드로 들어가는 비용들이었다. 그리고 시르 공작 자신의 품위 유지 비용(?).

단순한 숫자의 나열이나 다름없는 보고서이긴 하지만 꽤 중요한 내용들이 담겨 있었다. 왜 그 어쌔신 길드가 자금난에 시달리는지 알 것 같았다. 정말 아슬아슬하게 적자를 면하고 있었던 것이다.

나에게는 잘된 일인가?

기분이 좋아지니까 저절로 미소가 떠오른다.

"뭔가 재미있는 내용이라도 있는 건가요?"

그런 날 보고 아리아가 살며시 웃으며 물었지만 난 대답 대신 미소를 보여주었을 뿐이다. 그리고 제노시아에게 보고서를 건넸다.

"소각 부탁해."

"예."

가볍게 화염을 일으켜 보고서를 태워 버린 제노시아는 날 빤히 쳐다보았다. 무슨 내용인지 자신도 가르쳐 달라는 것처럼.

"좋은 내용이었어. 내 어림짐작이 맞은 것 같아."

그 '어림짐작'이 뭔지 모르는 둘은 동시에 살짝 미간을 좁혔지만 난 더 이야기해 주지 않았다. 어차피 얼마 후면 알게 될 일이니까.

"자, 기분 좋은 하루를 시작하자고."

그리고 일에 열을 올리기 시작했다. 일이 끝나갈 무렵에 문득 어제 아리아에게 시킨 일이 생각났다. 아리아가 아무 말도 안 해서 까맣게 잊고 있었던 것이다.

"다리아."
"예?"
내가 다 해놓은 서류들을 정리하다가 내 부름에 벌떡 일어나서 다가왔다.
"어제 시킨 건?"
"아!"
아리아도 잊고 있었던지 아차 하는 표정을 짓더니 이내 멋쩍은 듯이 웃었다.
"깜빡하고 있었어요. 하지만 분명히 전해 드렸어요."
"그래, 뭐라고 하던가?"
"점심 무렵에 황비님과 늘 뵙습니다라고 하시던데요."
그런가? 그럼 아직 시간이 조금 남았군. 서류를 다 해치우고 나서 가면 딱 맞겠어.
일 끝내고 자리에서 일어났다. 아직 좀 이르긴 하지만 뮤리아에게 가 보는 것이 좋을 듯하다. 시간은 안 되었다지만 아마 하네인 후작도 와 있을 터고.
"폐하?"
내가 일어나자 자신도 따라나서려는 듯 일어나는 아리아를 보니 좀 당혹스럽다. 보통 뮤리아에게 갈 때는 늘 떼어놓고 다녔으니까.
순간 멈칫하긴 했지만 굳이 못 데려갈 것도 없겠다 싶어서 따라오는 걸 그냥 내버려 뒀다.
하지만 뮤리아를 만나자 바로 후회했다.
"어머, 자주 못 뵌 분이시네요. 늘 폐하께서 구두쇠들이 비싼 보석을 숨겨두는 것마냥 저와는 마주치지 않게 하시더니 오늘은 어쩐 일이시지요?"
"…굳이 못 데려올 곳도 아니지 않은가?"

"어머, 그럼 왜 지금까지는 함께 오시지 않았던 걸까?"

나야 그런 말투에 익숙해졌지만 그렇지 못한 아리아는 뮤리아의 말에 완전 당황한 듯 이러지도 저러지도 못하고 헤매기 시작했다.

"하네인 후작은?"

"잠시 후에요."

물음에 내 쪽으로 시선을 옮겨 간단히 대답한 뮤리아는 다시 아리아에게 시선을 두었다. 아무래도 아리아의 반응이 재미있었던 모양이다.

"아가씨 이름이 아리아 헤스던이던가요? 아니지, 결혼하셨으니 뭐라고 부르는 게 좋을까. 어떻게 불러 드릴까요? 리튼 부인이라고 할 수는 없고."

"저, 그러니까……."

"아아… 역시 저도 그냥 아리아라고 부르는 게 좋겠지요? 설마 싫으신 건… 폐하, 이분은 제가 싫으신 모양이에요."

아주 비극적이라는 듯한 포즈를 취하면서 과장되게 우는 흉내를 낸다. 누가 봐도 진짜 우는 게 아니라 장난치고 있다는 걸 알 수 있을 정도로 이상하게.

하지만 아리아는 이 상황에 굉장히 당황한 듯 나에게 구원을 청하는 시선을 보내왔다.

난 웃음을 참느라 바빠서 도와줄 상황이 못 되었지만 다행히도 막 도착한 하네인 후작에게 도움을 받을 수 있었다.

"제국의 영광이신 폐하를 뵙습니다."

단아한 인사를 손짓으로 받아주며―웃음을 참느라 말을 꺼낼 수 있는 형편이 못 되었다―일어나라는 신호를 보냈다.

한참 만에야 웃음이 가라앉았다. 그리고 나서 자리를 잡고 앉자 하네인 후작 역시 의자에 앉았다.

"아아… 뮤리아, 아리아는 꽤 순진하니까 너무 놀리지 말라고."

"알겠습니다. 하지만 조금 아쉽네요, 좀 더 빨리 만났다면 좋았을 것을."

뭔가 아쉬움이 담긴 목소리다.

아리아를 더 놀려먹지 못해서 안타까운 모양이다.

"폐하께서 갑자기 그런 말을 전하실 줄은 몰랐습니다."

붕붕 떠 있는 분위기를 진정시켜야겠다고 생각했는지 하네인 후작이 먼저 말을 꺼냈다.

"그런가."

"예."

하네인 후작과 내가 서로 할 이야기가 있다는 걸 눈치 챈―이 상황에서 눈치 못 채면 인간이 아니겠지만―뮤리아는 끼어들지 않겠다는 듯 늘 들고 다니는 부채로 자신의 입가를 가렸다.

"폐하께서 저에게 하실 부탁이란 무엇입니까?"

어제 아리아 편에 보낸 전갈은 아주 간단한 것이었다.

작은 종이에 '부탁할 것이 있으니 봤으면 한다. 눈에 띄지 않게 날 만날 수 있는 시간은?' 이라고 적어서 보낸 거였다.

그래서 하네인 후작은 거의 매일 뮤리아와 만나니 그때 함께 만나면 눈이 띄지 않을 거라고 말한 거고.

"별것 아니네만… 들어줄 텐가?"

"다른 사람이 그리 묻는다면 어떤 부탁이냐에 따라 다르다고 하겠지만 폐하께서 하시는 부탁이라면 그 어떤 것이든 들어드려야죠."

외교 쪽 일을 해서 그런지 정말 달변이다.

"그럼 말하겠네."

난 어제 키나이에게 받은 편지를 꺼내놓았다.

"이것은······?"

뭔지 전혀 짐작이 안 간다는 듯 조심스럽게 물어왔다.

"편지지. 에이원의 카이스란 황자가 보낸 거야."

"그렇습니까."

난 천천히 본론을 꺼냈다.

"부탁이라는 건, 이 편지의 내용을 누군가에게 슬며시 흘려주었으면 한다는 거네."

"그 누군가란··· 누굽니까?"

"카난 공작이네."

이 말에 뒤에 있던 아리아가 움찔하는 게 느껴진다. 정작 부탁받은 당사자인 하네인 후작은 담담한데 말이다.

"어떤 내용입니까?"

"어떤 내용일 것 같은가?"

난 능글능글 웃으며 말했다.

하네인 후작은 잠시 생각하더니 어색한 미소를 띠었다.

"헤스던 씨의 반응으로 짐작한 겁니다만··· 혹 서로 돕겠다는 내용이 아닌지요."

바로 맞추는군. 입 아프게 여러 말 하지 않아서 다행이야.

"맞네."

"그런데 왜······."

하네인 후작은 좀 당혹스러운 듯했다.

그도 그럴 것이 카난 공작은 아무리 봐도 시르 공작의 심복, 그녀에게 말이 들어간다면 당연히 시르 공작에게도 말이 전해질 게 뻔하기 때문이다.

난 쓴웃음을 지었다.

"확실히… 믿어준 카이스란 황자에게는 미안하지만 말이네."

말은 이렇게 하지만 전혀 미안하지 않다. 이런 곳에서 아무 근거 없이 남들 믿은 황자 자신의 잘못이니까.

"너무 큰 게 보이면 사소한 건 지나칠 수 있지 않을까 하는 생각에 말이네. 그래서 카이스란 황자를 끌어들인 것이기도 하고."

"그럼 에이원에서의 지원에 대한 것은 원래부터 시르 공작에게 보여주기 위한 패였습니까?"

"그렇다고 할 수 있지."

순간 하네인 후작은 멍한 표정을 짓더니 이내 상쾌한 미소를 지었다.

"아주 멋집니다. 솔직히 에이원과 연락하신다는 소리를 들었을 때 혹 잘못되어 이 아린드가 에이원에서 삼켜지면 어쩔까 걱정을 아주 많이 했었습니다."

"그런가."

하네인 후작은 의외로 애국자로군. 겨우 그런 일로 걱정을 하다니… 가 아닌가? 보통이라면 그렇게 생각하는 게 당연하겠지. 나야 내가 살면 그만이겠지만.

하지만 지금 중요한 건 그게 아니다.

"하겠는가?"

"폐하께서 말씀하신 대로 충실히 따르겠습니다."

그렇게 말한 하네인 후작은 자리에서 일어나더니 정중하게 바닥에 무릎을 꿇고 내 옷자락에 입을 맞추었다.

최상의 존중과 복종의 표현.

"일어나라."

"예."

좀 쑥스럽긴 하지만 나쁜 기분은 아니로군.

하네인 후작이 일어난 후 뮤리아는 입가를 가리고 있던 부채를 치웠다.

"이제 끝나신 건가요?"

계속 조용히 하려니 입이 근질근질했던 모양이다.

"그래."

"그럼 즐거운 티타임을 가질까요? 아니면 좀 이르긴 해도 점심을?"

그 말에 하네인 후작은 한 발 물러섰다.

완곡한 거절의 표현이라고 할까.

하네인의 반응을 보고 그 뜻을 바로 알아챈 뮤리아는 의아하다는 시선을 보냈다.

"하네인 후작?"

"황제 폐하와 황후마마의 단란한 시간에 제가 낄 수는 없는 일이 아니겠습니까."

약간 장난스러운 말이긴 하지만 분명한 거절이다.

난 피식 웃으며 하네인 후작을 바라보았다.

"진짜 이유는?"

"오래 있으면 의심받습니다."

확실히 그렇다. 아무리 평소에 뮤리아와 많은 이야기를 나눈다고는 하지만 내가 와 있는 상황에서 너무 오래 있으면 의심받을 것이다.

'중립'이 아닌 '황제의 편'이라고.

실제로 내 쪽에서 움직여 주는 사람이기는 하지만 아직 대부분은 중립이라고 생각하고 있고, 또 그 상황을 오래 유지해야 하니까.

"그럼 물러가겠습니다."

하네인 후작이 허리 숙여 예를 표한 다음 가버리자 뮤리아는 아쉽다는 표정이었다.

"음… 좀 더 있다 가시지. 나와는 한마디도 안 했는데."

"매일 만나지 않나?"

"그래도 아쉽네요."

말은 그렇게 하지만 철부지 아이는 아닌 듯 이내 표정을 바꾸었다.

"폐하께서는 식사하시고 가실 건가요?"

"그러지."

처음으로 뮤리아와 점심을 함께하면서 이런저런 이야기들이 나왔다.

그러다가 식사를 마칠 무렵 뮤리아가 이상한 말을 했다.

"폐하, 새 사냥을 좋아하세요?"

"새 사냥?"

두슨 소린가 싶어서 보니 뮤리아의 얼굴엔 즐거운 기색이 가득하다.

"예. 새 사냥요. 폐하께서는 새 사냥을 어떻게 하는지 잘 모르실 것 같
군요."

"글쎄, 활을 쏘아 잡는 게 아닌가?"

"그건 스포츠로서의 사냥일 때죠. 정말 잡을 때는 이런저런 소리를 질
러서 새를 한곳으로 몰아 그물을 던진답니다."

뮤리아의 알 수 없는 말에 쳐다보자 그제야 본심을 꺼낸다.

"어제는 별로 유쾌하지 않았답니다. 하지만 마음을 바꾸기로 했어요.
폐하께서 시르 공작 일을 처리하실 동안 전 스라트를 가지고 놀기로."

"가지고 놀아?"

"예, 새를 사냥하듯이 한곳으로 몰아서 확 해치우는 거죠."

무슨 뜻인지는 잘 모르겠지만 섬뜩한 말이라는 건 알겠다. 당하는 사
람은 피가 마르는 일이라는 것도.

하지만 그렇게까지 한다는 건 저번에 말한 그 '레이르에 대한 복수'
의 한 부분일까.

"마음대로 하도록. 하지만⋯⋯."

"장난감 사용 유의 사항 정도는 잘 알아요."

이 여자, 정말 무섭구나⋯ 라는 생각이 든다.

자신의 고향 일을, 그것도 가장 끔찍한 전쟁이라는 내전이 일어날지도 모르는 일을 장난이라고 하다니⋯⋯. 그리고 '장난감 사용 유의 사항'이라니.

"⋯나날이 성격이 좋아지는군."

"하네인 후작도 그러더군요. 하지만 전 이제 편해요. 그래도 뭔가를 숨기는 것보다 솔직해서 좋지 않나요?"

그러면서 기분 좋다는 듯이 깔깔 웃었다.

물론 숨기지 않는다는 데 대해서는 안심이다. 그리고 그 '장난'의 대상이 스라트라는 것도.

"가끔은 숨기는 것도 필요하지. 타국 귀족 아가씨들의 내숭처럼."

하지만 한마디 안 하고 넘어갈 수가 없어서 한소리 하자 뮤리아는 눈을 가늘게 뜨고 되받아쳤다.

"흐음⋯ 그런 취향이세요?"

"그런 건 아냐."

"걱정 마세요. 공식 석상에서는 저도 그렇게 잘할 수 있어요."

하여간 말은 잘한다니까.

다음날.

하네인 후작이 잘해주었는지 시르 공작이 묘한 눈빛을 하고 집무실을 방문했다.

"어쩐 일이지?"

"못 올 곳은 아니라고 생각합니다만."

"그렇긴 하지."

신경이 날카로워진 듯하군.

그 모습이 좀 재미있다는 생각에 살풋 웃어버렸다. 하지만 시르 공작은 전혀 재미가 없는지 순간 짜증난다는 듯한 표정이 스쳐 지나갔다. 워낙 표정 관리가 철저한 사람이라서 확실히 보지는 못했지만. 이 정도도 굉장한 성과가 아닌가.

"어이원과… 이상한 소문이 있더군요."

"소문?"

난 전혀 모르겠다는 듯이 되물었다.

잠시 침묵을 지키던 시르 공작은 바로 몸을 돌려 버렸다.

"아닙니다."

황제인 내 앞에서의 저런 태도는 무례한 것이긴 하지만 난 아무 말 없이 시르 공작이 가게 내버려 두었다.

내가 뭐라고 할 수 있는 사람이 아니니까 어쩌겠어? 그리고 지금은 기분이 너무 좋으니까 넘어가야지.

"폐하, 시르 공작이 굉장히 기분 나쁜 듯하네요."

아리아는 재미있는지 키득거리고 웃었다.

"당연한 일 아닐까."

시르 공작은 애써 태연한 척하고 다니지만 지금 속이 부글부글 끓는 거다. 날 잡아 죽이고 싶어서 말이다.

어쨌든 에이원 일은 제대로 시르 공작의 귀에 들어간 듯하고… 이제 슬슬 일을 벌여볼까.

키나이는 요새 매일 저녁 늦은 시간에 찾아온다.

보고할 게 있어서라기보다 혹시 시킬 일이 있거나 할지도 모른다는 생각에 매일 딱 그 시간에 오고 있는 거다.

오늘도 어김없이 나타난 키나이에게 난 '실행'을 말했다.

"네?"

"못 들었나?"

"듣긴 들었습니다만… 이렇게 빨리요?"

키나이는 조금 당황한 듯했다.

"그래. 어차피 들킨 거, 속전속결이 좋지 않나."

"하지만… 성급한 걸지도 모릅니다."

"그런가? 하지만 지금이 제일 적시지."

시르 공작은 아마도 방금 에이윈에 관한 일을 알았을 거다. 그리고 그에 대해 대처할 준비, 내지는 그 카이스란 황자의 말을 무용지물로 하기 위해 움직이고 있겠지. 그러니 지금이 제일 좋을지도 모른다.

키나이 역시 그렇게 생각하는지 고개를 끄덕였다.

"그렇다면……."

"그래, '루시아' 쪽에 연락해. 내일 아침 해가 뜸과 동시에 그 길드와 전쟁을 시작하라고."

"알겠습니다."

우선은 어쌔신 길드를 없애야 한다. 그래야 편히 움직일 수 있게 된다.

"다른 일들은 그 길드가 무너지고 나서다. 그를 위해서라면 '루시아'에 아낌없이 지원해 줘."

"알겠습니다."

키나이가 가고 나서 제노시아는 한숨을 내쉬었다.

무슨 일로 그러나 싶어서 돌아보자 제노시아는 기운없는 듯 힘 빠진 미소를 지었다.

"왜 그러지?"

"아무것도 아닙니다. 다만 그 어쌔신 길드가 없어지면 위험이 줄어드는 그 나라는 생각이 들어서요."

난 싱긋이 웃었다.

그날 밤.

여전히 '누군가가 옆에 있다'는 생각에 깊이 잠들지 못하던 난 어떤 소리에 잠에서 깨버렸다.

"무슨……."

내가 눈을 비비며 일어났을 때 보인 것은 어둠에 묻혀 움직이는 자들과 검광, 그리고 팔에 작은 상처를 입은 제노시아였다.

그 모습을 보자 바로 상황 판단이 됐다.

아마 내가 잠이 든 사이 몇몇 어쌔신들이 습격해 온 모양이다.

내가 일어난 걸 보고 어쌔신들은 아주 잠깐이지만 망설였다. 아마 날 직접 공격하는 게 빠를지 어떨지 가늠해 본 것 같았다. 망설임은 아주 짧았지만 제노시아는 그사이 몸을 움직여 가까이 있던 어쌔신 중 한 명을 공격했다.

아슬아슬한 거리로 죽이지는 못했지만 꽤 큰 부상을 입힌 듯 피 냄새가 확 끼쳐 왔다.

제노시아야 날 지키며 싸운다고 정신이 없는 모양이지만 난 상황이 달랐다.

침대에 앉아서 어떻게 해야 할지 머리에서 열이 날 정도로 생각에 잠겼다.

난 검술 따윈 못한다. 끼어들어 봤자 방해일 뿐.

이렇게 생각하는 사이 은빛의 무언가가 내 쪽으로 오는 것같이 보였다. 제노시아가 검으로 재빨리 쳐내서 그것은 침대 근처의 바닥으로 떨어졌다. 슬쩍 보니 아주 작은 단검이었다. 투척용으로 만들어진 듯한.

어떻게 해야 할까? 침실 안에만 없을 뿐 문밖에는 기사들 몇이 지키고 있다. 소리쳐 부르는 게 좋을까?

하지만 제노시아의 검과 어쌔신의 무기가 부딪치는 소리가 들리자 깨달았다.

이 정도 소란이 일어나도 그들이 들어오지 않는다는 것은… 그 기사들은 이미 죽었거나 이 어쌔신들과 한패일 것이라는 거다. 아니, 어쩌면 이 어쌔신들이 기사들로 변장하고 있었을지도 모를 일이고.

그렇다는 건 역시 내가 어떻게든 해야 한다는 걸까?

하지만 뭘? 어떻게?

처음에는 어쌔신들이 검은 옷을 입고 있어서 잘 안 보였지만 지금은 대략 몇 명인지, 어디쯤 있는지 보였다.

검은 옷을 입은 자는 넷. 둘은 제노시아와 붙어 싸우고 있고 하나는 이미 시체가 되어버린 듯했다. 그리고 남은 하나는 부상 때문에 끼어들지는 못하고 하나 남은 단검을 들고 내 쪽을 보며 기회를 살필 뿐이었다.

난 일단 무기라도 확보하자는 생각으로 아까 제노시아가 쳐서 떨어뜨린 단검을 집어 들었다.

내 행동에 날 주시하던 녀석은 방어 태세를 갖췄지만 난 신경 쓰지 않았다.

공격할 능력이 못 되니까.

"큭!"

어쌔신 중 하나의 공격이 스쳤는지 제노시아가 신음 소리를 냈다.

그러자 난 더욱 급해졌다.

어떻게든 해야 한다는 생각은 든다. 하지만 어떻게!

순간 일단 사람들을 부르는 게 좋겠다는 생각이 들었다.

침대 옆에 있는 돌은 마법이 걸려 있다. 저기에 손을 대면 시녀들을 부를 수 있다. 왜 지금까지 이런 생각을 못했지?

난 나 자신을 탓하며 일단 돌에 손을 댔다.

날 주시하던 녀석은 이 행동이 의미하는 바를 눈치 챘는지 남은 단검을 내 쪽으로 던졌다.

순간 난 마음속으로 '실드'라고 외쳤고, 그 순간 엷은 방어막이 형성되어 검을 튕겨냈다.

어째신 녀석도 놀란 것 같지만 난 더 놀랐다.

그러다 내가 걸고 있던 펜던트가 생각났다.

시아라 후작에게 얻어낸 펜던트. 분명 '윈드 실드'인가 하는 마법이 걸려 있다고 했다.

그리 받아내길 잘했군.

잊고 있었는데, 사실은 내 깊은 곳에서 아직 기억하고 있었던 모양이다. 피할 생각도 않고 '실드'라 소리치고 앉아 있었으니.

일단 내 자신의 안전이 확보되었다는 생각에 조금은 느긋해져서 제노시아를 찾았다. 그러자 바로 근처에서 제노시아가 두 명을 상대로 힘겹게 싸우는 모습이 보였다.

시녀들이 오려면 아마도 시간이 좀 더 있어야 할 터, 난 순간 아무 생각 없이 시트를 그 둘을 향해 던져 버렸다. 왜 그랬는지는 던지고 나서도 몰랐다.

어쨌든 그런 헐렁하며 이상한 공격에 당할 이들이 아니었다. 가볍게 뒤로 물러섰다가 다시 덤빌 뿐. 하지만 제노시아에게는 그 잠깐의 틈으로 충분했던 모양인지 그들에게 파고들어 검을 휘둘렀다.

어두워서 검게만 보이는 피가 뿌려지고 한 녀석이 쓰러졌다.

그때 방문 밖에서 시녀장의 목소리가 들렸다.

"꺅! 시, 시체가!"

역시 밖에 있던 기사들은 시체가 되어버린 모양이다.

밖의 소란에 남은 둘은 서로를 마주 보더니 창문 밖으로 사라져 버렸고, 그와 동시에 시녀들이 들어왔다.

"폐, 폐하! 무사하십니까!"

"아아… 일단은."

난 멀쩡하다. 하지만…

"제노시아, 많이 다쳤는가?"

"큰 상처는 없습니다만……."

독의 위험이 있겠지.

"한 명은 가서 어의를 불러와라. 그리고 넌 가서 친위대장을 불러와."

시녀장에게 지명받은 둘이 나가고 나머지 셋은 어떻게 처리해야 할지 모르겠는지 우왕좌왕하고 있었다.

친위대장이라면 디트레이겠군. 아침에 아리아에게 한소리 듣겠는걸.

이런 생각을 하다가 피식 웃음이 나왔다. 방금 죽을 뻔한 사람이 별걸 다 생각한다 싶었던 거다.

난 제노시아 쪽으로 시선을 돌렸다.

그리 크게 다친 것 같지는 않지만…….

"고맙군."

"……?"

내 생명을 구해주었으니까.

후, 그때 내가 싫다는데도 있겠다고 한 게 잘한 거야. 그래, 하마터면 정말 죽을 뻔했어.

잠시 후 의사와 기사들이 몰려왔고 한밤중의 소동은 내가 다른 방에서 계속 자는 걸로 일단락 지어졌다.

아침에 일어났을 때 순간 여기가 어딘가 하는 생각이 들었다.

그리고 나서 떠오른 밤중의 소동. 그 소동이 떠오르자마자 한숨이 나왔다.

제노시아의 부상은 별거 아니었고 독에 당하지도 않아서 치유 마법으로 간단하게 해결했다. 그리고 시체들은 조사를 위해 가져갔다.

시녀들이 열심히 일해서 내 방을 깔끔하게 치워놨겠지.

어제의 흔적 같은 건 이제 없을 거다. 하지만…

"제노시아, 일찍 일어났군."

내 말에 제노시아는 좀 어처구니가 없는 듯했다.

"보통 그런 암살의 위협을 받고 계속 주무시는 쪽이 이상한 겁니다."

그런가? 하지만 워낙 갑자기 일어난 데다 생각할 틈도 없어서…….

난 손가락으로 볼을 긁적이다가 침대에서 일어났다.

잠옷 차림이긴 하지만 내 방으로 가봐야 할 듯하다. 생각을 좀 정리해야겠다.

예상대로 내 방은 잘 치워져 있었다.

그러고 보니 시녀들한테도 미안하다. 잘 자던 사람들을 불러다가 피나 닦게 하고.

옷을 갈아입고 나서 천천히 어제 일을 되새겨 보았다.

"제노시아."

"예."

"어제 그자들, 누가 보냈다고 생각해?"

"…그 누군가겠지요."

뒤에서 분주히 움직이는 시녀들을 의식해서인지 제대로 된 대답을 하지는 않았다. 하지만 나에게는 그걸로 충분했다.

역시 시르 공작이 보낸 걸까?

아, 어제 키나이를 통해서 '루시아'에게 싸움을 걸라고 했는데… 잘

되고 있을까 모르겠군.

"폐하, 한동안은 호위 인원을 늘리는 것이 어떻겠습니까?"

"생각해 보지."

어제 아침에 물었더라면 생각도 안 하고 '싫다' 고 대답했을 거다. 귀찮은 건 질색이니까.

하지만 어제 일 한 번 겪고 나니 생각이 달라졌다. 난 일단 사는 게 제일 중요하다고 생각하는 사람이니까.

아침의 정무 회의는 아주 조용했다.

다들 어제 일을 아는 듯 내가 노골적으로 '기분 나쁘다' 는 표정을 짓고 있자 아무 말도 못하는 거였다. 웃기게도.

하여간 썰렁한 정무 회의를 마치고 나서 집무실로 갔더니만 아리아가 기다리고 있었다.

"어제 일, 들었습니다."

"디트레이한테?"

"예."

심각한 표정.

저 표정을 보니 나올 말이 짐작이 간다.

결의에 찬 표정을 하고 있던 아리아는 단호하게 말했다.

"한동안 저도 황성에 머물겠습니다."

"좋을 대로."

내가 너무 순순히 허락하자 의아했는지 고개를 갸웃거린다. 하지만 그냥 좋게 받아들이기로 했는지 넘어간다.

"그럼 오늘부터 그렇게 하겠습니다."

"난 상관없지만 레비스나 그 부인에게 허락은 받았나?"

"예. 어머니께서도 당연한 일이라며 그렇게 하라고 하셨습니다."

하긴 이모님께서 뭐 하러 반대하시겠는가. 조카가 위험하다는데.

어젯밤의 일 때문인지 기운이 쭉 빠진 나는 멍하니 의자에 기대어서는 일할 생각도 안 하고 하늘만 보고 있었다. 그리고 한 가지를 굳게 결심했다. 난 기필코 살아남을 거라고!

"일하자."

다시 기운을 내서 서류를 파고들었다.

늦은 오후에 갑자기 키나이가 찾아왔다.

"어라? 한동안은 밤에만 올 거라더니."

장난스럽게 말을 거는 나와 달리 키나이는 아주 심각한 모양이었다.

"…그 길드… 무너졌습니다."

"뭐?"

이렇게 빨리? 난 한 서너 달은 걸릴 줄 알았는데.

내가 멍한 표정을 짓자 키나이는 자신도 어처구니가 없는 듯,

"외향과는 달리 그리 실력자도 없었던 데다 자금난 때문인지 사람 자체가 얼마 없더군요. 이렇게 빨리 끝나게 된 원인은 '루시아'에서 모든 인원을 공격에 쏟아 부은 때문도 있지만 말입니다."

황당한 말이다.

……!

"설마……."

"저도 걱정이 되어서……."

나에게 에이원의 황자는 시선 돌리기를 위한 것뿐이었듯 시르 공작에게드 그 어쌔신 길드는 그런 의미였던 게 아닐까.

시선을 돌리기 위한 버리는 패.

나와 키나이는 순간 눈을 마주쳤다.

정말 그런 거라면 난 진짜 쓸데없는 데 힘을 낭비한 거다.

쓸데없이 '싸움을 시작한다' 는 광고만 한 셈이고.

"알았네. 가보게."

키나이가 가고 나서 아리아는 이상하다고 생각하는 듯했지만 내가 워낙 파랗게 질려 있자 날 걱정했다.

"폐하, 괜찮으십니까?"

"응? 아아… 그래."

머리가 아프다.

그렇다면… 이번 싸움은 시르 공작의 승리가 될 것이다.

나에게는 숨긴 패가 없다. 하지만 시르 공작은 아직 숨기고 있는 게 많으리라.

기운이 쭉 빠진다.

"폐하?"

제노시아도 이상하다고 생각하는지 걱정스러운 표정이다.

"아무것도 아냐. 하지만… 일단은 우리가 진 것 같군."

내 말에 제노시아는 입술을 깨물었다.

분한 모양이다.

"미안한걸. 내 판단 착오였어."

생긋이 웃으면서 말했다.

아직은, 아직은 전부 끝난 게 아니다.

한 주일이 조용하게 흘렀다.

겉으로는 조용했지만 분위기는 점점 살벌해져 갔다.

나와 시르 공작의 사이를 눈치 챈 귀족들이 서로 살길을 찾아 여기저기 붙는 바람에 그런 분위기는 나날이 더해갔다.

더 기분 나쁜 일은, 대부분의 귀족이 시르 공작 쪽에 섰다는 것이다. 한마디로 모두들 난 승산이 없다고 보고 있다는 것.

그리고 나머지 귀족들은 대부분 '중립' 을 택했다.

난 입술을 깨물며 지켜보는 수밖에 없었다.

시르 공작이 마음만 먹으면 이번 싸움은 당장에 끝낼 수 있다. 하지만 더 승리가 확실해질 때까지 기다리고 있는 듯했다.

난 그게 더 싫었다.

그래서 마지막 패를 뒤집었다.

"어째서 그러셨는지 이유를 듣고 싶습니다만."

난 천천히 입을 열었다.

"알고 있지 않은가."

씨익 웃자 시르 공작은 그것이 마음에 안 드는 듯 살짝 눈살을 찌푸렸다.

그리고 아리아 쪽을 노려보았다. 당연히 아리아는 시선을 외면했고.

"하지만 폐하께서 암살에 취미가 있으신 줄은 몰랐습니다."

내가 쓴 마지막 패는 암살이었다.

가장 어렵기도 하지만 가장 효과적인 방법이었다.

가장 쓰고 싶지 않았던 단순무식한 방법이기도 했고.

하지만 그걸 위해 움직였던 건 아리아.

하지만 어처구니없게도 이런 류의 일을 한 번도 해보지 못했던 아리아는 기척을 제대로 감출 줄 몰라 큰 소동을 내면서 싸우게 되어버린 것이다.

큰 소동이 일어났으니 암살이 성공할 리가 없었다. 얼굴이 다른 자에게 보여지기 전에 돌아온 것만이 잘했다고 말해 줄 수 있는 일이었다.

“그러는 그대도 나에게 손님들을 보내지 않았던가.”

확실하지는 않은 일이지만.

이번 기회에 확실히 알아볼 겸 시르 공작을 찔러보았다. 다행히 제대로 맞춘 듯 시르 공작은 비릿한 미소를 지었다.

“하지만 잘 살아 계시지 않습니까?”

그런 주제에 잘도 날 책망하는군.

“그럼 나도 그 대답 그대로 돌려주지. 살아 있으니 된 거 아닌가?”

잠시 침묵이 흘렀다. 그리고 시르 공작은 날 노려보며 천천히 입을 열었다.

“계약을 파기할 생각이시라면 언제든지 응해 드리겠습니다.”

계약을 파기한다면 당장이라도 죽여줄 수 있다는 말로 들린다.

난 싱긋이 웃었다.

“그리고?”

내 반응이 마음에 들지 않는 듯,

“에이윈 역시 이곳에 절대 개입할 수 없게 만들 것입니다. 기대하시지요.”

이거, 카이스란 황자에게는 미안한걸.

쓸데없이 불똥 튀게 만들었어.

“끝인가?”

태연자약한 모습이 마음에 들지 않았던 걸까? 시르 공작은 결국 소리쳐 버리고 말았다.

“아무 이유 없이 갑작스런 쿠데타를 일으키는 게 불가능한 걸 다행으로 여기십시오! 목숨이 소중하시다면 말입니다!”

이제 노골적으로 협박하는군.

하긴 이유없이 쿠데타를 일으키면 백성들이 따라줄 리가 없다. 그게 엄청난 손해라는 걸 잘 아는 자라 다행이로군.

하여튼 지금은 확실히 그 '이유'가 없다.

아티아도 얼굴을 다른 자가 보기 전에 도망 왔으니, 목숨을 위협받아서라는 것도 이유가 안 된다. 그리고 내가 특별히 백성들을 억누르며 세금을 많이 걷는 것도 아니고, 하다못해 '티란 법'의 율법을 어긴 적도 없다.

그러니 지금은 날 두고 볼 수밖에 없는 일. 그래서 난 태연자약할 수 있는 건지도 모른다.

"그러지."

잠시 날 노려보던 시르 공작은 눈을 감고 호흡을 골랐다. 그렇게 흥분을 가라앉힌 시르 공작은 날 똑바로 봤다.

그리고…

"간신히 황제 자리만은 유지하시는군요."

독기를 품은 말이다.

그렇게 말한 시르 공작은 바로 몸을 돌려 집무실을 나섰다.

그녀가 나가고 나서 집무실 분위기는 확 달라졌다.

태연한 척하고 있던 아리아는 울상이 되어서 바닥만 쳐다보고 있고, 제노시아는 걱정스럽다는 눈빛을 감추지 않았다.

그리고 나는…

"역시 이렇게 되는 건가."

깊이 한숨을 내쉬고 쓴웃음을 지었다.

"죄송합니다."

"아니, 아리아의 탓이 아니지."

애초에 내가 실수한 탓이다.

어째서 생각을 못했던 걸까? 아무리 대공작이라지만, 아니, 대공작이니 더 더욱 어쌔신 길드 같은 걸 가지고 있을 수 없었을 텐데. 대외 이미지를 생각해서 절대 그럴 수는 없었을 텐데. 어째서 그런 패라는 걸 알아차리지 못한 걸까? 그것도 그냥 공격한 것도 아니고 한참 동안이나 조사한 끝에 움직인 건데.

난 바보일지도.

아리아는 암살에 실패한 자신의 탓이라고 여기는 듯했지만, 사실 아리아는 기대도 안 했다. 성공하면 좋고 아니면 그뿐이라 생각하고 준비해두라고 한 거였다. 거기까지 갈 리가 없다고 안이하게 생각했었다. 그런 마음 때문에 실패가 된 거겠지.

난 다시 깊은 한숨을 내쉬었다.

"생각 이상으로 구석에 몰릴 것 같아."

이번 일을 이렇게 말만 하고 넘어갈 리가 없다. 틀림없이 감시자를 붙이겠지. 그리고 난 거부할 수 없을 테지.

그럼 다음 일을 준비하기 더 더욱 힘들 거다.

"한동안은 시르 공작이 어떻게 하든지 지켜볼 수밖에 없는 건가."

한심한 사태로군.

한숨만 나오는 상황이었다.

제3권 끝

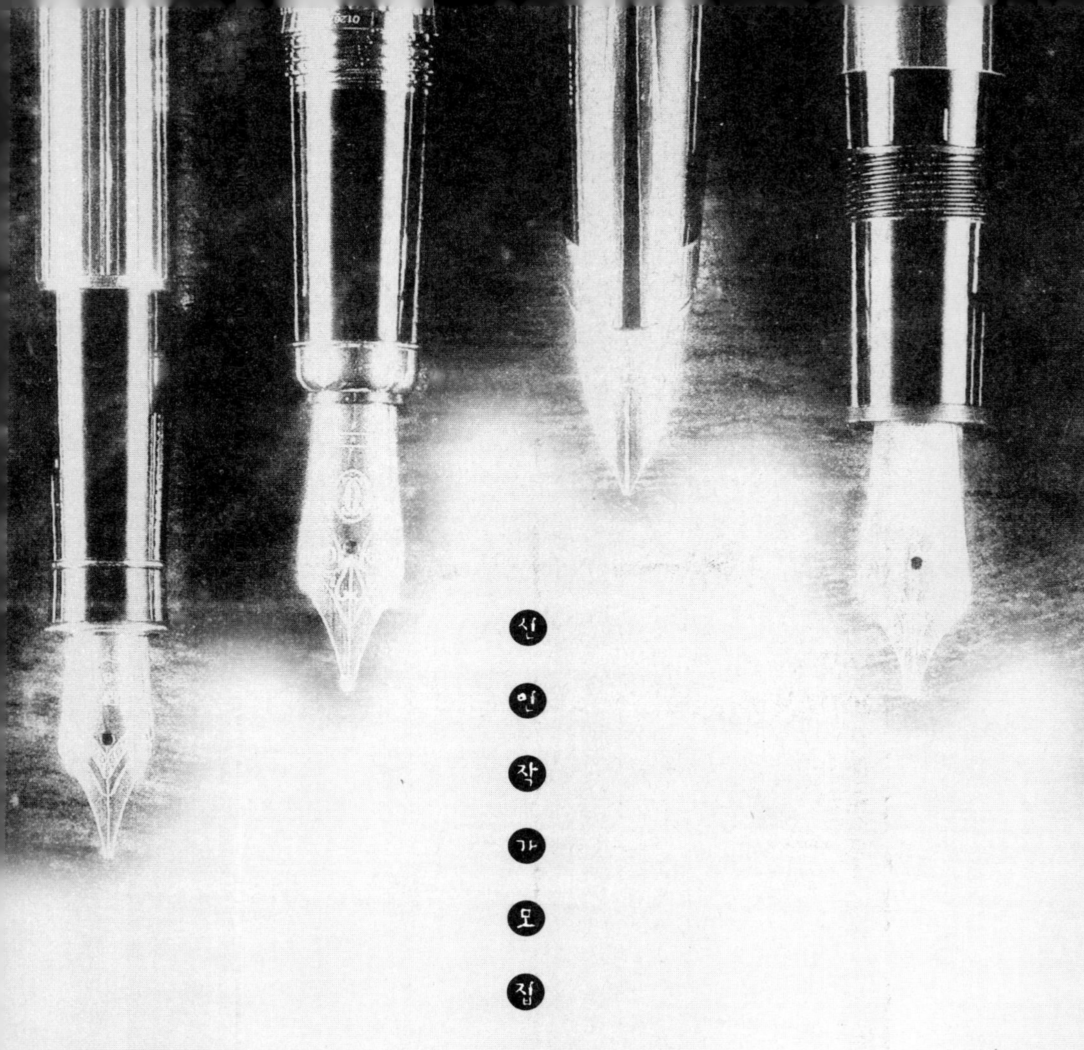